近现代书信丛刊
005

浙江古籍出版社

近现代书信丛刊 005

谭正璧友朋书札

樊昕 编注

图书在版编目(CIP)数据

谭正璧友朋书札/樊昕编注.——杭州：浙江古籍出版社，2021.3
（近现代书信丛刊）
ISBN 978-7-5540-1950-4

Ⅰ.①谭… Ⅱ.①樊… Ⅲ.①书信集—中国—当代 Ⅳ.①I267.5

中国版本图书馆CIP数据核字（2021）第020331号

谭正璧友朋书札

樊　昕　编注

出版发行	浙江古籍出版社

（杭州市体育场路347号　邮编：310006）

网　　　址	https://zjgj.zjcbcm.com
书名题签	程毅中
责任编辑	沈宗宇
版式设计	刘　欣
封面设计	吴思璐
责任校对	吴颖胤
责任印务	楼浩凯
照　　　排	浙江时代出版服务有限公司
印　　　刷	浙江海虹彩色印务有限公司
开　　　本	787 mm × 1092 mm　1/16
印　　　张	23
彩　　　插	6
字　　　数	340千字
版　　　次	2021年3月第1版
印　　　次	2021年3月第1次印刷
书　　　号	ISBN 978-7-5540-1950-4
定　　　价	90.00元

如发现印装质量问题，影响阅读，请与市场营销部联系调换。

谭正璧(1901—1991)

譚正璧教授史席

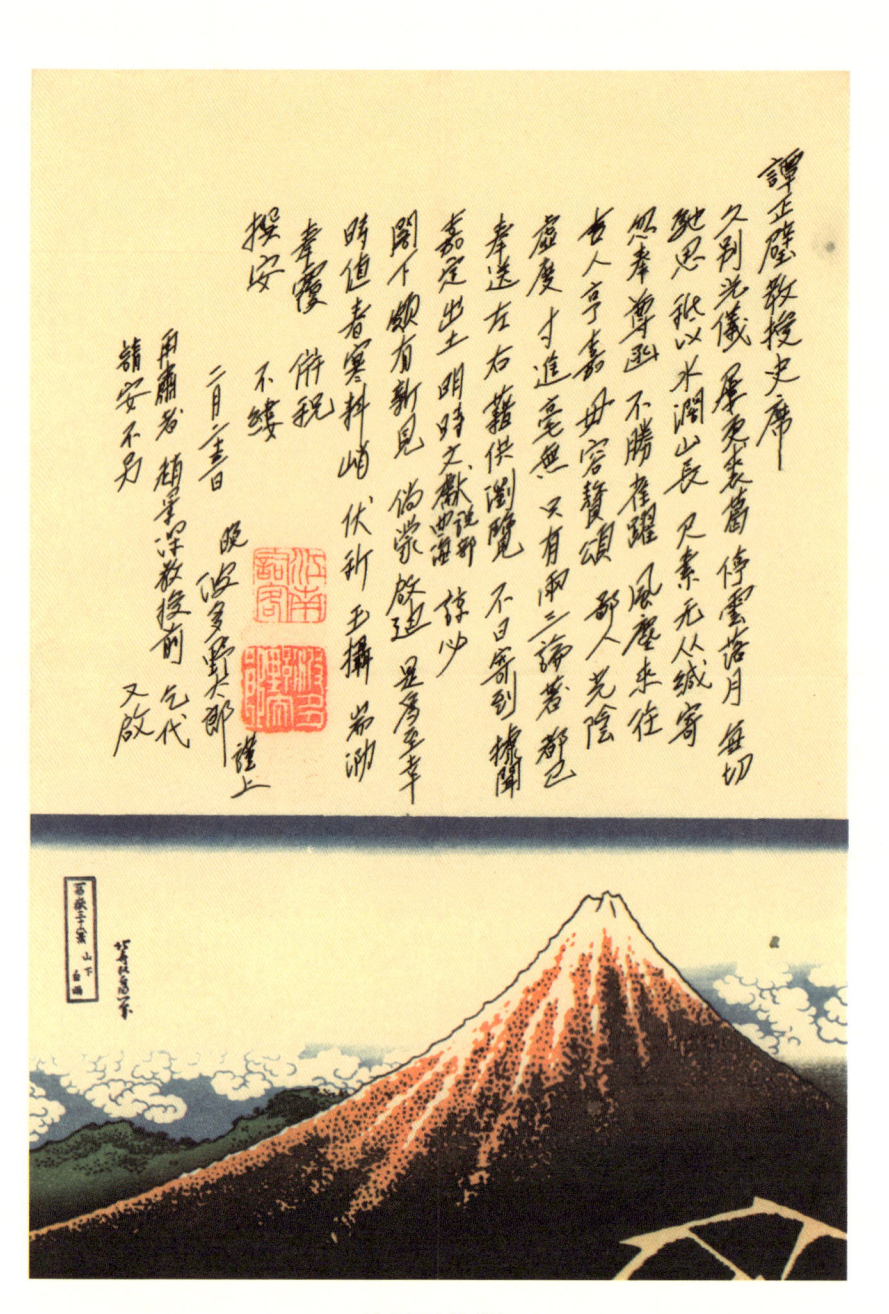

久別光儀，屢更寒暑，停雲落月，每切馳思，祇以水闊山長，尺素無從緘寄，瞻望尊顏，不勝雀躍。風塵來往，故人零落，毋容贊頌，鄙人光陰虛度，寸進毫無，又有兩三稚荷都已奉送左右，舊供清覽，不日寄到，擄開篋笥，或有新見，倘蒙啟迪，是為幸幸，晴邇者寒料峭，伏祈玉攝，耑泐敬叩

著慶　併祝

授安　不縷

二月書　晚　波多野太郎　謹上

再肅者：頓首深教授前，乞代　靖安　不具　又啟

波多野太郎手迹

山樵先生大鑒：頃蒙第三次來信，知尊事仍未解決。弟於接前次時即將尊函轉致李俊民先生，以開季等復主吉典文學組事，彼係中華書局原負責人，彼以先之促其以求獲复，只有人持吾謂此事苦知解决年此次來信不在杭，弟無力飛及取此以念特

蓋叩你

近安

弟 郭紹虞 頓首

郭绍虞手迹

钱南扬手迹　　　　　　　　　　　　施蛰存手迹

北京师范大学

正壁兄先生：

顷接怀沙兄来画，敬悉您代我校出《近世戏曲史》中错字或错排的人名书名颇颇多，甚感。昨已接到文籍出版社来画，其中六条已提及，我已去函表示谢意。

近年来患高血压病甚剧，前年曾力疾校过初版本，已经更正了不少。去年中华出版后，恰巧病情恶化，转变为心绞痛，在入医院医治之前，只就已校过的地方略为校阅一过，未能逐页对校。顷枝大叶之处，牛后自当注意。听说您目疾甚剧，送替我校校，实在令我感奋。将来校件寄到我处之后，当力疾重校一次（现主运医嘱戒食，每天只吃四两杂食，所以体力颇弱）。

事画南谢，益请如有意见加以修正也。此致

敬礼

王古鲁 八月三日

通信处
京德内李广桥西街八号王古鲁

王古鲁手迹

1980.12.16.

正璧兄：

十二日来信收到。

古代小说戏曲研究学会拟定请罗竹风、李俊民、徐震堮、赵景深、姜亮鸥、翁独健、周绍朱、姜椒桉吾老八人为顾问。此会由我、李平、陆树崙、刘崇文发起，请姜椒桉请罗竹风，拟在社科院下，为十位代表二十日再开会讨论。古籍出版社魏同志已答应出列物。稿已转去，大作请交给我们发表。

《樊蔼珍人增改定本西厢记》原书我没有见过。中华上编早已改名古籍出版社，二十日魏同志也来开会，当问他是否知道此事。

祝好，

弟，赵景深。

玉瑩我兄尊右

多時不晤殊深繫注聞
文駕赴洞庭山想山色湖光縈洄映帶閒襟勃鬱澼
臚欷儻爲之欣慰次不已未知何時匯返至爲禱
健豕兒子惠心臟病入院治療雖好轉然
一時猶未能出院也頃閱中國通之李約瑟所著
中國科學技術史對於
尊輯文學家大辭典頗有好評特錄之以傳
一粲敬頌潮切敬叩
康強多福

　　鄭逸梅病腕率白

長壽路萬和邨一號

郑逸梅手迹

白壁先生：

顷承惠赐大作元曲六大家、明传、极感。惜刻诸家既世，殊而不能，幸能初刻，尤为难者，可岂人手一编也。秋深伏祈珍摄，窝之再儋。专此奉谢

弟 朱東潤謹上
1965.11.8
上海復旦四舍

朱东润手迹

序

  我未曾想到，谭正璧的这些友朋书札能展示给世人。
  说来惭愧，作为谭正璧的儿子，我在他生前对他并不算了解。父亲因为自己走过的道路太艰辛，没让子女继承他的事业。在他过世后，特别是在撰写《谭正璧传》的过程中，我才认真阅读了他的许多作品，查阅了大量资料，才渐渐认识了一个真正的父亲，也因此努力地想做点什么，特别是想把他的许多作品——学术著作外，还有大量的随笔、小说、剧本、诗歌等——结集出版，因为在这些文字中，能看到一个全面而真实的谭正璧。而这册《书札》，虽然不是谭正璧的文字，而是他几十年间收到的友朋来信，然而处处可见他本人的身影。
  我因为眼底病变，只能将这些信件粗粗地浏览一遍，其中有许多我熟悉的故事，也有一些曾经有所知闻而不完全了解的故事在这里得到了补足。这些信件中，最早的当是20世纪30年代白冰（莫耶）写来的；最晚的是90年代谭正璧逝世后，施蛰存先生写给我们家人的。
  施先生是谭正璧20世纪30年代结识的同道好友，他们曾在文学的海洋中携手同游，情如手足。施先生于1992年1月2日给我们家人的唁信中即叮嘱："你父亲所有一切书信，亦望保存，不要处理掉，亦不要给人取去。"其深意和远见非同一般。
  从这些书札中，可以看到那个年代里做学问、著书立说的艰辛；看到那辈人献身祖国文化事业的崇高精神、严谨认真的治学态度和几十年如一日的坚强毅力；

看到学人间非凡的友谊——真诚的探讨交流、无私的学术资源分享；看到前辈对后学的提携鼓励和后学对前辈的敬重追随。这里展现的是一幅幅半个多世纪中学人生涯的真实画面，故事几多，令人回味。

这些书札历经种种坎坷，才得以保存至今，是谭正璧生命的重要组成部分。它们一度被从上海市区携至谭正璧的故乡黄渡，又从安亭带往山东，最后又辗转回到上海。"文化大革命"时期被抄走，保存在公安局。谭正璧获平反后，执着地再三追讨，才得以归还，只是不知散失了多少。

近年来我在网上看到不少被拍卖的名人手迹，其中也有谭正璧的。最有价值的，当为1925年7月8日谭正璧写给时在北京大学任教的鲁迅先生的信，如今不知此信落在谁手。

1991年12月19日，为祖国文学事业奉献一生的谭正璧谢世。遵其生前意愿，家人将他的遗物——书稿、日记、信札等逾千件——无偿捐赠给中国现代文学馆。我在2009年去北京时，曾到中国现代文学馆参观。遗憾的是，在那对汇聚数千位海内外作家签名的巨型艺术花瓶上，怎么也找不到"谭正璧"的名字。

2016年12月，我耗费十多年精力创作的逾20万字的《谭正璧传》，由北京出版社出版了。虽说了结了一桩心愿，但我总感觉还缺少些什么。浏览中国现代文学馆的捐赠目录，我发现，这真是一座不小的文学宝库，其中就有谭正璧1919年前后的日记，还有许多未刊的书稿、他毕生收存的友朋书信。恰东方出版社确定出版谭正璧的文化随笔《煮字集》，遂得编辑张永俊先生帮助，问得主持中国现代文学馆工作的梁海春先生的联系方式，直接写信索要。令人喜出望外的是，我正在上海图书馆查找资料时，接到了梁先生的电话。后来他即安排工作人员对谭正璧的全部捐赠做了扫描整理，并分批给了我。

去年的上海书展上，藉黄霖教授的《历代小说话》发布会，我有幸得识凤凰出版社的倪培翔社长，不久便促成谭正璧日记的整理编辑（拟收入该社《中国近现代稀见史料丛刊》第8辑）。又由此得识樊昕老师，交往中竟又促成这部《谭正璧友朋书札》的编纂。这些信件的写作者很多已经作古，为取得本人或家属授权，我们又颇费一番工夫,有的一时无从联络,只得忍痛割爱……

当前,祖国的文化事业蓬勃发展,更可喜的是,一批有心传承祖国优秀文化的中青年学者,如雨后春笋般成长起来。前辈学人如若有灵,一定会为他们的事业后继有人而感到欣慰。

谭 篪

2020.9.3于沪上浦东宅中

编选说明

一、本书选编谭正璧友朋书札400通，并附致家属信件4通，均以阿拉伯数字编号。

二、书札按写信人姓氏拼音字母顺序排列。同一人的书信，以书写时间为序。原札上无准确日期的，据信中内容或相关线索，用括号形式补注，难以确定的加问号。

三、书札内容尽可能保持原貌，仅对格式、标点稍作处理，以符当前出版规范。原札中无法辨识之字，用"□"表示；讹字用"（）"括出，并用"[ ]"改正；可从上下文推测出的缺字用"[ ]"补足；信件中成句段的漫漶不清、难以释读之处，用"……"表示并加注说明。

四、除写信人单列小传、不另注释外，书札中出现的部分可考人物，在其首次出现之处用脚注方式予以介绍。

五、数字的用法依照原札，不求一律。

六、个别涉及隐私或不便公开的信息之处，替换以"某""某某"等字样，并加"〔 〕"，以示此为编者的处理，非书札原貌。

七、除62人次的400通书札外，尚有北京大学文学研究所、鲁迅研究学会、中华书局等机构致谭正璧的函件多通，因不属于"友朋书札"的范畴，暂不编入。

目录

1 序
5 编选说明

1 一、巴金 2通
4 二、波多野太郎 9通
9 三、曹中孚 1通
10 四、陈福康 1通
12 五、陈鸿祥 4通
17 六、陈漱渝 2通
19 七、陈翔华 24通
36 八、程毅中 2通
39 九、樊翔 1通
41 一〇、方平 9通
48 一一、郭绍虞 1通
49 一二、韩秋岩 6通
55 一三、胡忌 4通
59 一四、胡山源 13通
71 一五、胡士莹 11通

80	一六、黄公渚	2通	
83	一七、纪馥华	24通	
103	一八、金兆梓	2通	
106	一九、李小峰	5通	
111	二〇、凌景埏	15通	
126	二一、林之满	2通	
128	二二、陆澹安	2通	
131	二三、陆树崙	2通	
133	二四、刘景农	1通	
134	二五、吕贞白	2通	
136	二六、马幼垣	1通	
138	二七、莫耶	8通	
146	二八、庞英	20通	
166	二九、彭黎明	2通	
168	三〇、浦泳	7通	
174	三一、钱南扬	3通	
180	三二、秦瘦鸥	10通（附唁信1通）	
187	三三、沈静琪	2通	
189	三四、沈善钧	6通（附致谭寻1通）	
194	三五、盛才英	1通	
202	三六、盛俊才	16通	
215	三七、施蛰存	30通（附致谭寻2通）	
233	三八、舒新城	3通	
236	三九、孙逊	2通	
238	四〇、田仲济	1通	

240	四一、王古鲁	8通
251	四二、王文宝	10通
257	四三、王运熙	1通
259	四四、文怀沙	7通
264	四五、吴晓铃	4通
269	四六、萧欣桥	10通
275	四七、熊谷祐子	1通
276	四八、徐士年	1通
277	四九、许泉林	4通
280	五〇、薛汕	6通（附中国俗文学学会《缘起》）
289	五一、杨扬	8通
294	五二、杨荫深	3通
297	五三、殷焕先	1通
299	五四、于文藻	7通
303	五五、张白山	1通
304	五六、张万钧	6通
310	五七、赵景深	48通（附余片1通）
342	五八、郑逸梅	2通
344	五九、周妙中	4通
347	六〇、周绍良	2通
350	六一、朱东润	1通
351	六二、庄一拂	6通

357　后　记

一、巴金　2通

巴金（1904—2005），原名李尧棠，字芾甘。笔名有佩竿、极乐、黑浪、春风等。四川成都人。著名作家、翻译家、社会活动家、无党派爱国民主人士。代表作有《家》《寒夜》《随想录》等。

1

正璧同志：

信收到。您的近况我过去不了解，最近也听见辛笛同志谈起[1]，您的确有困难。但我现在什么事都不管，旧作协分会只剩下一个"清理组"，我又是一个给清理出去了的人，因此无法帮忙。倘使有机会，我一定把您的情况向上面反映。

此致

敬礼！

巴金　十七日（1976）

1　辛笛，即王辛笛（1912—2004），生于天津，1935年毕业于清华大学外文系。1936年至1939年，在英国爱丁堡大学英国语文系进修。回国后，任暨南大学、光华大学教授，中华全国文艺协会上海分会秘书，诗歌音乐工作者协会上海分会负责人。1948年加入中国民主同盟。中华人民共和国成立后，历任上海烟草工业公司、上海食品工业公司副经理。中国作协第四届理事、上海分会副主席。有诗集《珠贝集》《手掌集》《辛笛诗稿》等。

巴金手迹

2

正璧同志：

　　赠书收到，谢谢。上次的赠书也早收到了。我身体不好，写字吃力，不多写了。您身体好吗？请多多保重。祝

好！

巴金　廿四日（1981.8）

二、波多野太郎 9通

波多野太郎（1912—2003），号湘南老人。生于日本神奈川县中郡大矶町西小矶。广岛大学文学博士、横滨市立大学教授，日本著名汉学家，以校勘训诂之学名世，并对中国古典小说戏曲有精深研究。著有《〈老子〉王弼注之校勘学的研究》《中国小说戏曲词汇研究辞典》《关汉卿现存杂剧研究》《中国文学史研究——小说戏曲论考》等。

1

谭正璧教授文鉴：

顷接华翰，并蒙惠送大著二本。拜领之余，不胜感谢！弟僻处东海，孤陋寡闻。手此一篇，可高水平。日夕浏览，如仰丰仪。欣忭奚如！前赴京洛，拜谒青木迷阳博士[1]，代呈雄篇。青木先生嘱弟问候先生。近来迷阳先生不攻戏曲，专究酒醪文献，撰文著书。弟有近作一篇，另寄台端，伏乞指正，极所祷祝。耑此布覆，谨鸣谢忱，顺颂

秋祺

十月二十三日（1959） 波多野太郎百叩

---

1 青木迷阳，即日本著名汉学家青木正儿（1887—1964），字君雅，别号迷阳。京都大学文学博士、日本学士院会员。历任同志社大学、东北大学、京都大学、山口大学教授，对中国古代诗文、俗文学、绘画艺术、风俗、名物学等有精深研究。著有《中国近世戏曲史》《中国文学思想史》《中华名物考》等。

2

谭正璧教授：

承赐《人文杂志》1960年1期一本，拜读先生的大论，感激不尽！将来有个机会介绍杂志上以酬盛意！

今日把《论丛》一册奉送台端，以供浏览，肃请教正！聊鸣感佩，即候研好

1960.5.23　波多野太郎叩上

3

沪上分手，转瞬一年有余。正想念之间，乃蒙瑶函远至，藉悉贵体违和，尚未见瘥，深为挂怀！拟即问候，奈以学术、作家、京剧等代表团，接连不断来日，任务猬集，未曾如愿。近日病状如何？业已农历皆春，风暄日丽在近，诸希保重，以期速愈。不胜冀祷之至！大作《三言两拍考证》，先生毕生钻研所凝，整为说部津筏，裨益内外学界颇大。倘无得上梓，非无方策。刻下春寒料峭，伏冀珍摄为幸！耑驰寸禀，谨叩
复安

（1964.3.5）

4

谭正璧教授史席：

久别光仪，屡更裘葛；停云落月，每切驰思。只以水阔山长，尺素无从缄寄，忽奉尊函，不胜雀跃。风尘来往、吉人亨嘉，毋容赘颂。鄙人光阴虚度，寸进毫无，只有两三论著，都已奉送左右，藉供浏览，不日寄到。据闻嘉定出土明时文献说部、曲海，谅必阁下颇有新见，倘蒙启迪，是为至幸。时值春寒料峭，伏祈玉摄。耑泐

奉覆，并祝

撰安，不缕。

二月二十三日（1978）　晚波多野太郎谨上

再肃者：赵景深教授前乞代请安，不另。

又启

5

谭正璧教授史席：

顷接琅函，并辱赠赐《文物》杂志，拜领之下，感谢靡涯。藉悉贵体违和，深为挂怀。想病状可有转机，宜即赶紧调理汉药，俾可早奏霍然，至祷至盼。至于说唱词话，亦得增小说史之一页也，宝贵之至。闻赵教授景深身体欠佳，殊深悬念。两位硕学现届抱恙，山遥水阔，不获躬问；情长纸短，不尽欲言。草草布闻，恭敬

痊安

四月十六日（1978）　晚波多野太郎谨上

6

正璧教授道席：

顷者蒙赐芝函、杂志，业经奉到，诵悉一是。欣闻捧檄华东师大，不觉弹冠相庆。敬维教授涉猎说部，著述丰宏，大学中文，将来展布，定自异常。敝人菲才，自愧谬蒙抬举，安插刊物由蒋氏宪基寄与杂志，隆情盛谊，深铭五中。兹有近作一篇，奉送台端，倘赐教言，以匡不逮，是所至盼。刻下朔风凛冽，伏祈玉摄。肃志谢忱。祗颂

撰安，不备。

腊月八日（1979）　晚太郎谨上

再肃者：今日奉接大著《三言两拍资料》上下两册、音乐译文一册，

拜领之下，感泐靡名。私思《资料》一书，洋洋六十万言有余，裨益钻研说部、曲海颇多，宝贵文献。

又启

7

谭老先生文鉴：

　　暌违道范，屡更裘葛；停云落月，每切驰思。顷接瑶章，披诵之余，中心感激。遝闻挽近学者文人颇多辗轲，贵体违和，尚未见痊，深为挂怀。鄙人客月访问首都，桓盘蜀滇，可惜不赴沪宁，趋前慰问。敬望善为调摄，俾早得仍承训诲，忻幸何似！山遥水阔，不获躬问；肃牍将忱，歉驰曷已。恭叩

痊安，不罄。

四月十九日（1979）　晚太郎奉书

　　再肃者：景深教授处祈代请安，不另。

又启

8

正璧教授道席：

　　拜违硕范，转盼十有七年，瞻依之诚，无日不神驰左右。惟愿阃潭起居，时邀景福，是所虔视。顷奉华翰，仰承大著陆续上梓，裨益学界甚大，曷胜庆祝！闻庄氏一拂传奇、《古典戏曲存目汇考》亦见刊行，届时务乞代购一本为祷。至于拙撰《白话虚词资料丛刊》所引诸书，曾经备载所编《小说戏曲词汇研究辞典索引》卷前提要之中，今日奉送台端，藉供浏览，不日寄到，先行奉达。明春二月下旬，趋前请教，当过高轩，面倾一切。尚肃布覆，顺候

文祺，不罄。

十一月五日（1979） 晚太郎谨启

再肃者：私思琅函手迹，千金所书，伏冀珍摄为幸。

又启

9

正璧教授道席：

獖务纷绕，客岁担任中国语学会长，双鱼未肃。满腔歉仄，瘏痡难安！请问贵恙怎么样？过去十三年间，辛苦得很！上年奉送的小著，还没寄到了么？若是还没的话，从新寄送台端。请无为念吧！

据说许多大著，已经付印，实在造化极了！都是趁早，我要看。

这月二十四号，我访问贵国。那天下午到贵地。二十六号上午离开，到杭州去。以后经过南京、苏州，回国。过了十七年，拜趋先生请教，我欢天喜地！耑肃陈覆，顺贺

新禧

二月十日（1980） 后学太郎叩上

三、曹中孚　1通

曹中孚，上海古籍出版社编审。著有《晚唐诗人杜牧》《杜牧诗赏析》等。

谭正璧先生[1]：

您好！昨日面洽之事，已向领导汇报。所提几点已顺利解决。

一、为帮助解决您临时经济困难，同意额外补助贰佰伍拾元，拟在《三言两拍资料》项下报销。

二、《三言两拍资料》的稿费已经结清，该书出版时除按规定赠作者样书叁拾部外，同意再另送叁拾部，作为特别优待。

三、《话本与古剧》原修订稿，同意您准备再作若干修订的要求，奉还给您，改毕仍希送还我社，备以后重版之用。

四、《说木鱼歌》一稿，欢迎投寄《中华文史论丛》。《弹词叙录》按我社审稿程序，请有关编辑拜读后再与您联系。

五、请谭寻同志来我社一次，取款，并带回《话本与古剧》修订稿。《说木鱼歌》原稿带来亦可。

此颂

近安

　　　　　　　　　　　　　　　　　　　曹中孚　79.8.1

---

[1] 此信天头有"本社已迁至瑞金二路272号（瑞金二路建国路）"一句。

四、陈福康　1通

陈福康（1950—），浙江湖州人。上海外国语大学文学研究院研究员。著有《井中奇书新考》《郑振铎年谱》《日本汉文学史》《中国译学史》等。

谭先生：

您好！请原谅我冒昧给您来信。

我在上海文艺出版社工作时，就知道了您的住址，一直想来拜访您，又恐过于冒昧，未能敢来。现在我在北京师范大学攻读文学博士。

谭先生的大著，我早先读过多种。先生著述勤奋，令人敬佩。最近，我正在研究中国文学史的撰写史，有几个问题想向您请教：

一、我见到先生在1925年即出版了《中国文学史大纲》，此时先生是否在神州女中任教？是否与郑振铎先生为同校同事[1]？先生此书的写作，以及后来的各种文学史著作的写作，是否受到郑先生的影响？

二、先生认为中国文学史中，最值得一读，即成就最大的，为哪几种？对郑先生的《插图本中国文学史》，先生如何评价？

三、先生与郑先生想必交往很多，未知还保存有手稿、书信之类者否？

我在寒假期间将回沪，到时候很想来拜谒请教，未知于先生方便否？

1　郑振铎（1898—1958），字西谛，笔名郭源新等，福建长乐人。著名作家、学者、社会活动家。曾任文物局局长，中国科学院考古研究所所长、文学研究所所长，文化部副部长等职。著有《插图本中国文学史》《中国版画图录》《中国俗文学史》等。

甚盼先生于精力、时间允许的情况下，赐予回信，请寄"北京师范大学中文系 陈福康收"即可。匆匆，祝

大安！

晚福康　12.6（1986）

五、陈鸿祥 4通

陈鸿祥（1937—），笔名示羔、学迅等，上海嘉定人。历任江苏省农林厅文秘、江苏人民出版社文学编辑、《江苏文艺》作品组组长、江苏省群众艺术馆《乐园》杂志编辑室主任、江苏省委党史工委编审、《世纪风采》杂志执行主编。著有《王国维年谱》《王国维传》《人间词话人间词注评》等。

1

谭老伯：

您好！

我是谭常同志的同学，因小时喜文艺，对您早有仰慕。后改搞文艺编辑和评论，又陆续读了您的著作（包括您早年所作小说），尤其是您所撰写的《中国文学家词典》《中国文学史》《中国小说史》诸著作，诚笃严谨的治学态度和博搜勤奋的治学精神，使我深为钦佩。

最近从老同学处打听到谭常同志工作单位，特托他转信，向您麻烦和求教数事：

一、《晋阳学刊》（山西省社会科学院主办）要编辑出版《中国现代社会科学家传略》，已入选的有王国维、陈垣、李达、王亚南、顾颉刚、赵景深诸先生，我向他们推荐了您和陈瘦竹教授等。现陈老的传已撰写寄去，您的传（自传），编辑部已数次发函，要我代为转达。现附上传略撰写要求，文字可以数千字，也可以万字左右。可否，请告，以便我写信转告编辑部，再由他们正式发公函至您住处[1]。

二、我现在江苏省文化局，仍从事文艺编辑工作，正在筹办一通俗而综合性文艺刊物，一旦决定出版后，拟请您从百忙中撰写文章，到时恳望给予支持。

三、我本人也兼搞一点文学史方面的研究，目前重点在撰写一本关于王国维的书，其中涉及王国维的词和戏曲研究，以及他对敦煌卷轴等方面的考证，使我得到这样一个初步看法：王氏对现代俗文学的建立，是有所贡献的。这里，我想向您讨教两个问题：

1. "俗文学"之名称，最初是否由郑振铎提出，提出于何时？在我所曾查阅过的资料中，大约是三十年代初的《华北日报》（北平出版）曾有《俗文学》副刊（半月刊，胡适题词），曾提到此学名称大约正式提出于一九二四年或一九二七年左右，确否？

2. 在您看来，王国维对"俗文学"是否有所贡献？主要在哪些方面？

以上，是否有当，望赐教。复信请寄"南京宁海路73号201室陈鸿祥收"。即颂

撰安！

晚辈陈鸿祥敬上　81.3.12

2

谭老伯：

您好！

近外出走了走，返宁，敬读惠书，欣喜异常。关于撰写自传，已将所赐复原文摘告《晋阳学刊》编辑部，他们当会将具体意见直接写信给您。

承赐覆，对"俗文学"之称得以开茅塞、清本源，不胜感激。大约在一九三六年前后北京出版的《华北日报》上，有《俗文学》专刊（半月一

---

[1] 此信后附有1980年《晋阳学刊》编辑部《中国现代社会科学家传略》征稿函一通，不录。

期），创刊号上曾略述此学名称，谓首由郑振铎先生提出，看来未必完全确实（此仅属记忆，尚需查一查）。

晚在作一点王国维研究，并正在替书局方面撰写一本专书。王氏之学涉及面广，其中有关于俗文学方面的，拟对其贡献也作适当叙述。又如关于"国学"这个名称的来历，至今仍在沿用，而今天的中青年很多是只知其"名"，未必知其"实"，亦需作"启蒙式"的解释。所有这些方面，均望得到您的教诲！

我们在筹办一个通俗文艺刊物，由于种种原因，可能要到年底或明年初始能出刊，届时甚望支持、赐稿（具体题目或范围，另告）。您过去的著述，南京图书馆特藏部（原国学图书馆）尚有保存，惟有的仅存其目而原书已阙佚，甚望借回乡或去沪组稿之机，前往尊处求教，未知可否？

向谭常同学问好，不另。即颂

撰安！

晚陈鸿祥敬上　4.1（1981）

3

谭老伯：

惠书敬悉。承赐教，谢谢！

拙刊正在筹备，奉上一册，暂系内部试刊，亦未起名，加之印工马虎，实不像样，下期起将增加栏目，可望有所改进。拟再"试"一两期听听反映。晚在执具体编务，暂亦无好的帮手，组、编、发稿，几集一人，实苦不堪言，以至无暇写一点稍长文章。四季度（第四期）拟约请您撰文，具体题目另告。八月上、中旬可望去沪，当前往拜谒求教。

既示查阅各书，当于月内请馆方有关同志查觅后即告，勿念。

南京炎热如火，上海可能好些。望多保重，并颂（复信仍寄我住地）

文安！

晚鸿祥上　八．十九（1981）

向谭常同志问好！又及。

4

正璧老伯：

遵嘱，托南京图书馆特藏部同志认真查阅。《剿闯通俗小说》解放时已经缺藏，故回目无法钞送。您的著述书目，另纸录呈于后。共九种，实际恐不止，但主要者大致尽在此中。除《中国文学家大辞典》现已重印外，愚以为《中国小说发达史》，继鲁迅《中国小说史略》之后，恐至今尚无胜此之力作耳，如能予补充重印，其价值当不在新出诸种"大部头"名目堂皇的文学史之下。

我近一月多来生病，住院刚回家，现仍在家养病，身体虚弱，不能看严肃一点的书，更无法抓笔作文。秋后拟为这里的文学讲习班讲授几课中国通俗文学。待身体好一些后拟写个讲课提纲，送请看阅，望不吝指教。

有何示，望告。匆此，即颂

撰安！

陈鸿祥敬上　一九八一年八月二十一日

附[1]：

龙蟠里所藏谭正璧先生的著述，据平时所知，有下列一些（是否都在库，尚需核查）：

①女性词话（1934　上海　中央书店）

②文言尺牍入门（1943　上海　中华）

③文学概论讲话（1934　上海　光明书局）

④日本所藏中国佚本小说述考（1945　上海　知行编译社）

1　此目系南京图书馆馆员钞录。

⑤中国文学史（1935 上海 光明书局）

⑥中国文学史大纲（1928 上海 光明书局）

⑦中国小说发达史（1935 上海 光明书局）

⑧古代名家尺牍（谭正璧选注 1948 上海 光明书局）

⑨中国文学家大辞典（谭正璧纂 1934.12 上海 光明书局）

六、陈漱渝 2通

陈漱渝（1941—），湖南长沙人。1962年毕业于南开大学中文系。九、十届全国政协委员。曾任中国鲁迅研究会副会长、北京鲁迅博物馆副馆长、研究室主任。著有《鲁迅史实新探》《鲁迅在北京》《许广平的一生》等。

1

谭正璧先生：

您好！请原谅我冒昧地给您写了这封信。

我是南开大学中文系一九六二年的毕业生。大学期间，间接受到您和孙楷第等先生影响，花了近四年时间研究中国古代白话小说的源流变迁。大学毕业后，因国家经济的暂时困难，我被分配至中学任教，不得不中止了这一专题研究。在"十年浩劫"中，除《红楼梦》以外，中国古典小说几乎全被视为封建糟粕，"三言二拍"更是属于禁书，因此我只好白手起家研究鲁迅。一九七六年被调至鲁研室专门从事鲁迅研究工作，但我仍想在适当的时机重操旧业，否则几年的心血就会付诸东流，这是我决不甘心的。最近，我在单位资料室看到您编的《三言二拍研究资料》，欣喜之余，也不禁为自己而感叹。我随即到北京各大书店购买此书，但都碰了钉子。无可奈何，我只好向编者求援了。不知能否通过您向出版社买这套书？您是前辈学者，定能体谅后辈学子这种求知的急切心情的。如能购到，我即将书款及邮资如数汇上，好吗？

去年上半年，我被中宣部借调至人民文学出版社做鲁迅日记的注释工作，看到您写的一份材料，说抗战胜利之后，上海的《小报》曾连载鲁迅一九二二年的日记。我根据您提供的线索到北京图书馆查找，但该馆没有这个名称的报纸。我想，如果能找到失落数十年的鲁迅一九二二年日记，将是鲁迅研究领域的一大成果，也是对鲁迅百年诞辰的丰厚献礼。不知您能否在上海想些办法？

您给我们寄来的大作已经发稿。据国家出版局说，日本方面已要求跟我们合作出书，但究竟如何合作尚不清楚。

即请
著安

陈漱渝　2.8夜（1981）

2

谭先生：

您好！

二月二十日惠书敬悉。允代购大作一部，万分感谢。我希望今后能在小说史研究方面多少做出一点成绩，不致使您的大作明珠暗投。

现寄上《鲁迅研究资料》（五）一本，《动态》一、六期各一本。《资料》（一）与《动态》（二）早已绝版，我们自己也买不到了，乞谅。又，《资料》（六）已出，（七）即将出，您如需要，请复一短简，我当续寄不误。书款即使超过大作书价，亦不必补寄，因为一部心爱的书，是无法用金钱衡量其价值的。

《资料》《动态》均系不定期刊物，因此难于确定全年定价，只好出一期买一期，我室已专门委任陶忻同志负责邮购。我因经常出差，容易误事，您如同意，我可先放点钱在陶忻同志处，让她负责给您邮寄，不知可否？

即请
大安

后学陈漱渝　2.24（1981）

七、陈翔华 24通

陈翔华（1934—），又名陈强华，浙江苍南人。1964年于杭州大学古典文学专业研究生毕业。先后在人民日报社任编辑、记者、文艺评论组组长，北京图书馆任《文献》杂志主编等。中国公共图书馆古籍文献编辑出版委员会常务副主任委员、中国俗文学学会副会长。著有《诸葛亮形象史研究》《三国故事剧考略》等。

1

正璧先生：

您好。谭笺同志来信和附函已收到，我已将二信转给《人民日报》群众工作部读者来信组李宝军同志。据李同志说，於文发表后，来信颇多，他们准备一起阅处，并设法转到美国去云云。又，李同志说，上海有於的胞妹，她们已有联系，於先生既是她们的亲属，似应知道她们的地址。

北京图书馆办《文献》刊物，主持人极力拉我去。最近，我已离开《人民日报》，到《文献》丛刊编辑部。此刊虽创刊不久[1]，但引起学术界的注意，在国外很有影响。请您为本刊写些稿子（或从旧稿中整理修改出来的）。如有什么选题计划，请来信告我，以便及时联系。来稿寄我后，可向编辑部作有力的推荐。

《文献》与吉林省合编《当代中国社会科学家自传》，拟分册出版，向国内外发行。我已建议，请您写一自传，今附专函一件供参阅。（完稿时间不限，可以从容地写。）

---

[1] 《文献》第一、二辑出版于1979年，此信或写于1980年左右，故系于第一封。

来信请寄我家：北京市朝阳区光华里28楼（平时我在家时间较多）。或寄北京图书馆《文献》丛刊编辑部我收，亦可。

敬礼

陈强华　5.31（1980）

另，向您请教几个问题，恳请拨冗复信赐教。

另外，特向您请教几个问题[1]：

（一）《也是园目》有元无名氏撰《朱伯通衣锦还乡》（佚），此剧属于三国故事，但今本《三国演义》不见此故事，不知其内容为何？

（二）元明间无名氏撰《捶碎黄鹤楼》（佚），见《太和正音谱》等著录，但不知此剧内容，是否与元人杂剧《黄鹤楼》同题材？

（三）元孙季昌套数《正宫·端正好》（集杂剧名咏情）："早闪出乌林皓月明。"我疑《乌林皓月》，即演赤壁之战曹操失败故事，不知是否？

2[2]

正璧先生：

六月十日来信收到了。因临时出差，故未能及时作复，甚感抱歉。

经研究，请你撰写《成化本说唱词话十三种》。尊稿争取本年内刊用，由于排印费时，必须及早付排，望能抓紧时间写出掷下。本刊因对海外发行，望脱稿后，文字上再加斟酌。我已建议在今年第四辑上发表[3]。先生此文发表后如产生积极影响，也将大利于其他问题的解决。

1　此页后附《〈文献〉（丛刊）征订启事》一纸，内有《文献》1979年第一、二辑目录，并有"请撰写有关文献价值的稿件，可参阅此件"数字。

2　此封天头有"来信仍寄我家。我一般是上午到编辑部上班，下午在家处理稿件"数字。

3　此文全名为"明成化刊本说唱词话述考"，发表于《文献》1980年第三、四辑，故此信当写于是年。

先生"文化革命"前在中华上编发排的《三言二拍资料》，不知古籍是否出版？我向编辑部负责同志推荐说，此书很有价值云云。经初步研究，建议先生完成《成化本说唱》一稿后，再在《三言二拍资料》一书基础上，撰写《三言二拍考证》（拟题）。此文写法：（一）前有前言综述。（二）按"三言二拍"编排顺序，以索引的方式，简叙该篇源流影响（主要是篇目出处，不要录其内容，以免不易通过）。这是我的设想，不知先生意见为何？如果先生同意，我将力争在刊物发表。

另外，社会科学家自传稿，亦望加紧时间写。

前信向先生请教的问题，承您转询赵景深先生，并附来赵先生的信，十分感激。先生的精神，是很使我感动的。过几天，我将遵嘱去看望孙楷第先生。

信中询赵万里先生。赵先生患半身不遂，一直在家养病，不能行动。以后如有机会，当去看他。

敬祈
撰安

陈强华　6.25（1980）

附上《文献》去年第二辑一本。

3

正璧先生：

来信收到了。

接信后，即与《关索考》作者周绍良同志联系，他也只有一本《周叔弢先生六十生日纪念论文集》，承他支持，我昨天才从他家借来《论文集》，今即挂号寄您。周绍良同志嘱用完后即归还他，我也答应用过即还。

据周绍良同志说，《关索考》修改稿已交中华书局，今年下半年可能在《学林漫步》上发表。

今寄上《文献》第一辑，乞教正。今年第一、第二辑都在印刷中，预计八月份才能出版（在外地印刷）。印出后，当即奉寄。

　　附告：赵万里先生上月25日去世，最近已开过追悼会。孙楷第先生处，最近去了一次，因忙，又人多，未及详谈。以后当再去请教。
敬礼

陈强华　7.5（1980）

　　我家的邮政编号是100020。

4

正璧先生：

　　寄来的书和尊稿，都已收到了。

　　尊稿即将阅处，并特列入今年发稿计划，争取在第二辑（即今年第四辑）上刊用。题目是否改作"明成化说唱词话述考"？文章比较长，可能要适当压缩。如何处理，将去信同您商量。

　　先生稍事休息后，即可撰写自传。我们刊物第四辑特发胡华自传，第五辑将发朱士嘉、赵景深、蒋礼鸿自传，第六辑将发姜亮夫自传。其他自传都按来稿次序选用，但主要放在专书上用。

　　即颂
撰安

陈强华　8.13（1980）

5

正璧先生：

　　您好。前复一信，谅已收到了。尊稿已决定今年第三、四辑上分两次刊用。第三辑已付排，待出校样后，再奉寄审正。考虑到原题太长，我擅自改为"明成化刻本说唱词话述考"，不知可否，请示复。

　　又，先生自传撰写得如何？如已写好，请直寄我（附照片二张，以便刊用）。今年决定要印行《中国当代社会科学家自传》一至二册，如先生自传及早脱稿，可以赶上今年出版。

文学研究所姚克夫同志几次来谈先生的近况，他还说《文学遗产》已决定选刊先生的另一稿[1]。在不妨害健康的条件下，先生多写一些文稿，这对于改善先生的处境，无疑有很大的好处。

即颂

撰安

陈强华　9.5（1980）

6

正璧先生：

您好。尊稿《明成化刊本说唱词话述考》（上）的校改样和巨著《三言两拍资料》，均已先后收到了。

尊稿校样，均已照改。现已发保定印刷厂改，正争取在年内印出。出书后，当奉寄。至于先生要几本，请来示。今呈上第四辑目录，请审阅。此辑已发印刷厂，可望明年一月出书。

先生巨著《三言两拍资料》三套，已收到。姚克夫同志处，已转给。周绍良先生处，我已告诉他，他表示感谢，并说《关索考》重新发表后，当奉赠给先生。（先生著作，过几天我送给他。）

《三言两拍资料》，洋洋六十万言，对研究话本和小说史实在是太重要了。先生此编，与胡士莹先生遗著《话本小说概论》为当代话本研究上两部最重要的著作，将会永远流传下去。

衷心感谢先生的赠书。

先生明年有何著作，请来示，以便我们安排发稿。

---

[1] 即《释木鱼歌》，刊于《文学遗产》1980年第三期。

即颂

撰安

晚陈翔华　十二月八日（1980）

7

正璧先生：

今呈上先生托购的《文献》五本和抽印本。稿费已另奉上。

近出《文艺论丛》第十二辑内[1]，刊有拙作旧稿《论诸葛亮典型及其复杂性》（1964年作《诸葛亮艺术形象演变史》中的一节），今一并呈上，敬祈先生多多赐教。

先生大作《西厢二十七种考》[2]，下月初可出校样，到时奉上，请校后掷下。

《河北大学学报》负责人彭同志，对先生的遭遇深表同情，敬佩先生的大著，请先生赐寄一稿[3]，以慰他仰慕之心，如何？

即颂

撰安

晚陈翔华上　3.28（1981）

8

正璧先生：

尊校稿已收到，前几天已发印刷厂，估计尚需二个月后才能见书。（去年四辑已开印。）

1　此辑刊于1981年3月，故此信系于是年。
2　即《王实甫以外二十七家〈西厢〉考》一文。
3　即《论张凤翼及其〈红拂记〉》，刊于《河北大学学报》1981年第3期。

先生《潮州歌》等二书，民间文学出版社似难出。我有一熟人，与广东有关系，愿推荐。是否请先生另寄两书说明？以便寄广东。

《河北大学学报》负责人来信说，该学报既欢迎论文，也欢迎考证文章。并说已将先生的题目，排入该学报今年第三期内，望先生抓紧时间撰出赐寄，以便转给他们用。

匆匆。即颂
撰安

晚翔华　4.18（1981）

9

正璧先生：

四月十八日手谕，已奉达。承先生一一开诲，振发蒙聩，不胜感激。

先生大作，我已转《河北大学学报》负责人彭黎明同志。据他来信说，已将先生大作排入今年第三期。彭君很热情，先生以后可同他通信。

《西厢二十七家考》，早已收到，校样早已发新华二厂，据云下月可出三校，然后打纸型再印刷，估计要到五、六月间才能出书。去年第四辑已开印，印出后，当先奉样书，待大批书从保定运回后，再奉购书和稿酬、抽印本。专此奉复，即颂
撰安

晚翔华　4.22（1981）匆匆

10

正璧先生：

久未问候，十分抱歉。

大著抽印本（去年四辑）近已出，今奉上若干份。先生所需代购的刊物五本，要过些天才能买来送上。稿费后寄。

第七辑正在印刷，出书后当即奉寄。

接《河北大学学报》编辑部负责人彭黎明君来信，谓先生大著已入该刊第三期，并谓该刊已寄先生审正。该刊第二期有拙作《魏晋南北朝时期的诸葛亮故事传说》一文，请先生多多赐正。拙作系旧稿，河北大学对此当有兴趣，特地加了编者按语，似乎比较重视。但自揣疏漏不少，尚祈先生不吝赐教。夏季炎热，望多加保重。

匆匆，即颂
文安

晚陈翔华拜启　七月七日（1981）

先生前曾来示，谓《文汇报》发一文贬斥诸葛亮云云。晚查阅剪报，未得见其文。如有便时，祈先生示知年月。倘蒙指诲，无任感荷。

又及

11

正璧先生：

日前奉函和《文献》七辑样书，计已达察。

今晨，书目文献出版社社长李志国同志来找我，答复关于尊著《粤歌叙录》一书的出版问题[1]。李志国同志说，他已与韩秉铎同志（书目文献出版社副总编辑，主管书稿的审定工作。——因总编辑是文化部图书馆管理局长，不具体管）研究决定，原则上要出版。请先生即将书稿寄下，以便交他们最后审定。

李志国同志郑重其事地还当面交给我一封信，今呈上。其中谈到一点意见——不必都压缩——供先生参考。

李志国同志表示，对先生著作，他们是十分尊重的，如有什么修改的意见，阅完稿件后再同先生商议。

1　即《木鱼歌、潮州歌叙录》，后由书目文献出版社于1982年出版。

另外，李志国同志看了《文献》第七辑上先生大作《王实甫以外二十七家〈西厢〉考》以后，两次同我谈起，请先生编校一部现存的各种《西厢》（除《王西厢》外）的集子，以便阅者的研究参考。出版社对此书兴趣很大，先生能否抽暇编校？（当然要谭寻同志协助搞。）他们的意见是，先生大作中提到现存十六种曲目，只要不是极无聊、毫无价值的，都可以编入集子中。如果先生愿意编校此书，请先赐便函示知，以便他们立即列入出版计划。

匆匆不一，专此奉闻。即颂

著安

晚陈翔华拜启　9.15（1981）

12

正璧先生：

大著和来示，均已奉达。我已于今日上午转交书目文献出版社李志国同志审处。（并交您的信。）今后如有消息，当再奉闻。

还接《河北大学学报》彭黎明同志来信，称先生大著已安排在《学报》第三期，因赶出版时间，未能送审，请您原谅。彭黎明同志又说，他和一些同志都认为先生大作水平很高，他们都以发表先生文章为荣（关于校对，由彭黎明同志亲自抽暇细校三过）云云。彭君特要我代向先生致谢。

最近，我将去保定，当可面见彭黎明同志。

匆匆不一，专此奉达。即颂

著祺

晚陈翔华拜启　10.5（1981）

13

正璧先生：

来示已奉达。

《木鱼歌》一书，出版社编辑部已于二月二十二日发稿，出版社不久前已送秦皇岛印刷厂排字。我已告杨扬同志排成大32开，他已遵嘱照办。他托我代向您问好。

《传略》一书，今夏总可以出书吧。此书印数二万左右，由新华书店发行，当地大概可以买到的。专此奉复，顺颂
著安

晚翔华谨启　3.19（1982）

尚有一事请益：元杂剧《邓伯道弃子》，今已佚，未知本事何出。倘承不吝赐诲，无任感荷。又及[1]。

14

正璧先生：

大著《弹词叙录》已奉到[2]，匆匆翻阅，得益极多。先生数十年心血，积累大量资料，对后学方便极大。祝贺先生对学术界所作出的新贡献，并感谢先生的厚赠。

书目文献出版社原社长李志国同志，去年已调离工作。新任社长兼总编辑姚炜同志，是与我一起从《人民日报》调来的，他对先生的《木鱼歌叙录》的出版也很支持。所以，我就把先生《弹词叙录》转赠给他了，不知先生以为可否？

我问杨扬同志，他也收到了大著。他们都嘱我，代向先生致谢。

1　信底有"出《晋书》卷90《良吏·邓攸传》"一句，当系谭正璧查到，谭寻所写。
2　《弹词叙录》，上海古籍出版社1981年出版。

先生大作《唐人小说与后世戏剧》，我经过努力争取，现已列入发稿计划。《文献》今年准备出一增刊，主要刊载较长的文稿，最近我们研究决定将先生大著列入此增刊（对外称《文献》第十三辑）内，一次发完。我已编出，预计四周内可向印刷厂发稿。但由于印刷周期长，可能要到下半年才能出刊。先生大著早已寄来，但是我们直到最近才能发稿，十分抱歉。我虽然一直是在争取早日刊用先生大著，其中种种原因，先生想必能以谅解的。

先生年事已高，祈多珍重身体，以不断地对学术界作出新贡献。匆匆不一，即颂

著祺

晚翔华拜启　3.31（1982）

15

正璧先生：

日前奉复一信，计已察及。

《文献》八辑，近已装出，今包上，请指正。

先生大作《唐人小说》一文[1]，已排入《文献》十三辑，上周送文物出版社印刷厂排印，待出清样后，当呈上审正。尊稿经过努力，决定一次刊完。特此奉闻，匆匆不一，肃颂

著安

晚翔华谨奉　4.19（1982）

16

正璧先生：

姚柯夫同志返京来访，谈到先生近来情况颇好，晚极感快慰。

1　即《唐人传奇与后代戏剧》，刊于《文献》1982年第十三辑。

先生大著决定发《文献》十三辑上，近已在文物印刷厂排出小样（十二辑新华二厂要下月才排，稿子是二月份送印刷厂的）。今送上小样并附原稿，请速校出后，即退下（连同原稿），以便及时退印厂改。匆匆，顺颂

著安

晚翔华上　6.4（1982）

17

正璧先生：

久未问候，十分萦念。

先生大传，吉林已排出清样，让我转寄，请先生审校后，直接寄长春市吉林省图书馆郭铁城同志收。预计专书可于第一季度出版[1]。

据杨扬同志说，先生的《叙录》一书，最近可发排（他们想找一家比较好的印刷厂）。

奉上小书二种。保定排印质量差，书中有不少错字（《域外词选》，印刷厂没有按我们的改样改，结果有错字，格式也搞错了），请您批评指正。匆匆，顺颂

著安

晚翔华奉　1.20（1983）

18

正璧先生：

来札已收到。

大传已入《中国当代社会科学家》第三辑，近已出书。书由吉林奉上，大约早收到了。（书中错处仍不少。）

1　此自传后名"煮字生涯六十年"，发表于《中国当代社会科学家》1983年第三辑。

目前，敝处另邮奉《文献》第十四辑。

关于《木鱼歌叙录》一书，我已看到出版社送新华书店的样本。大批书正在装订，大约一个月左右便可装出。我已告杨扬同志，出书后即寄上。

今年北京奇热，最近每天36℃左右，传说今年还有地震云云。暑中，祈先生多多保重。匆匆不一，顺颂

著安

晚翔华谨奉　6.8（1983）

19

正璧先生：

大札已敬悉。先生体力不佳，殊为忧念。近闻丹七片对于治疗冠心病有一定效果，先生能否试服一段时间？

关于大著《木鱼歌叙录》一书，现已装订完毕，但未派来拉回（在郊区装订），拉回后，即可邮奉。又向出版社说明情况，出版社将可破例奉赠样书三十册。这些将都由杨扬同志嘱人办理。（《伦敦所见小说书目》，我已告杨扬同志，请他直接寄上。待出书后，他当另邮。）

北京奇热，十分闷人，近来体力渐觉不支。匆匆，顺颂

著安

翔华奉　6.21（1983）

20

正璧先生：

前奉一函，计已察及。据杨扬同志说，大著样书与稿费已分别奉上。出版社已送我一册，拜读以后，十分敬佩。书中著录《孔明出山》等，未知与《三国演义》有何不同。晚正修改《诸葛亮形象演变史》，亟想一知。如先生有便，敬祈示悉。如能将有关《三国》的数种赐借，则感荷无任矣！

近见《雍熙乐府》有《诸葛平蜀》。王国维《曲录》卷三认为是明人杂剧，但他书不著录，未知是散套还是杂剧？此曲又见《摘艳》等，但《摘艳》改题"咏三分"，注明"皇明丘汝成"作。揣度诸家之意，似将此曲作散套，晚以为应作杂剧，未知先生尊意如何？祈请不吝赐诲。

《文献》十四辑，未知收到否？如未收到，当另邮奉。又《中国当代社会科学家》第三辑样书及稿费，均由吉林寄出，不知先生收到没有？

今年北京天气炎热，十分气闷。据说江南一带，气温反比北方低。

匆匆不一，顺颂

著安

晚翔华谨奉　7.14（1983）

代向谭寻同志问候。

21

正璧先生：

来示已敬悉。先生贵体欠健，谭寻同志又违和，晚颇忧念。惟祈及时医治，及早康复是祷。

近二月，晚牙病加剧，疼痛不止。近已拔除，但尚需继续治疗。（不过心脏情况尚算稳定。）故未能及时笺候，十分抱歉。

景深先生身体尚健否？月前晚曾致候并请益，但久未见复，殊念。

匆匆不一，顺颂

近安

晚翔华奉　9.2（1983）

22

正璧先生：

先生四月一日大函，早已敬悉。原想等收到所惠大著（戏曲书），再行奉复，因至今未收到（恐是邮途耽误），晚今晚即乘车离京赴成都参加《三国演义》学术研讨会（四川社科院邀请）[1]，故只好行前匆匆奉复。

读到来示所教，晚极感激。先生目力极差，谭寻同志又身体欠佳，先生仍读完拙作，并悉寄详细意见，谆谆教导之高情，令我感动无已！先生过奖，晚实不敢当；所指瑕处，极是，今后治学应当核对原书，一丝不苟，努力以先生的谨严为榜样。

晚这次离京开会，计于五月一日左右可返回。匆匆不一，敬祈
著安

晚翔华谨奉　4.12下午（1983）

23

正璧先生：

大示已敬悉。多承关注，感荷无量。来示所指医药，当争取尽早使用。

上月底，因四川方面力邀，曾赴成都出席"《三国》与诸葛亮国际学术研讨会"。会议期间，还考察了川北三国遗迹。这次讨论会有日本、泰国、香港等地教授、专家、学者参加。在大会上，晚受邀作了一次学术发言，达四十三分钟（大会规定只讲二十分钟）。这次滥竽充数的发言，意外地受到中外人士的注意与鼓励。

返京后，曾寄奉《文献》二十二辑（去年以前的，全部出齐了）和《笔炼阁小说十种》。后者为选本，以萧欣桥同志为主，故商定由他作前言。书名，我曾以无版本学的根据而建议改称"……小说选"或"……小说十篇"，终因已发征订而出版社不愿改。《前言》本谓作者乃徐述夔，后因受辽宁方面的影响而改为"存疑"。《前言》谓，如为徐氏作，二十多岁青年不可能写如此小说云云。我认为古人早年成才颇不乏例，张竹坡也是二十岁

---

[1] 此即首届《三国演义》学术讨论会，由四川省社会科学院文学研究所和《社会科学研究》编辑部于1983举办，知此信作于是年。

左右就对《金瓶梅》作出了评论。……至于经挫折后才写小说，似也不可一概而论。一个人的思想往往很复杂，如清代戴名世五十年中进士成翰林，而此前一直有"反清"思想。一面"反清"，而一面去应科举，就是复杂的现象。我从《八洞天》《五色石》所表现的儒家伦理思想来看，作者不是作游戏文章，而是对儒家道德理想的追求，这一点同清宫档案揭示徐氏的崇尚理学的思想是完全一致的。在没有很有说服力的材料发现前，我仍然相信作者当是徐述夔。不知先生意见以为如何？

前不久，江苏徐述夔家乡一位同志来找我，要我与他合作编徐氏文字狱材料。这位同志很用功，已搜集了二十多年的资料。由于处于僻地，所以《文献》今年第二期上拙文所引用的故宫档案与《清实录》，他还不能完全看到。据他说，民初徐氏家乡曾上书国会，要求昭雪徐述夔，但未果。不过，当时江苏东台县士绅曾据民间传闻记述入笔记中。其中有真有假，且多传奇色彩。晚已请他不管真假，都先搜集记录下来……将来或者寻找到解决问题的线索。

匆匆不一，顺颂
著安

晚翔华谨奉　85.12.7

24

正璧先生大鉴：

大著《中国妇女文学史话》一书[1]，近日已奉到。非常感谢。先生大著系统地论述历代妇女创作，鼓吹女权，表彰女作家，已受到妇女界的高度重视，也必将受到文学史家的高度评价。

一月间，奉上《三国演义论文集》，未知收到否？倘有便时，请对拙作多多指诲是幸。

1　此书由天津百花文艺出版社1984年出版。

《三春梦》一书，出版社最近才由印刷厂送来样书。承出版社赠送，今转奉一册，乞察收为荷（书已另寄挂号）。

匆匆不一，顺颂

著安

晚翔华拜启　1986.4.4

八、程毅中 2通

程毅中（1930—），江苏苏州人。1955年毕业于北京大学中文系。历任西安石油学校语文教师，中华书局助理编辑、编辑、编辑室主任、副总编辑、编审。中央文史研究馆馆员。享受政府特殊津贴。著有《宋元话本》《古小说简目》《唐代小说史》等，整理古籍《玄怪录》《古体小说钞》《宋元小说家话本》等。

1

正璧先生：

惠示敬悉。您致力于明清说唱文学的整理研究，数十年如一日，令人钦佩不已。但《粤歌叙录》题材确是较僻，而原作传本极少，知者无几。目前中华的编辑力量及印刷力量都很有限，恐近年内难以列入计划。是否先与民间文学出版社联系，或许更为简捷（民间文学出版社地址为北京复外翠微路2号）。辱荷信任，不胜惭恐。乞恕。

专此奉复，并颂

著安

程毅中上　1981.7.29

目录附还。

2

正璧先生：

承惠赐大作《古本稀见小说汇考》[1]，无任感荷。适以去郑州参加古代戏曲学术研讨会，未能及时致谢，深感歉仄。先生采录古本小说，汇为一编，嘉惠后学，实非浅尠。伏希为道自爱，多加卫摄。

谨此奉达，敬颂
著安

程毅中上　1985.4.21

---

[1] 此书1984年由浙江文艺出版社出版。

中华书局

正璧先生：

承惠赐大作《古本稀见小说汇考》，无任感荷。适以去郑州参加古代戏曲学术讨论会，未能及时致谢，深感歉仄。先生采录古本小说，汇为一编，嘉惠后学，实非浅鲜。伏希为道自爱，多加卫摄。谨此奉达，敬颂

著安

程毅中上

1985.4.21

程毅中手迹

九、樊翔　1通

樊翔（1903—1984），上海崇明人。1948年时任昆青嘉三县公立震川中学校长。

正璧先生大鉴：

　　前承惠赐尊著多种，尚未专函道谢，至以为歉。兹又蒙捐赠名贵书籍二百余卷，使敝校之图书馆因而充实，数百学生受惠更深，盛德热忱，铭感无既。拜领之余，谨此致谢。

　　专此，即请

著安

弟樊翔上　五月十四日（1948）[1]

---

[1] 1946年5月，由昆山、青浦、嘉定三县商定改组私立震川中学为昆青嘉三县公立震川中学。1948年，谭正璧任震川中学图书馆主任，时校长为樊翔，该信或作于此际。

崑青嘉三縣公立震川中學

正璧先生大鑒前承惠賜
尊著多種尚未專函道謝至以為歉茲又蒙捐
贈名貴書籍二百餘卷使敝校之圖書館因而
充實數百學生受惠更深
盛德熱忱銘感無既拜領之餘謹此致謝專
此即請
著安

弟 樊翔 上 五月十四日

樊翔手迹

一〇、方平 9通

方平（1921—2008），原名陆吉平，上海人。历任上海文化工作社、上海文艺联合出版社、新文艺出版社、人民文学出版社上海分社编辑，上海译文出版社外国文学编辑部主任。中国莎士比亚研究会副会长。著有《和莎士比亚交个朋友吧》，译有《莎士比亚喜剧五种》《呼啸山庄》《十日谈》等。

1

正璧先生：

听说这次尼克松来[1]，毛主席送他五首宋词（已译成英文）：岳飞《满江红》、辛弃疾《南乡子》、王安石《桂枝香》、张元幹《贺新郎》、萨都剌《满江红》（石头城上，望天低吴楚）。

今年《文物》一月号载，有正戚蓼生本向传已火焚，现于古籍书店仓库中发现前四十回原抄本，与有正石印本无大出入。

古籍书店柜台中陈列《明成化说唱词话丛书》共16本，附《白兔记》，线装，有布函，定价百元，奇贵！不知此书是新发现的，还是早就有之？有否文学价值？

《摘译》不知看过否？我已买了一册，这册是送您的。

附上黄瓜子（较小者）和丝瓜子（黑色，大者）数粒。

敬颂

---

[1] 尼克松访华在1972年2月21日，知此函当作于是年，故列为第一通。

春安!

晚方平上　四月六日（1972）

2

正璧先生：

前日辛笛同志来看我，他闲来吟诗自娱，对于旧诗词颇有雅兴，原来中外藏书很富，但至今未见归还，很想手头备一些自己所心爱的诗词集子，能随时翻阅，因此特地开了一张书单子，想托我代为请问一下，不知您那儿是否有收藏？如因一时不用，得蒙转让，那他是十分感谢的。（价格可由您决定。）

最近我写了一篇《西厢记》笔记，不把它当作喜剧，而把它当作社会剧来研究，希望看些参考书，假使您那儿有王季思或其他同志所写论文（我手头只有霍松林《西厢记简说》），请赐借一阅为感。

这一阵在商务印刷厂劳动，这星期六下午可能有半天空闲，想于午饭后，趋府拜访，不知是否方便。

敬祝

夏安

晚方平上　七月十三日（1976）

附辛笛同志书单子三纸

铅印本

朱竹垞：词综

毛晋：宋六十家词〔全宋词〕[1]

诸代十五家词或十六家词（包括龚鼎孳）

---

[1] 书名后六角括号中内容，系谭正璧铅笔勾注，下同。

周密：绝妙好词笺〔0.50〕

白香词谱

张惠言：词选附续词选等（四部备要本）

万树：词律〔8.00〕

白石道人诗集歌曲（备要本）

纳兰词〔0.50〕

顾贞观：弹指词

曹贞吉：珂雪词

宋周美成：片玉集

铅印本（解放后）

阮阅：诗话总龟前集、后集

吴景旭：历代诗话

计有功：唐诗纪事

厉鹗：宋诗纪事〔12.00〕

魏庆之：诗人玉屑

胡仔：苕溪渔隐丛话

胡应麟：少室山房类稿

徐釚：词苑丛谈〔0.50〕

丁福保：清代诗话

王士祯：渔阳诗话〔1.00〕

欧阳修：六一诗话

叶梦得：石林清话

毛奇龄：词话

胡震亨：唐音癸签

铅印本或四部备要本或四部丛刊本

沈归愚：古诗源〔2.00〕

王渔洋：古诗选

郭茂倩：乐府诗集

沈归愚：五朝诗别裁

元好问：唐诗鼓吹〔2.00〕

王士禛（王渔洋）：唐人万首绝句选

杜牧：樊川诗稿

陆游：剑南诗稿〔陆游集〕

曹庭栋：宋百家诗存〔8.00〕

方回：瀛奎律髓

吴梅村：吴诗集览〔2.00〕

十八家诗钞〔4.00〕

佩文诗韵释要

各种文学史

郑振铎著

游国恩著

中国文学研究所著

共有12种，￥41.00元

3

正璧先生：

多日未见，想必近好！资料丛书26本，在同一星期内，即送至辛笛同志处。他说，他所要的书当直接与您联系。最近，他痊症已痊愈，但还未上班。

上月底有友人张铁弦同志（前北京图书馆副馆长）自北京来，谈起将印二十四史大字本，价格一万元。鲁迅大字本六百多元已出。此外还将出版大字本李商隐诗文集（印数不多，外界很难买到）。此外还将出版《唐诗选》（钱锺书选编）、《唐诗三百首》（非蘅塘退士所编选者），不知是否亦系大字本，未详细问及。北京自地震后，生产不免有所影响，印刷方面保证杂志和大字本的出版。

陈洁同志在苏州有一信给我，他临危不惧，吟了三首律诗，寄托情意。希望您给他看一下。我把他的信附在这里，也可以知道苏州的一些情况。

要是不太麻烦您的话，我想向您借阅《金瓶梅》的第一册（即木刻插图二百幅），如蒙借阅，一定爱护，不给外人看到，一星期后即可奉还。敬颂秋安

方平上　九月七日晚（1976）

4

正璧先生：

大函诵悉。"三言两拍"故事来源探索是您费了许多年心血的结晶，能够出版，是件喜事。听说稿费标准偏低，将重新拟定。大著出版后，也许重新结算，还能补您一些稿费，也未可知。

《世界之窗》我们自己出版社中的人也买不到，只能弄到购书券。您给我信的时候，购书券尚未印好，昨天才弄到，所以信迟复了，请谅。辛笛同志也想购《世界之窗》，我亦是今天才给他寄去购书券。匆此，即颂撰安

方平　1979.9.4

5

正璧先生：

好久没有来看您老人家，想必近好，十分挂念。《世界之窗》第二期最近已出版，兹奉上购书券一纸。听编辑同志说，第二期比第一期内容有所

增进，第三期将更为精彩，可能在十二月份出版，待出版后当继续奉上购书券。

王辛笛于上月下旬赴京开民主党派大会，现在想必已返沪，还没和他见过面。

我从前天起，在家进修一个月，正在写一篇莎士比亚论文。匆此，即颂
阖府安好！

方平　十一月十一日（1979）

陈洁同志已好久未见面，不知他近况如何。

6

正璧先生：

上星期六"文联"在延安路200号请远洋轮上的船长作报告，没有看到您出席，很挂念。

兹奉上《世界之窗》第三期及《珍妮姑娘》购书券各一纸。祝
冬安

方平　1980.1.24

7

正璧先生：

多时未见，不知您是否安好，甚念。在最近出版的《书讯》上看到上海古籍出版社将出版您多年心血编成的《三言两拍资料》的报道，十分高兴，将来出版后，想必为学术界所重视。

奉上《世界之窗》一纸。

　　祝
阖府安好

方平　1980.4.8

8

正璧先生：

多时未见，想必近好。甚念。

文艺会堂新近重又开放，昨天我去坐了一会，遇见了不少熟人。如天气晴好，您有兴趣，似可和谭静同志一起去坐坐。

奉上《世界之窗》购书券一纸，我社服务组已停办，改在上海书店购买。

祝

阖府安好

方平　1980.10.6

9

正璧先生：

奉上最近出版的《世界之窗》购书券一纸。我们这条路正在造新房下，十分泥泞，下雨天很难行走，请拣晴天来买书。

有一事想请教：记得有一个民间故事，说是一个和尚带着小徒弟下山，看见了女人，小和尚问："这是什么？"老和尚骗他说："这是老虎。"小和尚就说："老虎最可爱！"不知能否查到出处，是否出于《笑林广记》？

过几天，作协想来要召开全体大会，您想必由谭静同志陪同，亦将出席，届时当面聆教益。匆此，即颂

秋安！

方平　8.25（1980）

一一、郭绍虞 1通

郭绍虞（1893—1984），名希汾，字绍虞，生于江苏苏州。著名教育家、古典文学家、语言学家、书法家。复旦大学教授。致力于中国古典文学、中国文学批评史、中国语言学、书法理论等方面的研究。著有《中国文学批评史》《沧浪诗话校释》《宋诗话考》《宋诗话辑佚》等。

正璧先生大鉴：

顷获第二次来信，知尊事仍未解决。弟于接前书时，即将尊函转致李俊民先生，以闻李先生复主古典文学组事，彼系中华书局原负责人，故以告之。但弟亦未获复书，只有人转告，谓此事当初解决耳，此次来信不再转去。望原谅，弟能力所及仅此，恐念特覆，敬颂

近安

弟绍虞启　八月五日（1977）

一二、韩秋岩 6通

韩秋岩（1899—2001），原名士元，字君恺，江苏泰兴人。著名机械工程学家、书画家、诗人。早年攻机械工程，留学法、意，荣获航空工程师学位。回国后历任中央大学、江南大学等教授，苏州工专机械科主任，玉门油矿主管机械工程师，西安农机厂工程师等。晚年移居苏州，曾任苏州沧浪诗社社长。出版有《韩秋岩画选》等。

1

谭老：

　　赐示今日始由西安转来，一别12年，忽获手书，欣慰奚似！弟于67年即由尚平路迁至向红三村3-21，75年又迁回苏州，以尚有二子，仍住向红三村，来函亦不知为何尚能转到，今始寄到苏州，将来把晤更较易矣。

　　最近身体尚健，今年青年节已开始在文化宫游泳池游泳，以在市政协每周参加学习三次，故不能每日游泳，俟天暖后上午如开放，即可每日游泳。去夏最高纪录尚能达到1500米，现以天凉，每次只能游500米，以后可逐渐增加[1]。

　　关于出游方面，73年曾至北京一带玩了一个多月，在南京亦住了较长时期，去秋到杭州天目山住了几天，今方由南京转江北扬州游了一下，在苏州经常到太湖边看梅、桃、桂花等，每年去七八次，明年为80岁[2]，拟再登黄山[3]，不知先生仍有此兴致否？

1　此旁有"泳池可开放，训练游泳员而早开迟关"一句。
2　韩秋岩生于1899年，信云"明年为80岁"，可知此信或作于1978年。
3　谭正璧与韩秋岩于1965年9月初识于黄山。

现除参加学习外，以诗、书、画、金石消遣。苏州园林茶叙较便，每晨常去喝茶。如兄拟来苏一游，当奉陪。

弟之迁苏州，以解放前后在苏州苏南工专教书，熟友较多，75年到苏州访友，买到一间极小房屋，楼上下只20㎡，可以与内子二人暂住，故立即迁返，于去年三月户口亦迁进。一切均较舒适，不过住房太小。将来拟向公家要房子，目前尚不可能。令爱谅在身边伺候，并此问好。

韩士元手启　五月十八日（1978）

忽接一别十二年老友来信口占即乞郢政

握别金陵十二年，毫无信息两茫然。
今朝忽报飞鸿到，喜悉云游处处妍。

秋岩未是草　五月十八日

2

正璧老兄：

久未函候，念念！最近赴苏北去了半月，返时你寄来的大作已好久了，至迟迟复，望原谅。此书能于此时出版，很受社会欢迎，承蒙厚赐，应道谢，口占一绝，另录呈乞政，实不登大雅之堂，不过聊表谢意而已。

弟近来正整理拙作中的题画诗词约500首，题为"韩秋岩题画诗词五百首"，究应如何出版，正研究中。弟对于出版界不甚熟悉，应送至何处，请兄指示一下，或因弟非名人，作品亦不见好，可能无人接收。近代大画家确实不少，但能题诗词者不多，我想销售不太难。如能介绍，代为一问亦盼。并候令爱近好。

弟韩秋岩　80.12.4

（原名士元，书画用笔名秋岩）

3

正璧老兄：

　　数年未通音问，至深系念。今忽接大著作，欣慰何如！弟庸碌如常，因日常加以锻炼，粗体尚健，连续四年冬泳，度过冬季，尚堪告慰。兹寄上近照留念。于八二年冬迁至南门二村，来信寄北园旧居，今亦转到。时值清明后，不知大驾有无来苏一游否？如来苏，盼望预先告知，可至车站迎接。现寓很宽敞，可住吾家中，两人亦可，勿必客气也。弟在家时少，最好先来函，以便恭候。此复，并候
春釐

弟韩士元手启　八五．四．八日

南门二村由公共汽车一〇一向南到底。

4

正璧老兄：

　　赐示本当即复，以来信只写"上海谭寄"，而你给我的住址遍寻不见，今日无法，正写好一信（附），拟向中华书局编辑部探问，忽见案头上有一本旧日记簿，找到了你的住址，喜甚，立即写此奉候。弟之近况很好，现在住的房屋是政府配给的，很宽敞，如荷光临，与令爱陪同来苏，可以下榻。虽你的双目失明，但闲谈尚可。我的身体锻炼得好，连续五年度过冬泳，虽下雪天气，亦照常下水，今年亦经过体检，内部无病，但双目亦不能看清，右目于四年前用中医除去白内障，配了两副镜片，当时极好，远视可达1.1，近（的）视可看七号字。但逐渐减退，近远视0.4，近视只能看三号，四号字已看不清楚。左目白内障尚未成熟，尚能模糊见物，据医生说动手术还早，此健康之概况。至工作方面，极忙，排了近二十个头衔，主要的是市政协常委、市文联委员、沧浪诗社社长、国画院画师、体委老年体协委员，终日忙碌，每日来信至少三四封，无能应付。近以目力减退，只好开会不到，

韩秋岩手迹

书画搁笔。吾今年八八岁，兄今年已九十矣。惟有万事看开，得过且过矣。此复。

弟韩秋岩（即士元）　86.5.27

中华书局编辑部：

我的老友谭正璧久未通信，忽来一函，未写地址。原来我有他的通信处，现已遗失，无法复信。他是你局特约编辑，不知现在来往否。如知道他的住址，请示知，以便通信。此致

敬礼

韩秋岩手启　苏州南门二村7-101

这封信写好后，忽查到你的地址。

5

正璧老兄：

顷奉手书，如见故人，甚慰。欣悉生活暂时已有保证，很好。未落实之事，早迟还要解决，是中央政策，我们很可相信。弟在"四人帮"时期亦受怨屈，现已彻底解决，所有材料均烧毁。78年春我又游了黄山，写诗七十余首，现正托人抄印，将送一本请教正。去夏在青岛海泳，曾游至深处防鲨网边廿余次，均写有诗纪其事情。第一首录呈：

又逢海角倍新鲜，千米畅游鲨网边。

四顾无人天地阔，苍茫万里一耄年。

今年元旦亦参加苏州老年组长跑三千米，并口占：

昨晚天阴喜转晴（元旦前夕阴雨），又能践约赴长征。

我如往岁追青少（去年元旦亦参加长跑），沿路欢呼不老人。

我的身体说明还很好，不过右目白内障失明，经动手术后（三个月前），现已配镜，可看书报，不过还有些不便，现作画仍用左目。附上不好的画一张留念请正。今春来时望先告知，如我在苏州，一定至车站欢迎。并

候令爱近好[1]。

韩秋岩士元　一.廿九

6

正璧老友：

　　今承光临，适全家外出，未能接待，而兄又未留住址，急于返沪，不克一晤，怅何如之。他日来沪，定当趋候。近况何如？尤盼能告知，以免悬悬。目力是否能任意行动？身体既能来游览，谅不太差。弟仍健康，今岁元旦曾参加老年组长跑比赛，并得奖。《体育报》于二月二日刊了我的照片，或未注意及之。现每日约长跑8000米，五月即将下水游泳，七月仍拟赴青岛度夏，海游一月。余无足陈，并候令爱均此。

韩秋岩（名士元）　四月四日

1　此页天头有"今春要在西安开'诗书画印'个展，画件正寄去，可能要来一趟"一句。

一三、胡忌 4通

胡忌（1931—2005），浙江奉化人。戏曲史家。历任中山大学助教、中国戏剧出版社编辑、辽宁省文学研究所研究员、江苏省昆剧院编剧。中国古代戏曲学会、中国昆剧研究会理事。著有《宋金杂剧考》《昆剧发展史》等。

1

正璧先生大鉴：

晚在上月十九日抵京，不觉已将一月。来京后生活已趋安定。社方对我所提出的二点要求，都蒙照顾。有个人的房子住宿，离工作地方极近，只消三二分钟即能走到，也可免去车乘拥挤。此其一。目前照顾身体，工作上半天，有时因开会或学习，一星期内约须参加一二次的学习。大体说来，工作很轻松。看戏的机会颇多，来京后已有十多次。青年艺术剧院的印度名剧《沙恭达罗》也正式公演了，尚未去看。

拙著上月廿日左右已在上海发行，样书寄到家里，到目前为止，北京书店还未到货，实实急杀！本想早呈一本，愿先生批改，但无法寄出，实属恨事！万望先生宥谅！外地诸师友处，均去函道歉，说明原因。初未料上海之书到北京，却待一月光景。

大作《清平山堂注校》已看到[1]，也是从上海寄来的，北京货亦未到，同样当待一月左右。序言中先生说明过去古籍刊行社影印本有删节处，向所未知。若有删节，何必"影印"！

---

[1] 即《清平山堂话本校注》，纪馥华选，谭正璧校，古典文学出版社1957年出版。

和风吹来，发展了、明确了作者和出版者的关系、出版者和发行者的关系等等问题，但是要做到理想、顺当，恐非一朝夕之事。现在晚投身出版社，任编辑，难免有被夹攻之受，不论怎样，多多熟悉有关业务，总是对自己有不少帮助的。拙著到京后，一定奉寄一本。望不吝指正！若有来京机会，希来示告知一二。此祝

近安

晚胡忌　5.18晚（1957）

大作《关汉卿剧本事考》已见，《论丛》社如何处置，不详。近来有关戏剧史论战颇热闹。

2

正璧先生尊鉴：

敬悉来教。事出意外，不敢贸然作答。一则因我腹内空空，二则从未登过讲台，三则工作定在南京江苏省昆剧院，到上海去的话往来不便。通过这里领导也会有困难。鉴于上述三点，恐怕去师院事难以应命。施蛰存先生久仰，新近且在《中华文史论丛》得拜读其《论温飞卿》一文，极感兴趣。不日若去上海时，愿趋府拜望请教。春节将临，我很有可能在春节假期回沪过年，届时当先造府恭贺年节。施先生处盼代我转致谢意。

目前我正在安顿"新居"，家务事颇繁杂，匆复，即颂

冬佳

晚胡忌　元月十日（1979）

3

正璧先生鉴：

手函于昨午收读，敬悉尊著事状，所云已催及数次者，望勿以晚之所需为先生劳。又，大文《〈辍耕录〉所录金院本名目内容考》已从赵先生处借

及细读[1]，如先生现时有必要作参考者的话，可函及，当是正。晚近年着力于宋金元院本之研究，草作《院本考》一文，去岁已呈赵先生看读，谬误处甚多，近大事修改，迷惑、武断处仍在在皆是，尤被困于"爨"的迷障中，不能得解。（昨得二北先生函[2]，亦备一说，但未可视为定论，即任先生本人亦"姑为此说"，此后附录上。）先生若有高见，望以教我！此致
敬礼

晚胡忌于五［月］十三日

凡原是讲，或唱，并无扮演，今改为扮演，使戏剧化，遂曰"爨"。（任中敏说之小结。）

4

谭正璧先生尊鉴：

来函收悉。《何典》已抄毕，但怕邮寄丢失，一直不曾托友带去上海归还，甚歉！（此书目前已颇难得。）最近我去北京公出，刚回南京，明后日又即将赴无锡、苏州，然后到上海，预计在本月底可造府拜谒。《何典》当当面呈还勿误。

先生落实政策情况如何？时在念中。据悉新任上海市文教书记陈沂将在上海这块大地狠干一番，或许对先生景况会有所改善，但愿如此——阿弥陀佛。即颂
著祺

生胡忌匆复　廿一日

家中均此问候。

1　此文发表于1942年《经纬》第二卷第六期，此信或作于此后不久。赵先生，即赵景深。

2　二北先生、任先生，即任中敏（1897—1991）。名讷，字中敏，别号二北、半塘，江苏扬州人。著名词曲学家、戏曲理论家、唐代音乐文艺研究家。著有《唐声诗》《唐戏弄》等。

江苏省昆剧院

谭正璧先生尊鉴：

来函收悉。何澳已抄毕，但怕邮寄丢失，一直不曾托友带去上海。尔还甚盼？（此书目前已颇难得。）最近我去北京公出，刚回南京，刚后日又印将赴无锡苏州，然后到上海，预计在本月底可送达拜谒。何澳先生营业政策忧况如何？晴光忘中，据悉新任上海市文教书记陈沂将在上海送块大地狠下一番，或许对先生景况有所改善，但愿如此——阿弥陀佛，即颂

著祺

京中均此问候

　　　　　　　　　　　　先生 胡忌 八〇夏廿一日

一四、胡山源 13通

胡山源（1897—1988），原名胡三元，江苏江阴人。作家、翻译家。1920年肄业于杭州之江大学。历任上海基督教青年协会书报部翻译，河南开封中山大学、杭州之江大学教师，上海世界书局编辑，福州福建师范学院、扬州苏北师范专科学校、上海师范专科学校中文系教授。著有《南明演义》《散花寺》《青山碧血》等。

1

正璧兄：

昨夜接到棠棣来信，当是兄交涉之功，该信尚诚恳，弟可接受，附上复信，请代转为盼。此事给你许多麻烦，我非常抱歉！但不能默尔而息之情，你能谅解，今亦惟有再等，看其诺言能否兑现。当望你勿因此事而灰心，从此怕事，能助人者还是助人（不仅对我而说），则总有人了解，得一知己即可无恨。二则"助人最乐"，此言确有道理，亦使自己生活较有意义。我虽因助人之故，受过许多烦恼，甚者好意变成恶意，恩者仇报，但我终不悔改，似乎在此草草数十年中，亦总算做了一些事。你是解人，什么都懂得，当不烦我辞费，不过怕你一时感到烦恼，聊为一广，当乞谅察为幸。为北新所写的《小说是什么》二万字的小册（仿《文心》故事体），全部校样已于前日校毕寄回，固然篇幅少，较易为力，但其资力虽厚，或亦有关系。《习作初步》，此地图书馆大量购买，特用广告牌揭出，为你欣喜之余，特此报闻。此致

敬礼！

山源顿首　十月十八日（1953?）

胡山源手迹

2

正璧兄：

　　昨晨已给你一片，近日傍晚收到你四日（上海邮印为三日）之信，故此刻再写此片。引文太长，我亦何尝不有此感，但正如你所说，确为读者的便利，不得不如此。且小说非比语法修词，如不引到一个相当段落，就不能说明问题。例如《差半车麦秸》，只能删去开首一大段，现在所引的，实在无法再删。何况像这篇东西，现在已很难找到，读者自己去找，尤其为难，在序中说明，极合我意。我想就添在"后序"中，因"后序"中曾说到增加例证的话。如你能代拟增入，排好后送我校，最好，可省去一次往返；否则，即请他们将此"后序"送来由我自添。

　　创作少，其他写作亦少，确应由苛刻的批评负责，同时对真正粗制滥造者，却又不当放松，实不正常，必须纠正。《散文写法》，我当长乎为之，但此地条件甚差，参考书过少，因校系新办，无存书，新的亦不全。……[1] 我将于本月二十二日来上海，届时当来看你，缘见前片。祝

好

　　　　　　　　　　　弟山源顿首　十一月四日灯下（1953）

3

正璧兄：

　　我于十一月三十日晚到扬，考卷和作文卷，都待批改，故未及即写信给你。今考卷已看好，可以写给你几个字谈谈了。在十一月二十三日的《解放日报》上，看见"图书出版的联合广告"，刚巧为棠棣等五家，是否"联合出版社"就由它们五家并称的？计为棠棣、国际文化服务社、上杂出版社、文化出版社、文光书店。如即此五家，果然翻译书，居之大半，将来我的

1　此处数句为邮戳盖住。

《郭尔第的光明》和《早恋》，似乎还可聊备一格。文化出版社连英国哈代的《苔丝》都在出，我的都是苏联的，似乎总要新些。我所念念的，自然是《小说习作》的进行，已到如何程度。如果在本月底可以出书，阳历元旦前将来申，接受赠书，并即分送各处。我与丁缔对调之事，恐不易成功，寒假中上海如无别的机会，看来我只有在此耽到明年暑假再说了。我可以离此之事，曾与韩侍桁谈过否？

弟山源敬礼　十二月三日灯下（1953）

4

正璧兄：

十二月八日明片已收到，"年内可出版"，甚喜，一切还该多谢你。但所谓"年内"，是否指这个十二月底？此书尚有目录，兹未编就，尚请按敝样一编。如系他人代编，亦请过目。此后译作，自当遵嘱，与韩直洽，但仍希从旁协助为盼。大作政治受到打击，当系人社或其他公营机关有同样书出版之故。兹事可恶，未免欺人太甚！但你已有收获，只以此自慰吧。北新你有七本书，你还在为他们做书？我要告诉你，昨天接师大徐中玉先生来信[1]，摘录如下："您有意来此，虽向老□疏通，他对您原无特别意见，已同意，不知扬州是否能放行？目前情况，要由这里主动调您，比较困难，如能离开，而已被同意调至此间，那么这里大致已无问题。有次华东教育局派人来系调查，老□已表示，如能把你调来，很好。"我已根据此信，取得此地领导的同意，找到替人即可走，今正在接洽中。学校对弟同意，上级大致亦无问题。上次华东硬要我回福州，实因福州不放我之故，福州至今尚无系主任，意思非我不可。此地我只当一个普通教授，自然就容易些。我的情况早已对他们说明，他们□□同情，故此次一说便成，并无留难。果能重回上海

1　徐中玉（1915—2019），江苏江阴人。著名文艺理论家，作家，语文教育家，华东师范大学中文系终身教授。著有《鲁迅遗产探索》《古代文艺创作论》等。

工作，可以时常相叙，乐何如之！景深之处，想等事情确定了再告知他，你如便中遇他，亦可先说，因他是很关心我的，亦使他早些安心。
敬礼

联合出版社的地址，便时请示知。

弟山源　十二月十日灯下（1953）

5

正璧兄：

　　昨天上午刚寄给你一信，下午又接到你十八日写、十九日寄的明片（而上海邮印为二十日）。《小说习作》又要延期出版，我除了作苦笑以外，说不出别的话来。我真不懂为什么棠棣如此一无预计，合并后，不知会好些否。这又叫我发生了不少麻烦，有很多地方都来问我何时出版，我已根据你的前片，一一回说本月底了，现在又延期，又须我一一写信解释了，我自己觉得很没趣，为什么老这样对人家说不定！可见我的修改稿他们一直没有动，直到最近的……[1]，也像全书搁了几个月，到最后才动手一样。所谓"下月"，一日也是，三十一日也是，不知究在何日。一日新机构成立开业，何不就赶上第一批的新书□？其他你所想各点，由新机构出、改换封面等，我都没有意见，相信总是好的。元旦我决来申，一切面谈。祝
好

山源顿首　十二月二十二日（1953）

6

正璧兄：

　　时常来麻烦你，心里一直很抱歉，叨作知己，而又事非得已，尚祈有以谅

1　此处文字难以识读。

之。下星期内，我将来你处，一则谈谈，一则换书。我现在想到要借的是：

墨余录（康对山）[1]

玉壶冰（都穆。是否即《都公谈纂》？）

墨庄漫录（如系宋代作品，可不要。）

野客丛书（如系宋代作品，可不要。）

晚香堂小品（陈眉公）

宛委余编（王世贞）

猥谈（祝允明）

太平清话（如系宋代，不要。）

戒庵漫笔

天香楼偶得（或笔记）（明江阴人作，在《大观》中有。）

何氏语林

辍耕录

以上各书，大都我看过，今有重查的必要，故再麻烦你一下。凡《大观》有而为《说库》《清人》所无的，元明清的，我都希望可以翻翻。以上各书，不要一下子都找出来，有几种也就可以，反正我一下子也看不完，不妨陆续来掉换。

敬礼！

弟山源　七月十五日（1966）

7

正璧兄：

久未通问，不胜念之！

身体如何？还出外走走否？两个较小的孩子，都结婚否？都在我的念中。此外，文化界、教育界，尤其我们相识的，如有新闻，能告知一二否？

---

[1] 《墨余录》当为清人毛祥麟（号对山）作，康对山即明人康海（1475—1540）。

今秋我得作远游，先由江入蜀，至昆明住一时，然后由两广回来，顺便也登上你的旧游之地天台、雁荡，明年则作北京至圣地之游。此愿如能一一实践，将认为此生不虚矣。想你亦游过，当有同感。如在此两条路径上，你有至友可以介绍者，极为欢迎，非借其作东道主，乃借其作导游的指示者，免得路径不熟，多所周折。

赵景深兄最近有来信，其末了一段，问起一本书。我对此道，你知道，素不注意，故无从答复，知你精于此道，故以转问。你如有所闻，请你直接答复他，否则也就罢了。

我家居尚称安乐。尤其春季了，园中花木盛开，颇足赏，我二弟勤于劳动。特产河豚、刀鱼都已吃过几次。你有兴来此尝尝否？

祝你合家安好！

弟山源　三月廿九日（1972）

8

正璧兄：

久未得消息，不胜念念！健康情况如何？略能看书写字否？

二十年前，承赠《元曲六大家略传》，当时略略翻过，未曾细读。今此书被师院抄去后，幸在漏网发还之列，得以把卷细读，消此长夏。深感你多年积材，方能成此巨著，实为不易。但又不能不想到拙编《曲话类纂》，何不将此书扩大，完成《类纂》？我寂处乡僻，自己既无藏书，且亦无借处，你邺架丰富，且在上海，做事便利，而此《类纂》，实为有用之参考书，你能从事于此，最为适合，用特劝进。

附奉上"正误"一纸，供作参考。①书中诸多"冤"字，均作宝盖头，实误。我因摘不胜摘，未与摘出，特此指明。②所引诸家之说，虽因"材料排列"，不免"故乱时代"，但我以为若干处仍有按时代排列的必要。

另有鄙见：刘大杰、阿英、郑振铎、严敦易、贺昌群诸人的引文，读来佶屈聱牙，很不舒服，虽"通"而不"顺"，有时甚至不通，"文字关"当未过,颇使人骇诧!未知你亦有所觉否。

我现状无可告语,不过糊涂过日子而已。略觉快心者,次儿高雁,婚姻纠葛十年,前年完成离婚手续,到八月底,将回来结婚,了却我一笔心事。我妻今年未回江阴,仍在上海。我顽健犹昔,可以告慰。

上海诸友,尤其如景深兄等,也时在念中,如能惠我数行,略通其近况,亦所感谢!

此致

敬礼!

孩子们均此候之。

弟山源　七月十七日上午(1975)

《元曲六大家略传》误字

页	行	误	正
60	倒4	杜枚	杜牧
73	4	豁如	应是"豁如"
145	5	我到索	应是"我则索"
173	3	吾人不妨置之可也	"不妨"或"可也"去其一
187	2	搯	掐
193	8	曲丽	典丽
195	2	旦本	?
207	6	杀狐林	杀狐林
217	6	("鹏抟九霄",不误,前某处作"鹏搏",应查正。)	
222	倒3	中曲科状元	(末行虽有"曲状元"之语,但不见得是"中",乃一般推崇之词。)
223	倒3	孙山	孙山
230	末	灑	应作"洒"。(两字虽可通,但《孟子》作"洒"。)
237	2	(两个"也"字,不妥,句应改。)	
237	9	秋索索	秋瑟瑟(历来都作"瑟瑟",三潭印月的门对,亦作"瑟瑟"。)

续表

240	9	荐福碑	荐福碑
页	行	误	正
241	6	（同右）	
261	8	幸遇乎？	幸遇乎！
270	10	乌梅香驴翰林风月	（"乌"与"驴"应注正。）
281	1	罗本所作	罗本所作
286	8	频死	濒死
304	2	歧王	岐王
306	5、6	犹以为实不副名，盖为时代所限也。	（费解。）
315	1	带到扬州去	（扬州？本在扬州，何言带去？）
328	8	临溜	临淄

一九七五年七月十七日

9

正璧兄：

此刻收到你8.4之信。上星期之信，未曾收到，不知何故。（盼略示其内容。）

扬师院有王善业兄在，已将你便转去，嘱其直接与你联系。王兄想你亦认得吧？

所指钱兄，不知是谁。庐山之行，如能成功，实为一大佳事，预祝愉快！此山我在一九一八年暑中登过，住两星期，曾因此在《骚》的一文中写及，知道否？我颇有重游之兴，但走不开，亦只可俟之异日耳。

知能长行，必然极为健康，不胜欣慰！

祝好！

弟山源　八月五日（1975）

胡山源 | 67

10

正璧兄：

　　此信之前答复你一明片，想已收到。以下为王善业兄之复信，今转兄请察。王兄在上海时，曾任正风（？）文学院某系主任，解放后，调往扬州，其所历大约与你仿佛。浙江平湖人，专教语法，解放前我即与之相熟。

山源兄：

　　昨奉尊书，颇感欣喜。尊况曾偶与图书馆□君谈及，因略知之。

　　《红楼梦资料》存书无几，待两三日经手人来，可买到一本，直接寄赠谭先生，兄可先函告，书款千万不要寄来。

　　弟高血压外，双目内障，真所谓糊里糊涂过日子耳。万端白发满头，精神尚好。阿多六八年下乡插队，按政策迟早当上调。

　　忆兄在扬时旧人，死者死，走者走，只有孙达伍倒还矍铄也。

　　近安

弟业顿首　八月七日

　　你复我之第一信，仍未收到。其中□□，如能见示一二，大感。

山源　八月九日上午（1975）

11

正璧兄：

　　12月9日信此刻收到，并即转与王善业兄。

　　知你北游，不胜艳羡！我依然困守老营，不能动弹，徒叹奈何而已。原因是，我的家况，包袱很重，丢不掉，如是□他去，实在不放心。地近一亩，不大，四边为园地，住屋居中央。屋五间，我与保姆住三间；房客（不收租金的）一家，平常为一母三孩，住一间。中间一间，公用出入。白天不在家。如此情形，不要说远行，即使就近走走，也还是提心吊胆的。惟一希望，次子高鹏能调回工作，则家中有人，我可以脱然远行矣。

高雁于十月三日登记结婚，四日与其爱人往北京旅行，住我侄女处，二十日回来，因其爱人急于上班，不得不缩短旅游之日。高雁于十一日又回常州，大约将于春节回来。

媳妇亦是江阴人，即住城中，相去不过十分钟路，今年三十二岁，本是乡间插知，因"家中无人照料"而上调，今在城中仪表□具厂工作。其家有父母及未结婚的姑，都在七十岁以上，确实"家中无人"，故高鹏不在江阴时，她即住娘家，这是婚前说明的。其父为中学退休教师，比我小一岁，真正是"门当户对"。但最使我满意的，是媳妇为人，真不愧为一"淑女"，凡认识她的人，都如此说。今虽不住我处，但每天要回来看我一次，给了我不少安慰。

我妻已一年余未回来，尚不知她何时回来，我不管此事，听其自己主张。

祝你和孩子们都安好快乐！

弟山源　十二月十一日（1975）

12

正璧兄：

与此信同时挂号寄上书一包，因为《情史》两部，此其在"文革"中，连同其他书物，为师院红卫兵抄去，今发还书的一部分，这两部书在内，急检出奉还，请检收。

久不通消息，不胜念念！尊况如何？便中乞示知。

我自1980年春节生病，至今头晕不已，不能自由行动。幸头脑耳目尚可派派用场，故日在写"回忆录"以为消遣。住宅正当拟建之马路，要拆迁，很伤脑筋！

小儿高雁已于去年九月调回江阴林场，相去不远，平时事，都由他办，可卸我肩。我妻仍住上海。

祝好！

弟山源　82.4.15下午

13

正璧兄：

暑中来信收到。

兹介绍张万良同志前来相见，希你接待。张同志毕业于师院，业余研究戏曲，知你此类藏书甚夥，拟向你请教，如果可能，允借若干，以作参考。

我一切尚可过去，惟不能出游，较为闷闷耳。其详可问张同志。

此致

敬礼！

弟山源　十月二十四日灯下（1982）

一五、胡士莹 11通

胡士莹（1901—1979），字宛春，室名霜红簃，浙江平湖人。杭州大学中文系教授。研究戏曲、小说等俗文学。著有《话本小说概论》《弹词宝卷书目》等。

1

正璧先生：

弹词《碧玉环》，不知演何事，乞为一查。与《太平广记》卷四四五孙恪事有关系否？

拙编《话本小说概论》，望多予指正。此颂

撰安

弟莹顿首　四月一日（1966）

2

正璧先生：

又是好久不通信了，不知近况如何，白内障能好转否？似乎在去年冬，或今年一、二月份，上海《文汇报》载有治疗白内障新方法，有些被治愈，但成效似不显著，不知兄见到这篇报道否？

弟的书已由校搬回，七八千册书中散失约千册，散失者全系解放后出版之标点注释本。尊藏解放后标点注释本，不知尚有哪些复本（如《西游》《三国》《儒林》《镜花缘》《西厢》《牡丹亭》《长生殿》《桃花扇》等，《东京梦华录》新版亦失去）？

《三言二拍材料》稿，弟去冬曾从景深兄处借来，匆匆看一下，即归还。发现其中校对尚有漏掉者，兹附上，请复校一下。（弟系择有关者阅读，并未全读，故校稿并非全面的。）

弟拟将郑振铎所编印的《古本戏曲丛刊》（成本价800余元）让去，不知尚有人能注意及此否？年逾古稀，精力就衰，此等书已无所恋恋矣。匆颂

时祺

弟莹　四月三日（1972）

5页	倒4行	"痛情逾情"，疑"痛惜逾情"之误。
	倒3行	"移归"，似应作"携归"。
	倒2行	"愁忿病，剧不能归"标点错误。（"剧"字断或"忿"字断。）
48页		"以上入话"四字应移至50页第4行。（"入话"有两个故事。）
100页	12行	"捕"字疑"补"字之误。
130页		"元宵"应作"灯宵"，标题、骑缝均误。
149页	8行	"一擎"，似应作"一击"。
234页~235页		"蝴蝶梦"一段括弧颇乱，恐有脱落。例如234页末行"略云"，不知从什么书略下来；235页9行"一日"这一段，不知从什么书引来；"一日"有下括弧，但上括弧不知在何处。
286页	7行	"告元"似应作"告天"。
325页	5行	"平日习何业！"应"？"号。
	倒2行	"谐老"应作"偕老"。
360页		可补《国色天香》卷四吴廷章、王娇鸾事。
468页	10行	"训谨"应作"驯谨"。
574页	11行	"蒋震青"应作"蒋震卿"。
580页	7行	"第三"疑作"卷三"。

胡士莹手迹

685页		"大姐魂游"之"姐",原本作"姊"。"姐""姊"虽可通,但亦有别。
757页	11行	"某久故旧"似应作"某之故旧"。
846页	末行	"一以布"似应作"乙以布"。
		"忽闻甲赀厚","闻"字不知误否。
870页	8行	"投环"应作"投缳"。
872页	3行	"俄耳"应作"俄而"。
883页	6行	"偏问客"应作"遍问客"。

校后可寄景深兄

3

正璧先生:

来信收到。知公目疾又加重,深以为念!在"文化大革命"前夕,友人金君亦住在上海,年已七十五六,患白内障严重,曾到医院动手术。弟最近函询金君开刀情况,得其复信,谓66年报载新华医院虹口杨浦区控江路第二医学院分院用冰冻新法,彼由文史馆介绍去就诊。开刀时局部麻醉,无痛,开刀历时30分钟,第一天两眼均包好,第二天开一只,成效很好,但是怕光,终不能与无病者比。但年老老花是又一问题,与白内障无涉。

当时开刀医生名陆道炎,是眼科医生陆南山之子。助手女医为一张姓。开刀后住院两星期。费用,一眼十元,两眼廿元,前后计费五十余元。

以上是金君在"文化大革命"前夕开刀的情况,供兄参考。

兄患心脏病及肺气肿,开刀与否,须由医生考虑。最好先开一目,如果必须开刀的话。

弟意兄如开刀,有一事须注意,即不要用针刺麻醉,须用麻醉剂为妥。听说有人针刺麻醉,并不甚灵,动刀时竟痛极也。

匆颂

刻安

弟莹　四月十二日（1972）

4

正璧先生：

手札敬悉。金君开刀一事，恐非函札所能写明。好在金君也在上海，弟意最好直接去了解一下。

金君的住址是复兴中路1295弄60号（即过去的桃源村）。他的名叫"敬渊"。

离尊寓不太远，可雇三轮车前往，甚便。星期日他可能要外出。

匆复，即颂

时祺

弟莹　四月十八日午后（1972）

5

正璧先生：

好久没有通信了，不知你白内障病预备动手术否？甚念！

我的书散失不少，最近我急需看下列各书，特向你先借，有便请挂号寄下为感！

1. 柳青（？）《水浒人物分析》
2. 太愚《红楼梦人物论》
3. 蒋和森《红楼梦新论》
4. 《宋人话本八种》（七种本不要，或叶德辉木刊本《金海陵》一篇）

麻烦你，谢谢！匆颂

著祺

弟莹　9日上午（1972.7）

胡士莹

6

正璧先生：

　　来信收到。上次寄来三书及信亦收到无误。三书寄到后，适此间有事甚忙，再加上上海亲友来杭游览，公私交迫，又因三书系挂号寄来，迟复不妨，故迟迟未复。顷得来信，知先生很是挂念，非常抱歉！

　　上次绍介先生到金老处面询白内障开刀事，同时亦曾寄金老一书，后得金老来信，知先生尚未前去。闻金老处已有多人访问过，均为白内障事，先生有便亦可和渠一谈也。

　　寄来三书，要隔一段时期奉还，谅尊处不急用也。匆颂

时祺

弟莹上　廿一日午后（1972.7）

7

正璧先生：

　　前借书三种，兹先奉还《宋人话本八种》及《红楼梦论》两种，已另邮挂号寄出。尚有杨柳的《水浒人物论》，因下学期将讲《水浒》课，尚须续借一个时期也。

　　有关《水浒》的人物分析，闻尚有高阳的《水浒人物论》，尊藏如有，亦希赐借一读。

　　匆颂

暑祺

弟莹上　28日（1972.7）

8

正璧先生：

　来信收到。承热情开列有关《水浒》书单，这些书均不需要，不必寄也。

　解放前有一种杂志名曰"食货"（半月刊），出过数十册，先生不知有此书否？如有，先借第一册到第十册，以后陆续借。如未收藏，不必复也。

　即颂

著安

弟莹　31日午后（1972.7）

9

正璧先生：

　兹又寄奉书单一纸。弟近来颇拟购买一些精印（珂罗版）碑帖，苦于不了解书店有哪些存货。令友如能略抄一些目录及价目给我，更所感荷！祝

近好

弟莹　8月5日午（1972）

附：书店所开书单

《今古奇观》、"三言两拍"、《镜花缘》、《儒林外史》、《聊斋志异》、《说岳》、《明清平话小说选》（路工选，二册）、《水浒人物论》（杨柳、高阳各一）、《梁山泊英雄榜》（孟超）、《封神演义》、《红楼梦插图》（阿英）、《官场现形记》、《红楼梦新证》（周汝昌）、《红楼梦散论》（蒋和森）、《关于曹雪芹十种》（吴恩裕）、《水浒研究论文集》、《古小说钩沉》（鲁迅，单行本）、《孽海花考证》、《西湖游览志》

10

正璧先生：

大札收到，谢谢您关心买书，兹就记忆所及，先开一书单，请贵友代办。书款请暂垫，见示后立即汇奉。此颂

撰安

弟莹手复 （1972.8.3）

《清平山堂话本》

《醉翁谈录》

《镜花缘》

《论中国古典小说的艺术形象》　　李希凡著

《青琐高议》

《圣教序》　　珂罗版精印，大约十元左右

《兰亭序帖》　　精印本（先问定价，如太高，不必买，二十元以内可买。）

《宝晋斋丛（法）帖》

11

正璧先生：

惠书及所附印件敬悉，荷承惦念，铭感！铭感！足下遭遇，弟以为早已解决，现可直接向方毅同志反映，可能得到合理解决。不知尊意以为何如？

近见有一种治白内障药名叫"睛可明"，长春药厂出品，足下可买来试用。

承问拙稿《话本小说概论》，系由中华书局接受，据云今年第二季度发排，如能刊出，当求足下指教。足下《三言两拍资料》，想亦同样有印行机会矣！

弟因卧病，不能外出，如蒙惠然肯来，不胜欢迎之至。详情均容面罄。

专此，敬祝

春节愉快

弟士莹手上　1.30（1978）

一六、黄公渚 2通

黄公渚（1900—1964），字孝纾，号匑厂，别号霜腴，福建闽侯人。20年代受聘于上海著名藏书楼嘉喜堂，同时在中国公学、暨南大学兼任教职。1934年任教于青岛山东大学。著有《楚词选》《匑厂文稿》《崂山集》等。

1

正璧先生左右：

献岁发春，适拟奉候起居，忽颂手毕，藉悉履祺著祉胜常为慰。枕箱多娱，新著想与日俱增。讲席陶铸英才，亦一乐耳。《文史哲》编委近已改组，由山东人民出版社承印。陆侃如因右派退出[1]，殷焕先兄亦因陆氏所累，暂划为右派，也退出编委会。社中旧人不多，《文史哲》杂志新方向以配合政治为第一义，目下选登稿件以反右派文章最所欢迎。前二期批判陆氏文艺思想论文想已阅及，弟近因教学事冗，又值"反右"运动过劳，大便下血，老境日增，殊怅怅也。专此奉覆，即颂

撰安

弟黄公渚顿首　二.廿九

1　陆侃如（1903—1978），祖籍江苏太仓。1924年由北京大学中文系毕业，考入清华大学研究院，专攻中国古典文学，后任山东大学中文系教授。著有《中国诗史》（与冯沅君合著）、《中古文学系年》等。陆氏被划为右派在1957年，此信或写于是年或稍后。

2

正璧先生著席：

执别三年，久疏音敬，顷由殷孟非兄处展读手毕，承蒙厪注，益征苔岑之雅，并审著述多娱、动止清吉。比来政府注重文化遗产，古典文得到普遍重视，商量旧学，培养新知，两相结合，殊非易事。在一九五一年，结合教学（楚词课）曾翻译《九章》《九歌》《离骚》等篇，除《离骚》外，其余皆较郭、文二氏为早[1]，顾见文、郭二译本刊行，故不愿发表，仅作为教学之用。今夏与舍弟君坦利用暑假空闲，合译宋词，并附语释及作法、题解等等，约七万字左右，选词标准以具有现实性、人民性为主。由于宋词意义深奥，但用语释，读者仍不易了解，必须加以语译，乃能对青年有所帮助。译词尚属创例，誊正后尚拟请教。此外由于历年教学研究所得，对于刘向《新序》《说苑》颇觉兴趣，现正计划选注，可略备研究文学史者参考。

执事服务出版社，领导古典部分，得便倘能惠示贵社关于古典文之目的要求和办法，以便借镜和遵循，曷胜翘企！专泐，即颂
著祉

弟黄公渚顿首

---

[1] 郭、文二氏，即郭沫若、文怀沙。

黄公渚手迹

一七、纪馥华 24通

纪馥华（1934—），笔名璧华。祖籍福建福清，出生于印尼。1947年回国，1952年毕业于青岛山东大学中文系，70年代初赴香港，获香港大学哲学硕士学位。长期从事教科书编辑及文学评论研究，曾任香港现代教育研究社、新亚洲出版社、文达出版社、麦克米伦出版香港有限公司中文总编辑。著有《环美的追寻》、《中国新写实主义论稿》（一、二集）、《香港文学论稿》、《庾信诗赋选》（与谭正璧合编）等。

1

谭先生：

春节好！我以为春节期间可以赴沪，与您相晤，共度新春佳节，但是尽了最大的努力，希望毕竟是落空了。您一定在等待我，正如我的争取前往。学校已开始招生（二百人），凡上课者有十日假期，我还在下放劳动（因无语文课），无假，这是不能南下最主要原因。不过我还在争取之中，时限难以预测，不过想来不会太久了。

您近来健康状况如何？目疾有好转否？听说上海大雪天寒，要注意衣着，气喘忌冷，请多保重！真冰片仍未购着，令人着急。

我目前在清仓查库，每日与账物打交道，比较忙，身体还好。天气渐暖，当会更好些！

我去沪之期难定，您要处理之书随您方便处理好了，万勿因我而受影响，至多在对您各方面都毫无影响的情况下，给我留一部分，一定要以您的方便为原则。

这信本来要在春节期间写，但那几天更忙，从早到晚来客络绎不绝，直至深夜，上班之后，这里又没有墨笔，只好用钢笔写，不知道您看得清楚否？

前此曾给您写了一信，不知收到没有？需要什么药，请函告。

匆匆不一一，敬祝

痊安！

华上　二.十九

2

谭先生：

来信收悉，您需要的东西我当去买了亲自带去。

这个消息也许会使您感到意外，我要回家探亲，为了探望您，特意绕道上海，然后去广州。这里还有些事未了，我大概要在十号左右离开北京，等日期确定，再函告，但也可能不再去信，上海见吧！

您还需要什么东西请马上来信，我一并买了带去，这样更方便了。

事情决定得很突然，所以没来及事先告诉您。许多事要在几天内办完，很匆忙。潦潦草草地写这几个字，主要的是先函告您我回家的信息，还有就是问您还需要什么。

疲惫和其他的病都好些没有？安静疗养，许多话面谈！

此祝

痊安！

华上　5.2（1972？）

3

谭先生：

您好。匆匆分离已经三年多了，无时不在怀念之中，收到五月底来信，获悉您全家平安，欣慰何似！我最不放心的是您病体迄今未愈，在此唯有日日祷祝，愿病魔早日消失！

收信之后，一直在问买药之事，您说的那种治白内障的英国制卅多种维他命，问过许多个医生，查过新的药书，都说没有。他们说最好能将仿单寄来（或抄下寄来），这样就有办法了。如那药是在香港买更不成问题了。因此我先寄上一种据说疗效甚好的日本治白内障的药水，同时寄上一瓶也是日本出的血管软化药丸。这两种药已于十月十九日寄去北京，让他们转寄给您（本想直接寄您，但怕您领取麻烦），收到后请您来信，并将疗效告我，如不好另换他种再试。最好能将那英制药仿单寄来。心脏病药也最好有仿单，因为这种药要根据病情，乱服怕有危险。关于软化血管药，就没关系。这里有国产的血管软化药丸，叫脉通，据说疗效特佳，不知您服过未，要不要我寄去，也请来信告之。只要对您有好处，您自管来信，我当设法买了寄您，千万不要客气。

师妹病体如何？要注意饮食、休息，盼能根治。需不需要什么药，也盼来信告知。

我和春英、两个孩子都很好，很健康平安，可能因为天暖，我胃病亦较平稳，这里冬天温度大多在十几度，请勿远念。

如有可能请经常来信。匆匆，敬祝

痊好！

馥华上　十．廿五（1972？）

我仍滞留香港，不知何日能启程回去。

4

谭先生：

十一月七日来示收到，敬悉您安好、哥哥姐姐们工作顺利，十分欣慰。旅港匆匆三年余，在此期间，我对您的思念没有一日或释，如有可能，真想飞回去再听您的教诲，这个日子也许不会太远了。

寄去的药品不知合用不？那个眼药据说很有效，您点后觉得如何？希望疗效显著，如无效也不要紧，我再寄别种。我以前怕不能入口，能入口就方便了。您上信说的英国多种维他命B能治白内障的药，最好将仿单寄来，我当设法买到。关于眼底黄斑部分变性药物尚未打听到，如有，也可购寄，一切皆方便。只要能治好您病，我一定尽力弄到。您如有知道什么特效药，请寄我仿单。

直接通信方便得多，所以这次我直接写去，可以省许多时间，缩短了我们的距离。希望多通信，能具体迅速获悉您情况。

我们一切正常，两个孩子都上学，我和春英皆安好，返印尼之事目前暂无可能，只有等待。

有说不尽的话，希望能有一天当面倾吐。目前唯一希望是您目疾早愈，心脏病除根。

来示请寄"香港．湾仔．洛克道58号．英伦大厦十楼E座．纪馥华收"，敬祝
康复
春英问安，不另。

馥华上　十一月廿二日（1975？）

5

谭先生：

收到信。获悉寄去的眼白内障药很有效，十分高兴。刚才又买了两盒寄上，是新包装，据说比原来还要好，你试试看或者更有效，收到后请函告。以后我会陆续寄上供您应用，既然有效，就不要间断，我真希望您眼病痊愈，能为祖国社会主义文化事业做更大贡献。

据说药到后，去取时要说明您我关系，我们是二十六七年的师生关系。二三十年来，您对我的培养的厚情以及我希望您能对祖国文化事业做出更大贡献的心促使我寄了这药。如果需要证明，您就出示这封信，并将您我合著

的《庾信诗赋选》同时呈阅[1]。

很匆忙地写了这封信。希望能赶在药品到前收到。

不一一，敬祝

痊安！

学生馥华敬上　十二．十七（1975？）

6

谭先生：

来信收到，得悉眼药已经收到，真高兴。不过因为迁延时日，药到迟了，使您一个多月没能继续治疗，很不安，但愿药到病除！我准备这几天再寄一包（两盒）给您，使能连续服用，不至中断。来信请告我一瓶药能使用多久，以便可以有计划投寄。

有几个问题，希望您能在病体可能的范围内为我解答（如果病体不许可，万勿勉强。问题另纸附寄上），请寻姐读给您听，在您不使用眼睛的条件下答覆我，千万不可自己勉强翻书，使眼疾加剧。这里书奇缺，真没办法。

点了新药之后，疗效如何盼函告，还需要何种药品请来信。您所需另一种眼疾的药，目前仍未打听到，不过有一个医生说这药对所有老年眼疾都有效，但愿能治好您所患的眼疾。

总理去世，我们都无限悲恸，但一定化悲恸为力量，在这里为祖国各项政策进行宣传！

答覆问题请留稿，万一信遗失，只要再抄一份即可。

匆匆，祝

冬安！

馥华　一．十三（1976）

1　《庾信诗赋选》，纪馥华选，谭正璧校，古典文学出版社1958年出版。

（一）请修改注释，并请告我诗句出处，最好将原诗抄给我。

①"幽香淡淡影疏疏"——清淡的香味、稀疏的枝影，形容梅花清淡高雅的姿态。（脱胎自林和靖的咏梅诗，这句不知是不是他写的。）

②"卧丛无力含醉妆"——红艳的花朵无力地斜倚在花丛中，形容牡丹的华贵娇艳。（好像是元遗山的诗句。）[1]

③"丰肌弱骨要人医"——芍药花大（丰肌）而枝梗柔软（弱骨），好像有病，需要人给医治。形容其姿态柔弱，所以芍药也叫没骨花。

④"毫端蕴秀临霜写"——菊花在寒霜中挺立不屈。表现其清秀的风姿，形容菊性的坚韧。

⑤"凌波仙子"——在清波上步行的仙子。表现仙子步态轻盈，形容水仙花轻巧脱俗的美。（知那首诗用"凌波仙子"写水仙花。）[2]

⑥"淡染胭脂"——桃花色粉红，像淡淡地涂抹上脂粉。这是从"淡染胭脂一朵轻"中摘引来。（以上主要请告我诗句出处。）

（二）请修改以下吴敬梓的两句诗的注释。

①"如何父师训，专储制举材"——这句为王又曾（谷原）《丁辛老屋集》所引。意思是说为什么父亲老师的教导，只是注意培养人们具有应付封建科举考试的才能。表现对科举制度的痛恨。

②"遥思二月秦淮柳，蘸露拖烟委曲尘"——见程晋芳《释书亭稿》。曲尘，酒曲所生的细菌，淡黄色，体轻，飞扬成尘。所以称淡黄色为曲尘。二句意思是说，我遥远地想象二月秦淮河畔的柳枝，一定已沾满露珠，尽拖烟雾，呈现淡黄色。

（三）叶圣陶先生小说《邻舍吴老先生》中最后一句话"其俗柔靡，人轻节义"，不知出自何处？

（四）中国古昔有"煎茶"及"抹茶"，其内容如何？

（五）中国有一种叫"阿阿兜"的点心，是什么一种点心？

（六）"锅饼"在南方是一种什么样的食品？

1　此句后有铅笔书"P787白居易《牡丹芳》"。
2　此句后有铅笔书"P1238《寄黄庭坚》杨万里"。

（七）《姜园课蒙草》、彪蒙书室的《论说入门》，这是两部什么书，作者、创作时间、大概内容如何？

（八）"柳迎春入寒窑"是什么样一个故事，出自那部作品？

7

谭先生：

前几天曾覆一信（内附我需要您指导的语文方面的问题），不知收到没有？

为了使您眼药的使用不至短缺，今天我又寄上三瓶给您。不知道寄了这么多能不能入口，如果不能入口，海关也会通知您。您收到通知后，可以去海关和他说，要可以入口部分，其余退回。不过不能入口可能性不大，以前家母给我寄药，数量多得多，皆可入口。但愿能如数收到。

点药后效果如何？盼告。

我所问问题在眼力许可范围内答覆我，不要因此费眼。

以后再写。匆匆，祝

痊安！

馥华上　一．十六日（1976.7）

8

谭先生：

上月收到信，初旬寄了眼药（就是您国庆收到的那三盒），想要写信，但拖拖拉拉一直拖到现在，刚才收到您来信，抓时间匆匆奉复您。

眼药效果不大，令人不安。眼底黄斑部分萎缩，过去问过，没有医治之药，我想再打听一下，打听后如有，当买了寄给您服用。本来我准备这一两天再买几瓶药寄上，收信后暂不寄了，等有好药再寄。看了信很着急，但心有余而力不足，奈何！只能劝您安心疗养，既来之则安之，什么都不要看了。

　　我非常非常地忙,编课本已忙得脚丫朝天,还要写一些文章,关于现代文学的一些论文。每天都要一、二点才睡,一躺床上就着了,好在身体能支持,不过实在很累。前些日子胃不大好,常痛,现在已愈,勿念。

　　孩子都上学,但因环境不佳,都不用功,我们也都没时间去管,只好听之任之,毫无办法。

　　仍在原处工作。春英也好,她让我问您好!

　　盼多来信,时时想念近况,勿怪我回复太迟了。

　　匆祝

痊安!

华上　76.10.12

9

谭先生:

　　信早收到,《中国文学家大辞典》已于3月24日寄出,已经十天了,大概信到时,《辞典》也已到了。这里翻版书很多,而且是一律不给版税,也没人管。这本书是在上海印书馆买的,这书店是一个上海人开的,他叫钱辅卿,据他说和光明书局的王子澄是朋友[1],不知您认识他否?文史研究社我没有时间去找,等什么时候有时间可以去问问。这本书已经出版了十几年,剩二三本还是从仓库里找出,已经很旧了。据钱说,文史社主持人和他是朋友,详情他不说,他说他只是把书给他发行。

　　您近来眼疾如何?心脏病有好转否?很想念,需要什么药请函告,真希望您病快快好。

　　最近我已准备写篇关于鲁迅先生和梁实秋笔战的文章,可惜资料不全,有几篇梁实秋的文章,1.《"不满现状"便怎样呢?》(1929年10月《新月》

---

[1]　光明书局,1927年由王子澄在上海创办。

第二卷第八期），2.《答鲁迅先生》（《新月》第二卷第九期），3.《资本家的走狗》（《新月》第二卷第九期），4.《新月的态度》（《新月》发刊词），5.《卢梭论女子的教育》（1927年《复旦旬刊》创刊号），这里找不到，您能否找到抄来给我？恐怕很难找到。

  目前国内要出许多古典文学选本，那本《阴何诗选》不知有无面世之日，我常怀想写《庾信诗赋选》的那些日子，那是一段多么有意义的日子啊！

  需要什么请来信。我们都好，顺问寻姐好。

  敬祝

痊安！

馥华　77.4.3

10

谭先生：

  您好！

  两封信先后收到，因为那本辞典事迄今尚未解决，加上忙，所以未能即覆，使您久等，请原谅！

  关于那本书，您上封信提出不能卖绝版权，我将此意转达对方，对方说先考虑再答覆，碰巧这些日子他又去了外地，迄今未归，故不能作答，事情如何解决，恐非短期之事。我也很急，但也没有办法。原来说有人去上海可以拿书，亦无消息。国外纸价涨得很厉害，出一本书，要掂酌再三，不然非蚀本不可。那本辞典那么厚，成本很高，出版社大概非一时就能决定下来的。情况如上，所以只有请您等待，我自然会催，有消息当即奉告。

  国内的事目前也是千头万绪，想短期内解决也难办到，我都为您着急，当事者更不用提了。不过看来是一步步朝解决方向发展，希望您的事能年年彻底解决。

身体要保重,我们一切都好,勿以为念。

匆匆不一一,敬祝

痊安

馥华上　5.8(1977)

11

谭先生:

六月中旬来信早收到,因为忙,想找到《中国小说发达史》等书才回信[1],但书未找到,信都迟覆了,我当再继续找,如能找到《女性文学史》《小说发达史》[2],当买了寄上。

听说您安排在文史馆[3],可以继续从事写作,比较安定,而且精神有所寄托,总是好的,只是工资少,是否可以争取多些?

近来身体怎样?支气管炎肺气肿、白内障、动脉硬化有无好转?盼能函告。需要什么药不?也请告知,不要客气。

《文学家大辞典》不是不肯出,而是原版书无法寄来,如能寄到,印当不成问题。这种书出口不知有无问题,不含政治性,应该不成问题,不过很难说,有人带一本北京语言学院出的《中国当代文学家辞典》(初稿)被没收。我当设法托人将书带出来,最好是我亲自取。目前回来容易,可惜的是我没有时间,忙忙碌碌,日日夜夜为别人作嫁衣裳,也颇烦恼,希望能早日见面。

我阖家安好,勿念。

有空盼来信,敬祝

撰安

1　《中国小说发达史》,光明书局1935年出版。

2　《女性文学史》,即《中国女性文学史》,光明书局1933年出版。

3　谭正璧于1979年5月受聘为上海文史研究馆馆员,此信当作于是年。

您看有什么办法将您那本书寄出？要万无一失，因您也仅此一本。

馥华上　七．十二（1979）

12

谭先生：

您好。

《后记》补足部分收到，已交出版社排印，作为前言，这样宣传效果会好些，想来您不会反对。书由香港天地图书有限公司出版，其主编为李怡先生。不过有多件事要和您商量：

①稿费先支付一半，即1500元港币，合人民币肆佰伍拾元左右，另一半正式发行时才付，不知您同意不？李先生和我是好朋友，而且书半年左右（可能不必）可以出版，质量也较高。如不同意，我再和他商量。

②稿费1500元港币是不是以人民币汇给您，抑或您有其他安排？

因为刚从菲律宾旅行回来，匆匆草此，即祝

健康

馥华　11.26

13

谭先生：

来示收悉。

关于《中国文学家大辞典》，我已和对方谈过，他说经过翻版的书，再翻版绝不如用原版来得清楚，虽然原书是用报纸印刷。至于原书如何弄来，他说最近可能有人回内地，可以取出，不过到时您需将书送去某处，因他没有时间去您府上取。至于送去何处，他决定去时再告我，我函告您。稿费只能照上回讲之数，增加有困难，不知您意下如何，盼能告知。香港书销量很少，确有矛盾，我亦不知如何才好！

您近况如何？身体精神都好些不？工作问题解决没有？很想念，盼能告之。

我们都好，不过很忙，但身体、精神都还过得去，春英、孩子都很好，勿念。

如您同意以上办法，请将书准备好，一有消息我马上去信，您将书送去。我希望一切能顺利，报酬虽少，但也聊胜于无，是不是？

匆匆不多及，敬祝

痊安！

华上　3.31

14

谭先生：

来信和《辞典》再版后记，已收到，勿念。如何处理，还要和出版者商量再说，我觉得很适用。

出版事已无大问题，那位出版商是本港人，很进步，人也好，是我的好朋友，否则他是不会出这本书的，一切请放心。等决定印，拿去影印之后，我当会将一切详情告您。我知道您很牵挂这件事，我一定尽力办好，万请放心。

我很忙，不多写了。匆祝

健康！

书一拿去影印，稿费就可以拿到寄给您，目前他们正忙着别的事，大概要二十号以后才有暇顾此，我想月底前应该办妥了。有一点可以肯定，该出版社已接受出版条件如您所说，放心！

那位出版商有好几间出版社，目前尚未定哪一间出，他是按不同性质来决定哪间出的。

15

谭先生：

　　十二月四日来信收到，稿费港币叁仟元（合人民币玖佰壹拾贰元叁角整）已于十二月十七日寄上，请查收。稿酬的收条等过了年我用挂号寄给您，因为目前值圣诞节和新年，邮递员又处半罢工状态，寄挂号信要排队，邮局办公时间和上班时间同，所以暂时无法寄去，只能先平信通知。

　　关于稿费问题，我只记得当初李先生和我谈是叁仟元港币，至于折合壹仟元人民币是我根据当时人民币和港币兑换牌价折合的，与李先生无关，所以不论兑换价格升降他都是付叁仟元，在香港做生意很少用其他货币折算，都是我不好，当时没说清楚，这些钱您先用用，不够时再想办法，您看好不？

　　新年快来了，希望这笔钱能给节日增加一些快乐的气氛，这就是我的愿望，如果有可能的话，我当不会吝惜自己力量为您争取到更多的报酬，这点我想您不会怀疑的，是不是？您的处境我知道，我希望您随着内地环境的变化越来越好。

　　叁仟元港币收到请回信。不能为您争取得壹仟元人民币，我很不安。

　　请保重，祝

新年快乐

华上　12.19

16

谭先生：

　　来信收到，《人名大辞典》已交出版社老板，看来没有问题，不过仍未最后决定，等决定付排之后即付稿费。书出版时最好有一篇序言，简谈写书时情况、书出版后的反应（良好反应如李约瑟评语等）、目前再版发行的目的等等，我想字数太少不好，写一版左右可矣。序言的目的是：①使人知道作者同意出版与一般盗版不同（这是不言自明的），②使人知道这是一本有价值的参考书。至于内容如何，您可酌定。我准备将李约瑟的话语印在前面，希望您来信时将那段文字抄给我，我手头无此书。又，您看看那本书在年代方面有可改或补充的，其他修订也可，不过字数要相等。

您被邀请参加文代会说明对您的重视[1]，一定要去，如不嫌，请到北京舍下住（北京和平门外南新华街68号）。您将此信给他们看（找王同仁、吴静严）即可，他们当会随时恭迎。如来得及，当会先通知他们可去车站迎迓。如果可能，请将文代会花絮随时来信告我，详细点才好。

匆匆不一一，即祝

旅安

馥华　10.19（1979）

同仁：

我的老师谭正璧先生来北京参加文代会，陪同来的人，要在我家借住，请您当即安排居处，谢谢！

纪寄　10.19

17

谭先生：

许久未来信息，十分想念，四月十二日鸿雁飞来，获悉尊体违和，很是不安，祈善自珍摄。

祖国内地时局稳好，我亦亟盼返乡与您畅谈别情，但因忙，都不知何日得偿所愿，好在海陆空皆畅通，可以选择，只欠东风——时间，看来不会太久。

《辞典》速度太慢，已催过数次，但未有肯定出版日期，一有信息当函告。赠书十本事，当初已谈妥，出版后送十本不会有问题的。上次我只是侧

---

[1] 谭正璧于1979年11月被邀为第四次全国文学工作者代表大会特邀代表，故此信当作于是年。

闻该书印数少、定价高，送得多负担太重。我希望《辞典》能给书店赚钱，下次印别的书就方便许多。还有总编辑是我的好朋友，书赚钱，他向老板亦好交代。

《木鱼歌叙录》和《潮州歌叙录》编辑大旨，如有机会可以试向书店推荐，不过目前这里纸涨价，柯式印刷菲林也涨价，出版社出书十分谨慎，但我一定尽力去争取出版，请放心。

我还是那么忙，一切都好，请勿遥念。匆匆不一一，敬颂
撰安

馥华上　四．廿五（1980）

18

谭先生：

来信早收到，因为实在太忙，推到现在才只能简单写这几个字。

关于稿费问题，都怪我不好，当初没谈清楚，您不怪我，但我仍感不安，希望以后能有所补救。

《辞典》正拍菲林中，我已催他们尽快印出。您的心情我能理解，他们只印伍佰本，因为怕销路不佳，定价120元港币，这样伍佰本卖完才够成本，有一点赚，但没有把握。这里读书的人太少，卖得这么贵，国内不知有多少人买。所以送书问题得到时候再说，现在不好谈。

稿费收条附信寄上。先写到此，有时间再多写，请原谅。祝
春节好！

近来健康可好？天寒要多保重。

馥华上　2.4（1980）

19

谭先生：

　　来信收到，月末特别忙，迟覆为歉。

　　国家到现在才重视您，实在太迟了，您可以要求给助手，帮您整理材料，这样就可以省自己力气，多做工作，以弥补失去的时光。最近读到赵丹的《文艺遗嘱》，出言真挚，切中时弊，是建国以来对文艺提出的最大胆的言论。希望这些话能为领导人所注意，并切实实行，那么中国文艺有救了。

　　您问起香港杂志上登文章之事，情况大致如下：这里是一个商业社会，学术性文章在一般杂志上很少刊用，因为读的人少。您所说的《抖擞》是港大（香港大学）教授们办的，这本杂志销量极少，每期都赔本，不过好在教授们有钱（每月工资都一万港币以上），不怕赔，否则早收档了。但是这本杂志上的文章是不设稿酬的，如果您有兴趣，不妨寄一篇来，我可以推荐给他们，我认识杂志主编，刊载不成问题。过去我曾在该杂志上发表过两三篇论文，后来忙就不写了。在祖国内地之外，有些学术杂志作者们为了学术地位，不但不要稿费，而且还要出钱，这在您看来可能是怪事，是不是？

　　我在这里给杂志写些评论。您在《七十年代》八月号可曾看到一篇名曰"生活常青树的绿叶"的诗论？署名璧华（大概您能猜度中此笔名的原意），就是我。这是我的专栏，已经写了两年多，最近即成集出版。另外我还在《争鸣》上面发表关于中国文学的文章，笔名是怀冰，每期都有。很可惜这两本杂志不登学术性文章，否则我可以推荐。香港的稿费大致是30–50之间，例如《七十年代》是50元一千字，而《争鸣》是40元。另外《七十年代》第八期有一篇方醒的文章，其中有我在一个座谈会上的发言，很能代表我对中国文艺的观点。这里杂志不可以入口，不然我可以寄您。

　　《文学家大辞典》销路如何，目前还不得而知，因为刚出版不久，大概要过些日子才有统计数字。那另外五本书，等老板回来时我再和他谈，勿念。

　　请保重。匆匆，顺颂

撰安

馥华　10.20（1980）

20

谭先生：

祝您新年健康快乐，有更多著作问世。

大作收到，谢谢。马力先生处等我找到他的电话号码再问，挂号不会收不到的。

台湾出的《中国文学家大辞典》，这里附近书店看不到，等我查到了当函告。

璧华敬贺　1980.12.11

21

谭先生：

来示和《三言两拍资料》早收到，记得曾于元旦时寄上贺年片言及此事，不知您收到没有？我实在忙得不可开交，又不善于抽空写信，因此信总是迟迟才复。祖国内地有些作家来信，我迟至半年才复，我常为此感到歉疚不安，希望您能海涵。

您近来身体好吗？在写作方面想来不会有什么束缚了吧？希望您不断有大作问世。您的《三言两拍资料》对研究小说的人提供了许多宝贵资料，可谓造福不浅。

记得上次跟您说过我寄几本拙作给您，但一直未寄出，最近新出一本文艺随笔——也可叫诗论，把诗歌理论通俗化、形象化，文字写得美些，书名叫"幻美的追寻"，您知道我是美的信徒，由书名也可看出。您收到后，希望能多给批评指导，就像以往我在学校里您看我的考卷一样，看看我是退步了还是进步了，我自己看不出。

上海暖了没有？今年煤炭供应充足否？支气管炎肺气肿没有患吧？请多保重。

最近这里生意不景［气］，书店更差，天地生意也不理想，因此另外几本《辞典》事不好启齿，请原谅我，我想总会补还您的，不会介意吗？

匆匆，祝

春安

馥华上　二．十九（1981）

22

谭先生：

来示收到，迟覆为歉。

您与寻姐上电台介绍自学成功经验，我认为电台在人选方面选得好，并确信对年轻人有很大的启示作用。我以为目前年轻人（香港亦然）多急功近利，不是对学问有真正兴趣，所以很难深入下去，也容易知难而退，我想您当初做学问，可能只是有这兴趣，为做学问而做学问，钻了进去，久而久之，自然成功了。这种说法不知对不对？

《梅园杂咏》我都喜欢。您写梅时已达物我两忘的境界，"梅魂早与诗魂合，信口吟来字字香"，道出了诗人只有当（它）［他］与对象互相拥抱渗透，才能制造出动人的艺术形象的真理。"诗人总是落婵娟"一首我也极喜爱，"十梦梅花九不圆"之感喟富哲理情味，使我想起人生的追求大多是难以圆满的，不知有没有理解错，我得继续深入体会。

八三年四或五期《文学评论》有一篇孙绍振的《论诗的想象》的文章，提到我在《幻美的追寻》一书中的一个论点，颇表赞同。我发表的文章大多属"精神污染"之作，过些日子（才）［再］寄上请教正。眼药有效否？还需要否？祝新年健康快乐。

顺问寻姐！

馥华上　83.12.8

23

谭先生：

顷奉手示，谢谢您对我的各方面的关怀，真不知道应该怎样才能报答。寄药是小事，何足挂齿。

获悉《八百种古典文学著作介绍》中亦收有《庾信诗赋选》，十分欣慰，因为那说明了我们做了一件有意义的工作，这可为证，《庾信诗赋选》还是独一无二的书，这应归功于您，因为没有您，根本就不会有这本书，您的指导是起决定作用的。《介绍》一书不必寄来，也不必抄录，因为这类书也有可能来香港，等真没有时再说。《文学史》我很想写，可惜的是我的文艺观点内地出版社不一定能接受。谢谢您的信任，希望有一天能再和您合作，在您指导下再写一本有价值的书。《庾选》受批判情况犹历历在目，而回忆总是甜蜜的。

这里天气冷热无常，一会热似夏，一会又冷似冬，很怪。上海暖和了吧，又是草长莺飞的日子了，能不忆江南？请多保重。

匆匆不一一。敬颂

春祺

寻姐均此。

馥华上　84.1.22

24

谭先生：

二封信及书均先后收到，看到那篇文章，使我想起当初您指导我写该文的情景，一切犹历历在目，而人隔天涯，感慨系之。我常常想到《庾信诗赋选》和这篇文章对我创作前途的巨大影响，您的严谨的治学态度给我打下学问的基础，目前若能有些微成就，皆您之赐也。

来示言及古代诗人的名句往往都不自觉而为欣赏者所称道，我极为同意,最高的技巧就是无技巧,批评家的任务就是揭示这种"无技巧"中最上乘的技巧,这是非常艰巨的任务。

如果我能有您的十分之一的功力,成就绝不止此。香港是花花世界,但我的爱好仍然只有书,但工作、写作、读书时间只有设法挤。要是我在内地,一定设法协助您完成新的文学史书,而现在这只能是一种空想,思之能不黯然!

时常挂念您的健康,需要什么药,可以一试者,尽管来信,这里一切都方便,国家需要您,我寄药,从个人出发,也从国家出发,请多保重。

那篇传记使我对您一生有更为系统的认识,谢谢。敬祝

春禧

寻姐均此!

馥华　84.1.23

一八、金兆梓 2通

金兆梓（1889—1975），字子敦，号芑厂，浙江金华人。历任中华书局上海编辑所主任、国务院古籍整理出版规划小组成员、上海市文史馆馆长等。著有《国文法之研究》《芑厂治学类稿》等。

1

正璧先生足下：

廿七日惠毕敬悉。承示尊拟墨、荀二子读本序文、大纲，极佩。略有意见，放述于下，以供商榷。

（一）"墨、荀二子的人格"可否抽出作一小传？以此二书本以人名著作者，可确定荀在《史记》中本有传，墨则忆在《间诂》中亦有传，二子事迹虽不甚多，似亦可敷衍。若为修养起见，似可不必。此项读本计划带到修养，原为不收戏曲及小说等专说，尽可不必拘也。

（二）墨、荀学说纲领不必规定为十项，最好如《墨序》中就《墨子》原有篇名述之，故荀序中纲领亦只须就《荀子》篇名列之，应有尽有，不必拘于十项。

（三）《荀子》序中"文学"一项，可不受墨、荀二子序中后人批判，要否亦可商。鄙意此项序文重在说明，不在批判也。

（四）墨、荀二子虽云为墨翟、荀卿所作，而其实不然。两书均有"子墨子曰""荀子曰"之语，其明证也。鄙意最好略述其书之如何纂成，以明此二书本身之性质。

（五）墨、荀学说可就其本身说，不必述来源，并兼后人治荀、墨之论著，唯影响则可略说。

总之，学生程度为幼稚，序文亦只要简单明了，冀于易解，凡旁及与批判均可略而不述，尊意以为如何？尚复，即颂

撰祺

金兆梓复启　卅．七．廿八（1941）

2

正璧先生：

日前承过谈，甚快。学生国学读本，前拟请先就《墨子》《荀子》两种进行。

《墨子》，《经》以下，《大》《小取》等荟属别墨，且不易读，可不收，《备城门》以下则酌收有关墨子学说及事迹者，注文以孙氏《间诂》为主，参以近人治墨者之说。

《荀子》，选取与荀子学说有关及文可诵读者，注以王先谦《集解》为主。

附上草案一份，乞察阅。另附借书证，请领单。如尊处无借书之必要，即可不用也。

尚此，即颂

撰祺

金兆梓顿首　中华民国三十年七月廿九日（1941）

中華書局通用牋

正翁先生足下廿省
惠畢敬悉承
示另秘筆算二子讀奉廣文
大綱極佩仰第有言凡故述其
更修育楷
一筆算二子見人編而可否抽出作一
小冊以此二手專與以人名草作此
可稱它書即走史記中專有傳者

金兆梓手迹

一九、李小峰 5通

李小峰（1897—1971），字荣弟，笔名林兰，江苏江阴人。1918年入北京大学哲学系。在校期间，参加新潮社，出版《新潮》月刊。1925年，在鲁迅支持下，与其兄李志云等集资在北平创立北新书局；1927年转于上海成立北新书局总局，继续出版由鲁迅主编的《语丝》，创刊由鲁迅和郁达夫合编的《奔流》，并出版鲁迅、冰心、郁达夫、蒋光慈的作品。1954年，与广益、大中国、人世间成立四联出版社，任副社长兼代总编辑（顾颉刚任总编辑）。1956年，加入农工民主党。公私合营后，任上海文化出版社编辑部第一副主任，当选上海市政协委员。撰写《新潮社的始末》《鲁迅先生与北新书局》等回忆录，译有《疯狂心理》、安徒生的《旅伴》等。

1

正璧兄：

上次谈起改写"语文小丛刊"的事[1]，关于命名方面，我想一律用"怎样……"，如"怎样搞通语法""怎样使用名词""怎样使用连接词""怎样使用感叹词"等，可以计划到二十册，每册二三万字，文字比已出的更要浅显明白，还要尽可能避免同公营所已出版的重复，每月改写一册或二册，你看怎样？如你同意，可先拟订计划，编一目录，先可给我，列入明年度计划中，今年可以编好二三册，明年一月一起出版。

此致

---

1 此书后定名为"语文小丛书"，共收录《语法初步》《修辞浅说》《词类使用法》《连接词使用法》《怎样做好句子》《怎样诊疗句子》《写什么和怎样写》《写作正误》八种，由北新书局于1952年出版。

敬礼!

北新书局（章）寄　十月十二日

2

正璧兄：

函悉。《词类使用法》校样请即交下。

以后如有新编书籍抽版税等问题，改编之作，还是致送改编费，改抽版税，书局及税务方面都通不过。版税办法，我局订定办法，附奉一份，以供参考。

敬礼!

弟小峰上　三. 廿七

3

正璧兄：

《怎样诊疗句子》里重复了"犯了"两字，已经知照负责人涂去，经销处如分店及通联，也已关照涂去，如果（召）[招]人指责，这个责任当然由我负起。

现有读者来信，对《怎样做好句子》的第四页第6、7条提出意见，认为举例不妥当，今将来片附去，请予答复。再版时，是否把这两个例子换掉？（这例子一定有来源，但在整本书或整篇文章中，可以是很妥贴的，孤立起来，便不算恰当。）

此致
敬礼!

弟小峰上　七. 二

李小峰 | 107

正璧兄：

怎样诊疗句子裡，[[重]]复了"把了"两字，已经知照员责人涂去，紧错得好。

分咨及通讯，也已关照涂去，如果另人搞差，这位责任真由我负起。

现有谭芳季伯，对怎样做好句子的意见，现在寄去参见，说的实例不安当。

今将来片附去，请手者看，再版时，是要把这个例子整掉？（这例子一定有来源，但在匝车书或整篇文章中所差很是难的孤立起来便不安当。）

此致

敬礼。

弟小峰卅二,七,二.

李小峰手迹

4

正璧兄：

四月三十日函悉。

好题材一时想不出，可以缓一缓再说。目下稿件堆积得很多，于在春编的一套也开始不断的寄来，苦于不能及时印出。

作者报酬，各种各样，但有一点是确定的，事先取得协议，不能随便变更，否则问题就很多。卖去一万册的版权，万册以外再抽版税，这个办法是有的，但必须是事先同意，而不是中途变更。出版计算成本，并不限于万册，要看书的销路而定。因此稿费有的包括在二十册以内，如专门书籍；有的包括在十万册以内，如优良的通俗读物。如预计销路少而实际销路大，利益便超出规定；预计销路大而实际销路少，则利益便不足规定。现在在发行折扣不能定额包销之前，便没有正确的成本计算，有吃亏，有便宜。

关于稿酬的正确处理，各方面研究已久，至今还没有得出定论，在没有得出定论之前，便没有明确的规定，完全由双方协议来决定。我们出版书籍并不硬性，一切都事前由作者决定，抽版税也好，出让版权也好，我们并不勉强，但一经决定之后，我们也不希望随便变更，我想这在目前不致于犯错误。

此致
敬礼！

小峰　五．十一（1952）

5

正璧兄：

接到你给四联编辑部的信，说起《怎样做好句子》有修改得非常荒谬的地方（本书第一页有印错之处，已在改正），如果真有这样的情形，是不应该让原作者代为负责的。我想，请你把你所认为改得有问题之处标出来，大家来商讨。到目前为止，对中国语法，意见还很分歧，需要互相讨论研究，如有错误，可以尽可能来修正，做到对人民负责。

你代北新所编的各书中，《连接词使用法》快卖完了，不知您有功夫修改否？如有功夫修改，我们准备再印一个时期——不会长，至多一年，因为此后出版重点是演义与历史故事。

此致
敬礼！

弟小峰　三月一日（1954）

近来做些什么工作？如有便，请来我社谈谈。

二〇、凌景埏 15通

凌景埏（1904—1959），又名敬言，号玄黄，江苏吴县人。曾任教于东吴大学、燕京大学、圣约翰大学、江苏师范学院。著名曲学家。著有《弹词目录》《再生缘考》《渔阳先生年谱》等。

1

正璧兄：

久疏音问，甚念甚念！

弟患高血压症至今未愈，仍在修养。苏师语文系已并入南京师范学院[1]，弟因病暂时不去。一年来血压虽未降低，头痛、胸闷等病象已好多多，每日能工作二三小时，现在校注《董西厢》，并为新文艺出版社选评弹，乐此忘病！

去年友人程千帆君（武大教授）以弟解放前所发表之关于古典戏曲弹词等论文[2]，其中颇有材料可供研究古典文学者参考，嘱整理后出版。因解放前旧作，弟不敢允从。最近千帆君来苏又促弟整理，并谓拙著重在资料，不必有所顾虑，故拟即修订，汇为一集，拜恩吾兄介绍与上海文艺联合出版社

1　江苏师范学院中文系于1955年9月并入南京师范学院，知此信作于是年。
2　程千帆（1913—2000），原名逢会，改名会昌，号闲堂，湖南宁乡人。著名文史专家。1936年毕业于金陵大学，先后任教于武汉大学、南京大学，在校雠学、古代文学研究等领域成就卓著。著有《校雠广义》《文论十笺》《唐代进士行卷与文学》《古诗考索》等。

（或其他出版社）出版。篇目呈阅，望早日赐复为盼。

此致

敬礼！

弟凌景埏上　九月二十八日（1955）

程千帆君已允为介绍，因思吾兄即在文艺联合出版社工作，故直接函恳；或因兄在社，不便推荐，亦望告知，俾请千帆绍介。又及。

2

正璧兄：

昨接手书，敬悉吾兄气喘未愈，又患白内障，甚念甚念！昨日适有医生在此，据云此疾须及早割治，望兄早日治疗为要。

拙著蒙兄介绍与文怀沙先生，至深感谢！

此致

敬礼！

弟景埏谨上　十月四日（1955）

3

正璧兄：

接九日手书，悉吾兄喘疾大发，刻下痊愈否？念念！弟血压又高至二百四十度，医嘱卧床静养，缘此稽复为歉。

出版旧作的计划又略有改变，因觉前呈篇目中间于弹词等几篇文章内容比较贫乏，又杂以目录等篇，亦殊觉琐屑，故拟仅印关于古典戏曲的几篇，但觉篇数太少，因此想到友人叶德均兄（云南大学教授）发表的戏曲论文有几篇极好[1]，且吾二人在考据方面受胡适影响皆极少（弟之论文中从未提到胡适），现请他也选几篇合编为《古典戏曲论丛》。弟已函征叶兄意见，他如同意，即将旧稿寄上，请转寄北京为荷。与怀沙先生联系等事，弟均未告叶德均兄。大作《元曲六大家略传》及《话本与古剧》出版后望各赐一册，千乞千乞！

此致

敬礼

弟凌景埏上　十月十三日（1955）

4

正璧先生：

前日寄上一函谅收到。

因叶君尚无信来，弟将旧稿重选五篇（《三沈年谱》以三篇计），内《西厢记诸宫调校记》新近脱稿，补正文学古籍刊行社影印六幻本《董西厢》之校记六十余处，校订尚仔细。旧稿《宋魏汉津乐与大晟府》等六篇，兹挂号寄呈，费神转寄北京审阅，不胜感荷！

兄喘疾谅早痊愈，甚念甚念！暇乞惠我数行至盼。

此致

敬礼

弟凌景埏上　十一月一日（1955）

1　叶德均（1911—1956），江苏淮安人。1934年毕业于复旦大学，1948—1956年任教于云南大学。从事戏曲、小说等俗文学研究。著有《淮安歌谣集》《宋元明讲唱文学》《曲品考》等。

5

正璧兄：

手书敬悉。拙稿蒙大力绍介，得编入《中文研究丛刊》，不胜感荷！书名改为"古典音乐戏曲丛刊"甚好。原稿尚未寄还，想即可收到。弟因病每日只能写一二小时，故修改旧稿及作《前序》，约须费时一二月也。

近日吾兄目疾如何？十分挂念，便请告知为盼。

此致

敬礼

弟凌景埏谨上　十一月十一日（1955）

前日寄上一信谅已收到。

6

正璧兄：

十三日寄上一信谅收到。拙稿尚未接到，恐有遗失，拟请吾兄即函北京询问已否寄出为荷。

草此，即致

敬礼

弟凌景埏　十一月十八日（1955）

7

正璧兄：

上月赐书并蒙指教一一，感谢无既！近来弟血压又甚高，致稽裁答为歉。

去春人民文学出版社嘱编诸宫调集[1]，约在去冬交稿，因病不能完成，最近又停止工作，心殊焦虑。古典文学出版社去年亦曾约弟校释《董西厢》，即王佩诤先生介绍，因已应人民文学出版社之约[2]，辞之。

吾兄来宁，千请下榻敝寓，俾得畅聚也。并望先期函告为幸。

此致

敬礼！

弟景埏手上　三月八日（1957）

8

正璧兄：

久疏音问，时以吾兄目疾为念。

今春弟血压渐降，即于四月中移家秣陵。苏师中文系早在前年并入南师[3]。缘搬家稍觉劳瘁，到宁后血压复高，且整个心脏肥大，医嘱继续休养。久病不愈，忧患不能自已也。

病中仍在校注诸宫调，聊以解闷。《董西厢》早已校好，但又有古本发现，恨未得读。闻此书古典文学出版社决定影印，出版后再当细校。最近作《刘知远》注解，自愧浅学，有多处不明其义，特另纸录呈，拟请赐教。暇时望详示一一，不胜感荷！专恳，顺请

著安！

弟凌景埏谨上　十月十五日（1957）

1　"诸宫调集"编撰，赵秉昱《曲家凌景埏先生学术简表》（载《文教资料》2011年12月号上旬刊）系于1956年。此信既言"去春"，或作于1957年。

2　即《董解元西厢记》，人民文学出版社1962年出版。

3　苏州师范学院中文系于1955年并入南京师范学院，此云"前年"，知此信写于1957年。

第　一

不纳王尧并二税，百年光景，假饶总醉，三万六千场。仙吕调胜葫芦

使筋力搭定拳头，恰浑如茧线模样。般涉调墙头花

白走上青春布衫，认得新来底那汉。南吕宫应天长

第　二

这烦恼浑如孝经序。南吕应天长尾

苦辛如光武之劳，脱难似晋王之圣。是否指晋文公事？但不应称"晋王"。

忽听长空发噗雷，听惊天霹雳眼前电闪，吓人魂魄，幽幽不在。般涉调沁园春

抬脚不知深共浅，只被夫妻恩重，跳离陌案，脚一似线儿牵。仙吕胜葫芦

光皂头巾缀耍线，皮帮鞋兔儿先愁。歇指调耍三台

又休言昔日汤敦传，莫言往日宗道休妻。般涉调沁园春

第　三

两个大汉多厥状，打扮得是庄乡。高平调贺新郎

行缠白布牛皮帮，光皂头巾带胀。同上

第十一

当年里雪降天寒，也是您洪义毒害。蚕连卷毛袋带，并州内送将来。南吕瑶台月

再见贪金挝底岐路，重逢卖假药底牙推。

第十二

自言是经略在衙本破幸实，俺兄和弟忍不过。着言词相戏弄，厮辱厮抹。仙吕整花冠

喝声那上绣旗摇，人马催行三棒鼓。"那"是否即"挪"？

雄猛赛交辽吕布。高平调贺新郎

有红圈处敬请赐教[1]。

1　原件中的红圈改用着重号表示。

9

正璧兄：

顷接手书，蒙赐教一一，感谢无尽！

前年蒙兄介绍拙稿在文艺联合出版社出版，去春该社归入新文艺出版社后，曾由新文艺出版社来信索稿。其时适弟血压甚高，旧作有几篇须大加修改，不能动笔，不得已复书告病状，约病愈修改。后来弟即到太湖疗养院疗养，及去冬出院，人民文学出版社函约编注《诸宫调集》，因弟在前年已在校注《西厢记》，故应之，将旧稿搁置，至今未曾修改，缘改旧稿更费脑力也。待《诸宫调集》编注完成，再试为之。重劳吾兄注念，特将经过情形奉告，殊有负兄之绍介，不胜惶愧！

"岳阳金"的典故，弟亦不知悉。

专此鸣谢，即颂

百益！

弟景埏谨上　十月廿八（1957）

10

正璧兄道鉴：

手书拜悉。《古本董西厢》弟前向校中预订，今日购到，蒙关注惠告，万分感激。此书弟已校读八种本子，尚有黄嘉惠本未见，曾函询国内各大图书馆，均无此本。今见《古本董西厢》所补末页系黄本，未审古典文学出版社从何处照来，吾兄便中能为弟探问否？专此，即请

撰安

弟凌景埏上　一月十五日（1958）

11

正璧兄：

前日寄呈一信，谅已收到。

现已探悉《古本董西厢》补页系北京赵万里先生寄与古典文学出版社[1]。□□黄本在康生同志处，如兄尚未探询，可不费清神矣。

严寒祈珍卫，不一。

此颂

百益！

弟景埏上　一月廿二日（1958）

12

正璧兄：

叠呈寸笺，度达座右。

《天宝遗事诸宫调》弟校释完毕，又有多处意义未详或疑惑莫定，其中且有典故不明，甚愧腹俭！兹再录呈求教。暇乞详示为感！

严寒祈珍卫。

此请

撰安！

弟凌景埏手上　一月廿三日（1958）

---

[1] 赵万里（1905—1980），浙江海宁人。早年就读于东南大学中文系，1925年师从王国维，任清华大学国学研究院助教。1928年后历任北海图书馆善本考订组组长、编纂委员会委员、善本部主任等职，并兼任故宫博物院专门委员和北京大学、清华大学、辅仁大学等校教授，主讲目录学、版本学、中国戏曲史等课程。1949年后，历任北京图书馆研究员、善本特藏部主任、中国图书馆学会名誉理事、全国古籍善本总书目编委会顾问、《图书馆杂志》编委等职。著有《中国版刻图录》《国立北平图书馆善本目录》《汉魏南北朝墓志集释》等。

13

正璧兄：

叠呈寸笺，度均收到。

《天宝遗事》中弟所不解处及疑问，兹据前书再简略录呈求教。暇请即在原纸书示，不胜感荷！弟本浅学，病后更健忘，幸不弃而赐教焉。

天寒祈珍卫。

即请

撰安！

弟凌景埏手上　二月三日（1958）

天宝遗事引《雍熙乐府》卷四第八十九页

【赚煞尾声】将天宝年间遗事引，与杨妃再责遍词因。是否词句？

天宝遗事套《雍熙乐府》卷四第九十一页

【元和令】敲金击玉按宫商，剔胡伦，衡四行。《天宝遗事引》有"剔胡伦公案全新"句。

杨妃剪足套《雍熙乐府》卷十第四十七页

【收尾】早则向后宫中大偾的蹉踏，常则把亲骨肉几遭儿痛杀。

太真闭酒套《雍熙乐府》卷四第八十四页

【醉扶归】行歇行行半晌，不付能突磨出芙蓉帐。即"独磨"或"笃麽"。这里如何解释？

杨妃绣鞋套《雍熙乐府》卷十第五十三页

【梁州】蕙姿天付群超，补方刺绣谁学！布虮线脚，花儿叶子无差错。是否说针线的细密？

禄山偷杨妃套《雍熙乐府》卷七第七十九页

【耍孩儿】碜将他这细袅袅纤腰搵，忍把他曲弓弓罗袜跷，狂为做。"碜"与"忍"对文，是否也是忍的意思？

【二煞】大道是君王抱，却怎不香腮紧搵，玉臂相交？

禄山别杨妃套《雍熙乐府》卷十六（题"渔阳十题"）

【郓州春】这游蜂忙煞寻芳小翅羽，一日花香都采足。没添货"货"《大成谱》作"和"甜荠荠蜜酿出，全不顾俺苦淹淹情绪。

禄山忆杨妃套《雍熙乐府》卷十一第八十九页

【新水令】每日家眼迷奚，全不想洗儿会。是否即"迷离"？

【驻马听】你旧时标息，九分来消瘦一分肥。是否"风标"？

【鸳鸯尾】据任疑应作"恁"无心成佳配，白甚驱驰，把似一就休来梦里。是否同就？"一"有"索性"之意。

禄山谋反套《雍熙乐府》卷十第五十一页

【梁州】这近间，敢病番，旧时衣裙频频儹。瘦证候，何经惯？

【二煞】若夺了娘娘，教唐天子登时分散，休想再能勾看一看。四件事分明紧调犯，势到也怎遮拦？

【尾声】把六宫心事分明的慢，将半纸音书党《北词广正谱》作"傥"闭的悭，教千里途程阻隔的难。是否"阻闭"？

破潼关套《北词广正谱》十六帙第十五页、《九宫大成谱》卷二十七第十三页

【耍三台幺篇】满头怒发争生，遍体寒毛乍煞。

杨妃上马嵬坡套《雍熙乐府》卷一第五十六页

【尾】拈甲红裙也索言破，翰林院学士行评跋，凌烟阁上只堪图画着我。

祭杨妃套

【上京马】叹保驾临蜀的大元帅，好把稳如唐十宰。

【一枝花】黄尘暗罗绮，白练损花杰。

【二煞】折末两搂来人肥骨唗胖肚皮，则那就鞍子上活挟。

玄宗幸蜀套《雍熙乐府》卷三

【伴读书】六耳不闻穿联定，一言既出须教应，分毫谁敢违军令，则索喏喏麽连声。

忆杨妃套《雍熙乐府》卷十一

【太平歌】忆当时偶然潼关破，日夜和夯。

禄山忆杨妃套《雍熙乐府》卷十二第九十三页

【离亭宴带歇拍煞】至长安京兆府，从蓟州渔阳县，一掇气走喏来近远！是否即"一气"？

禄山梦杨妃套《北词广正谱》第九帙

【瑶台月】忧愁的行阵，凄凉的今痎！是否同"咳"？

【尾声】记不得，自残害，哈喽喽恰赴阳台，则被那一嗓气是否"一口气"？误然不觉来。是否"忽然"？

禄山泣杨妃套《雍熙乐府》卷七

【普天乐】近里话也不合题，说着早森森地。俺受尽嗔持，他撒尽迷奚。

【干荷叶】生忔察两分离，痛支沙怎禁持？是否硬拆开？

【随煞】娘娘呵！莫怨咱，我也堪恨你，但留心休想贞元备。恰来将音书频寄，怎到马嵬坡下践了杨妃？

14

正璧先生：

　　昨寄拙著篇目中《三沈年谱》应上加"戏曲家"三字，望代加添为荷。又寄上旧稿，如觉篇数太少，可再选一二篇，亦望代为说明。种种费神，感谢无既。专此，即颂

秋祺

弟凌敬言上　十月二日晨

正璧兄：

疊呈寸楮，度均收到。天寶遺事中弟所不解處及疑問，兹據前書再簡略錄呈求教。請即在原紙書示，不勝感荷！弟本淺學，病後更健忘，幸不棄而賜教焉。

天寒祈珍衛。

即請

撰安！

弟 凌景埏手上 一月三日

凌景埏手迹（一）

天寶遺事引雍熙樂府卷四第八十九頁

驟然層聲〇將天寶年間遺事引，與楊妃再責遍詞因。〇提話詞

天寶遺事套雍熙樂府卷四第九十一頁 天寶遺事引有"別"句。〇剔胡倫，尊行。胡倫公案全新。〇剔胡倫，尊行。

元和令〇戧金擊玉按宮商，

楊妃剪足中〇後宮中大懷的踏踐，〇則把親骨肉幾遭毒痛殺。

收尾〇早則向後宮中大懷的踏踐，〇則把親骨肉幾遭毒痛殺。

醉扶歸〇行歇行行半晌，不竹能突靡出芙蓉帳。

梁州〇蕙姿天付舉超，補方剌繡誰學！
太真閒酒套雍熙樂府卷四第八十四頁即獨唐我當底這裏如何解釋？

〇是否識針線的細密？〇楊妃繡鞋藏雍熙樂府卷十第五十三頁布機線腳，花兒叶子無差錯。

要孩兒〇碎將他這細嫋嫋纖腰搵，思把他曲彎彎羅襪跴狂為做。〇碎与忍对文，是否也是忍的意思？

禄山偷楊妃雍熙樂府卷七第七十九頁

三煞〇大道是汪王把，却怎不香腮擊搵，玉臂相交。
禄山別楊妃雍熙樂府卷十六〈題漁陽十題〉

鄆州春〇這遊蜂忙煞舞芳，小翅羽，一日花香都採足；沒涂儂讚太城甜蕭蜜釀出，全不顧儂若淹淹情緒。
禄山憶楊妃雍熙樂府卷十一第八十九頁

25×20=500 13.8公斤白有光水版表內用小楷紙
787×1092 1/16

【新水令】每日家服迷羹，全不想洗兒會。是否即連離？
駐馬聽 你舊晴穩息，九分來清瘦一分肥。是否風樓？
鴛鴦尾 據任慵倦無心戒佩，向甚驅馳，把似一就休來夢裏。是否洞就？

祿山謀反奎病燕樂府卷十第五十頁

【梁州】這近間，敢病番，舊時衣褙頻々瘦，瘦証候，何經慣。

【三煞】看，若奪了娘娘，教唐天子登時分散，休想再能勾看一看，四件事分明緊諱犯，勢到也怎撇攔，譙樣音聲譁作燈廣正閃開的慢，把六宮心事分明的慢，教千里途程阻隔的難。

【尾聲】把六宮心事分明的慢，教千里途程阻隔的難。

破達陳奎兆詞帳正譜十六頁第十玉頁 九宮大成譜

【耍三臺么篇】滿頭怒髮爭生面，痛悴寒毛乍然。楊妃上馬嵬坡雍熙樂府卷一第五十六頁
掐甲紅殘也紫言破，翰林院學士行評跋，凌煙閣上只堪圖畫著我。

梁楊妃奎

【上京馬】嘆保駕臨蜀的大元帥，好把穩妃唐十宰。

【一枝花】黃塵暗雜綺，白練損衣襟。

【二煞】折末摇來人肥骨嗷胖肚皮，則那就鞍子上活扶。

〖玄宗幸蜀套雍熙樂府卷三〗

〖伴讀畫〗六年不聞穿聯定，一言既出須教應，分毫誰敢違軍令，則索唶唶麼連聲。

〖太平歌〗憶當時偶然違失破，日夜和尊。
〖憶楊妃套雍熙樂府卷十一〗

〖祿山憶楊妃套雍熙樂府卷十二第九十三頁〗至長安京兆府，從薊州漁陽尉，一攛掇，是否即一氣？一氣。

〖離亭宴帶歇拍煞〗憂愁的行陣，凄涼的令嬡！是否同唉？

〖祿山夢楊妃套北詞廣正譜第九帙〗走嗒來近遠！

〖撼庭月〗記不得，自殘害，哈嗒嗒恰趁陽臺，則被那嗟業，是吾怨好？

〖尾聲〗悵然不覺來。

〖祿山泣楊妃套雍熙樂府卷七〗

〖普天樂〗近裡詰也不合題，說舊早森森地。俺受盡嘆持，他撇盡迷美。

〖乾荷葉〗是吾硬撕間。生怕兩分離，痛支沙怎禁持。

〖隨煞〗娘娘呵，莫怨咱，我也堪恨作，但留心休想真元備。

恰來將音書頻寧，忽到馬嵬坡下踐了楊妃。

二一、林之满 2通

林之满，时任吉林《社会科学战线》编辑。

1

谭老：

您好！第一次给您写信，至为激动！您是我中学和大学时代崇拜的老先生，您的关于中国文史方面的著述、史料我曾拜读过几种，钦佩您的学识渊博。今天能给您写信，并且发一篇关于您的学术生涯的文章，感到荣幸！稿子发在《战线》第三期[1]，后补的诗已补入。图片都是劫后余灰，但亦弥足珍贵！现将印片及底版奉上，查收！

最近，吉林大学社会科学学报编辑部听说《战线》发了关于您的学术研究的文章，找我与您联系。他们想组织人把您的《中国文学家人名大辞典》从头校补，然后把近当代的文学家加入，变成《中国文学家大辞典》增补本后由吉林或吉林大学出版社出版。当然，他们是很希望您和谭寻同志一同参加这项工作的，不知您老意见如何？也可能您已着手这项工作了！虽然我们素未谋面，但是，我们已经通过品良同志而有些熟悉了，倘有不当，请谅宥为祷！

祝好！

林之满　6月14日（1985）

1　此文即储品良《耕犁千亩实千箱——记中国文史文献专家谭正璧先生》，发表于《社会科学战线》1985年第3期。此信当作于是年。

2

谭老：

  您好！

  由谭寻封邮的书收悉，谢谢！

  我于上月初去云南丽江看东巴文物，那儿两千多部东巴经，实质是纳西族的历史、经济、文化、民族的百科全书，内容之丰富叹为观止。同时走访了许多明清的古建筑群（如大研城），参观许多寺院和历史古迹，中经十几个省，很开眼界，收获颇大。

  这两部书在昆明还未见到，因为我凡到一处，总是先跑书店，目前看学术著述的行情上升，那些"假知识"也逐渐在被人们识破。很望能在《战线》上见到您的文章，当然只能由谭寻同志整理了。

  我们正在准备以《战线》的名义编辑学术著作，与云南民族出版社协作出书，如果您不吝弃，可否把您的作品赐予？

  品良同志几次来信，谈及上次所用照片，催促早还，我已告知他，不知为什么他好像没接到那封信，请顺便通知他一下！

祝好！

林之满　11月18日（1985）

二二、陆澹安 2通

陆澹安（1894—1980），名衍文，字剑寒，别署琼花馆主，笔名何心等，江苏吴县人。中国现代文学家、侦探小说家、古典文学研究家。著有侦探小说《李飞探案集》、古典文学研究著作《水浒研究》等。

1

正璧兄鉴：

睽违经年，怀思弥切；忽蒙赐书，快若觏面。我兄目力虽衰，而一切顺适，闻之欣慰。弟杜门索居，百无聊赖，日以浏览故书，自遣晨夕，惟顽躯粗健，差足告慰故人而已。日来骄阳如虎，惮于外出，且待炎威稍戢，即当踵府邑谈，一罄积愫。诸俟面陈，兹不琐述。王批《水浒》似未寓目，蒙允赐阅，深感雅爱。迟日走领，并致谢忱。率覆，即颂

暑祺

弟陆澹安上　七月五日

2

正璧先生鉴：

接诵惠函，知贵体康强，不胜欣忭。弟顽健犹昔，惟伏处成习，绝尠外出，是以积久未曾拜访，而惓念故人，时萦五中，此则彼此殆共之也。年来索居无俚，辄以整理古籍自遣，最近指导孙儿辈读《左氏春秋》，因发见服、杜诸家之注疏错讹疏漏甚多，爰为一一揭出，成《左诂补正》一编，约

有十余万言，一俟脱稿，当请指正。浪掷精神，此真所谓"为无益之事，以遣有涯之生"，思之良堪一哂。闻白内障动手术后确有恢复视力之希望。陆南山医士父子，弟素不相识，但老同学李世文君之儿媳在新华医院为外科医生，顷已去函询问，倘与陆医有交谊，当托其代为联系，一俟获覆，立即驰告。先此函覆，诸俟面罄。率颂

暑祺

弟陆澹安上　七月十日

正璧光生鉴：接诵惠函知贵体康健，不胜欣忭。弟顽健犹昔，惟伏夏成习、绝欤外出，是以积久未曾接访，而怅念故人时萦五中，此则彼此强共以已年来索居无俚，辄以整理古籍自遣。最近指导孙儿辈读左氏春秋，因发见服杜诸家之注疏错讹编甚多，爱多一揭出，成为话补正一编，约有十余万言，俟脱稿当请指正。掷撷精神此真所谓乐无盈之事，以遣有涯之生思之良堪一哂耳。闻日内障动手术后稿有恢后，视力多希望，陆南山医士父子今老同学李世文君之新华医院科医曾生顷已去画、询问俦典陆医酉有交道当诒其代为联系，一俟获覆立即驰告光此函覆请候面详。敬颂

署祺

弟陆澹安上 七月十日

二三、陆树崙 2通

陆树崙（？—1984），复旦大学古籍所教授。著有《冯梦龙研究》《冯梦龙散论》等。

1

谭先生：

您好！久违教诲，念甚！

奉读大札，敬悉一切。有关您以前所藏说唱文学作品，复旦大学图书馆，确有一批，是您所藏的全部，还是其中的一部分，还不得而知。今不知中国曲艺出版社编辑部所需要的是哪两种木鱼书，望您告知，以便我去了解。如书确在复旦图书馆，那就好办。藏在普通书库，可以复印；如藏在善本书库，也可以联系，拍缩微胶卷。至于中国曲艺出版社直接与复旦联系的事，待我了解好以后再决定，您以为如何？

谨复，即颂

大安

陆树崙敬上　一九八四年一月十九日

2

谭先生：

您好！

《金锁鸳鸯》是藏在复旦图书馆，由于复旦图书馆不代人钞写，所以只好复印。

  复印得并不好,尤其是页与页之间的两行,因装订得过于靠近版框了,有不少没有复印出来,我补了一下。如重钞时,还有判断不出的文字,可以空着,以后我再代为校补。

  复印的费用,以后再说。

  复印件另用挂号寄上。

  谨候

大安

陆树崙　84.3.5

二四、刘景农　1通

刘景农（1903—1961），名本炎，山东蓬莱人。时任山东大学中文系教授。著有《汉语文言语法》《汉学师承记补》等。

正璧先生：

从前上一函，未蒙赐覆，未悉近祺奚似，殊以为念。弟状碌碌，惟备课讨论及开会，忙得头昏腰酸。

清恙当已大愈，近有何著作？大著《语法》及《修辞学》，均已付印否？如付印请见赐，定价若干，弟当即□寄。弟现已搬至鱼山路二十六号甲（山大第一公舍，距校甚近），赐函请即寄此处可也。黄、殷两兄均嘱代候[1]。匆此，即请

撰安

弟刘景农拜启　十一月六日

王启昌已调至济南工作，李蔓茵已调至安徽工作。

---

[1] 指黄公渚、殷焕先。

二五、吕贞白 2通

吕贞白（1907—1984），名传元，以字行，别字伯子，号茹庵、戴庵，江西九江人，寄籍上海。曾任中央大学教授，后入上海出版界，兼华东师范大学、复旦大学教授。工诗词，精版本目录之学。著有《淮南子斠补》《吕氏春秋斠补》等。

1

正璧先生赐鉴：

久未晤教，遥想福体康健，定符颂祝。闻尊著《弹词叙录》已出版，弟对此书盼望甚久，近始知已出版，不胜忻喜，亟欲先睹为快，乃甚不易得，甚不易购，均是实情，不得已，特函请吾兄可否惠赐一部，以慰多年渴望之忱。谅邀俯允，不胜盼望之至。专此，敬颂

撰福

弟吕贞白顿首　五月一日（1982）

2

璧老道兄赐鉴：

今日令郎来，承赐《弹词叙录》，至感至谢。内容丰富，叙述详尽，佩服之至。此书此间已不易购得矣，殊可贵也。天气渐热，伏祈杖履珍重。专此，敬致谢忱，匆颂

福安

小弟吕贞白顿首　六．廿六（1982）

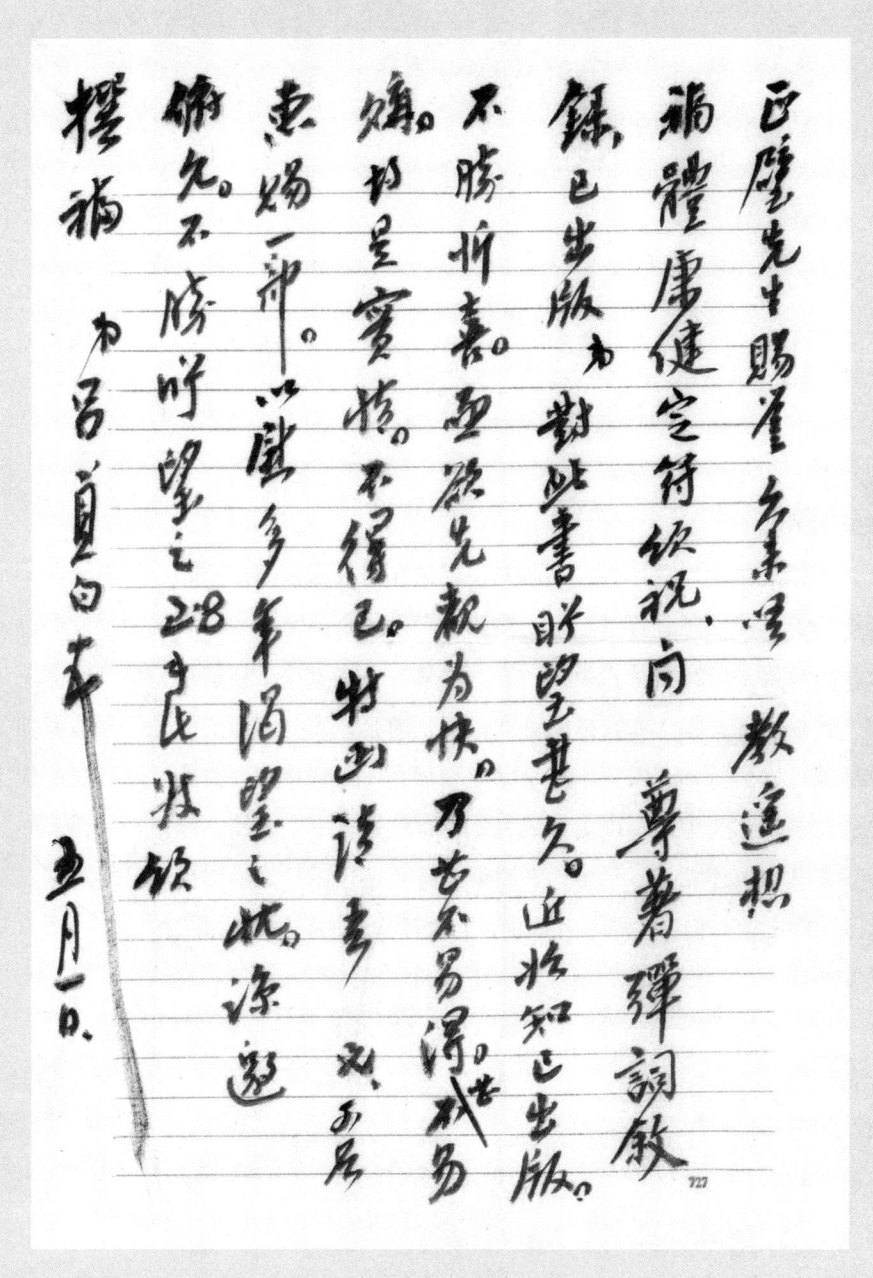

匡壁先生賜鑒：久未晤教，遙想
福體康健定符頌祝。向尊著彈詞敍
錄已出版，對此書眺望甚久，近始知已出版。
不勝忻喜。無緣先親為快。乃苦不易得。此易
媾，如是實情。不得已，特函請寄一册。並亦另
惠賜一部。以廣多年渴望之忱。諒邃
俯允不勝忻望之至。民敬頌
撰祺　　　　　呂貞白　拜

　五月一日。

吕贞白手迹

二六、马幼垣 1通

马幼垣（1940— ），广东番禺人。1940年生于香港。美国耶鲁大学博士，曾任教于夏威夷大学、台湾大学、岭南大学。著有《水浒论衡》《水浒二论》等。

正璧先生道席：

素仰先生学识精博，说部研究，创树尤巨，惜以海山遥隔，无由拜识。晚读小说，即以尊著各书为入门途径，先生犹是神交已久之启蒙师也。近以《星岛日报》俗文学及相类副刊事，恒就教于赵景深、施蛰存、吴晓铃诸先生，获益良多，除《大晚报》者外，各刊内容，大抵已不成问题，颇拟就知见所及，以全目方式发表，亦是保存文献之一法，尊意以为然？又月前托施先生转呈拙作《中国小说史集稿》，谅邀钧鉴，书中各篇，参错殊甚，误亦不少，其中大连藏品，泰半仍在旧址，解铃还须系铃人，以后应另文补正。其余误漏之处必仍多，希不吝教正，当胜读十年书。耑此，并颂

崇安

晚马幼垣谨上　五月十三日（1981）

Y. W. Ma
University of Hawaii at Manoa
Department of East Asian Literature
Moore Hall 383 • 1890 East-West Road
Honolulu, Hawaii 96822
U.S.A.

正璧先生道席 素仰 先生學識精博，說部研究，
創樹尤鉅，惜以海山遙隔，無由拜識。晚讀小說，
即以尊著各書為入門途徑， 先生擬是神交
已久之啟蒙師也。近以星島日報俗文學及相類
副刊事，恆就教於趙景深、施蟄存、吳曉鈴諸
先生，獲益良多，除大晚報者外，各刊內容，大
抵已不成問題，頗擬就知見所及，以全目方式發
表，亦是保存文獻之一法，尊意以為然？又月前
託施先生轉呈拙作「中國小說史集稿」，諒邀
鈞鑒。書中各篇，參錯殊甚，誤亦不少，其中大
連藏品，泰半仍在蒿此，解鈴還須繫鈴人，以後
應另文補正。其餘譌漏之處必仍多，希不吝教正，
當謄讀十年書。嵩此，並頌

崇安

晚 馬幼垣謹上 五月十三日

AN EQUAL OPPORTUNITY EMPLOYER

马幼垣手迹

二七、莫耶 8通

莫耶（1918—1986），女，原名陈淑媛、陈爰，笔名白冰，福建安溪人。老革命家、作家。曾任上海《女子月刊》编辑，西北军区《人民军队报》主编、总编辑，《甘肃日报》社副总编辑，甘肃省文联副主席。代表作有《延安颂》《丽萍的烦恼》等。

1

正璧先生：

自从施蛰存先生给我向您拿了那篇《女性文学之研究》刊于《女月》后[1]，我就很想有机会去见见您。因为在四五年前，我就看了两遍《中国女性的文学生活》，早就很想能够见见您。

昨夜施先生在电话中告诉我您的住址，他说他已经商得您的同意，要把大作《中国女性文学小史》续稿给《女月》刊登，我在喜慰之余，就急着写信给您，请您能够答应我。

第四期《女月》已寄给施先生转给您，也许您已收到，请您抽些空指示我内容应该改革的地方。我是多么的希望您们能够多多的指导我，我相信自己是很肯听话的。

假如蒙您答应把《中国女性文学小史》续稿给我的话，希望三十日以前能够交给施先生，我再到施先生处拿。

---

1 《女性文学之研究》发表于《女子月刊》1935年，此信当作于是年。

有空时我一定去拜访您。

祝

著安

陈爱　9.6（1935）

2

正璧先生：

好久以前跟你见面以后，便一直没信给你，请你原谅。

关于稿费事，我已和姚名达讲过[1]，他也早就答应发出，想不到他还没有寄去，今天我已写信再催他寄了。

你不久要回去过新年，在你没来上海以前，邮件寄到蓬莱路可以吗？因恐姚先生把稿费在那时候寄去。

《中国女性文学小史》在《女月》第二期可刊完，请你速把续稿写下，以便第三期续登。

《女月》新年号我早就把你的地址抄给书店照寄，也许是他们漏了吧。我已再催书店寄，大约这两天你可收到的。

我在本月十五号搬去女子书店，以后有空，我一定去你家里玩。

祝

著安

1.11

---

[1] 姚名达（1905—1942），字达人，号显微，江西兴国人。毕业于清华大学。著名史学家、目录学家。著有《中国目录学史》等。20世纪30年代曾在上海开办女子书店，任《女子月刊》主编。

3

正璧先生：

　　本想昨天到蓬莱路看你，因为是星期一，恐怕你不在家。接到您的信后，才知道书店没把《女月》寄给你，后来我问过姚名达，才知道他没有寄，我打算这两天去你那边坐坐，一道把月刊带去。

　　关于稿费的事，我已请姚先生在近日筹备后给我带去给你。我现在因感觉自己还须好好地努力，不该把时间太虚费去，因此我曾向姚先生再三辞去《女月》编务，但总不能如愿，后来经我陈述许多理由，才答应由他主编，我仍须担任编辑，尽力帮忙《女月》。现在我算负担轻点了，我将好好地向学识上努力，希望您能像教导学生般的，给我学识上的许多教导。假如你有空，请告诉我一个时间，我想去贵府拜访你。祝

著安

陈爱　（1934.2.18）[1]

4

正璧先生：

　　我这几天要搬家，此后如有信件请寄本埠法租界萨坡赛路二一九号女子书店。因为天气越来越冷，想到你那边去玩，又因怕冷打消了念头，在不冷时我定会去玩的。

　　暇时望多赐教。

　　祝

著安

12.2

---

[1] 莫耶于民国二十三年（1934）赴上海女子月刊社，此信或作于是年。日期见于信笺页脚。

女子書店股份有限公司啟事用箋

上海霞飛路五二三號　電話八〇五一號

輔助女子教育　　提倡女子職業

正聲先生：本想昨天到蓬萊路看你，因為是星期一恐怕你不在家。接到您的信後，才知道出店舖把五月寄給你，後來我問過姚君這，才知道他沒有寄，我打事這兩天去郵那邊生了，這把月刊帶去。

因子稿費的事，我已請姚先生在近日籌備後給我帶去給你。

我現在因感覺自己還須好之地努力，不得把時間太虛費去。

發表女字作品　　供給女子讀物

第　　　號　民國二十　年　月　日發

陈白冰手迹

5

谭正璧同志：

刚刚收到您的航空信，我高兴得马上作复。

四十多年前您曾为《女子月刊》写稿，您的名字我记得，那时我还很年轻幼稚，您却是已有著作的盛年。现在您已年逾八旬，我也已六十多了。您年事已高，直到现在还在孜孜不倦地写作，很值得我学习。您有关文学研究方面的著作，记得过去看过一本，如您能赐近来出版的著作，供我学习，更是我所希望的。

我三七年七月参加上海救亡演剧第五队，于八月离沪到西北大后方作救亡宣传，十月投奔延安。抗战期间及解放战争期间，一直在部队中工作，奔波于华北前线。四八年重回延安，跟随第一野战军解放西安、兰州，于是在兰州军区工作，一九五五年秋转业地方。由于长期搞报纸工作，除了战争年代在解放区报刊发表一些文艺习作外，后来因忙于搞领导工作，无暇写稿，直到现在晚年，才重新投入文艺战线当个新兵，重新学习写作。

全国解放后，我于一九五四年及一九六二年两次回福建探亲，路过上海，住在解放日报社。因不知您的地址，故未登门拜访。今年秋天，我打算到上海及厦门老家走走，去时一定告诉您，并去拜访您。

去年文代会期间，我见了过去在《女子月刊》共事的老友赵清阁，可惜您没有来。赵清阁至今我们常书信往来，她住在上海长乐路1131弄一号202室，不知您和她有联系否？她因患肺气肿，下月准备外出疗养。

匆匆作复，望您保重身体。

祝

长寿！

莫耶　1981.3.27

我家的地址是甘肃兰州东教场东小院三号。

6

谭正璧老师：

你好！您已84高龄，应是吾师，因此就称您老师。

前些时接您信后，马上给您回信，后疑是信遗失，正想再给您去信，却接到您惠赠的两册著作，看来您是收到我的信了。接书后，想待接您信后一并答复致谢，因此一直到现在才给您信，请原谅！

您未来信的原因，我估计您因年事已高，可能病了，或因从事学术著作繁忙，因此我给您写信，想了解您身体情况、您近来的著作情况。您以这么高龄还在努力写作，值得我好好学习。如您不能回信，就请您的儿女代笔说明，以慰远怀。

我也因患有高血压、冠心病，影响脑力，近日已好些，正拟修改一个电影剧本和其他东西，但我也老了，力不从心，过去被耽误的时间太多了。

我拟在今年九月间到南方家乡一游，过上海时一定去拜望您。

祝

您全家好！

莫耶　5.16（1981）

7

正璧老师：

来信收到，得悉您患多种疾病，但数十年来仍孜孜不倦地著作，出的书这样多，实在钦佩。您真是学问渊博，文艺上涉及的方面很多，很值得我学习。

我说来很惭愧，除1936年在《女子月刊》时，在女子书店出版的"女子文库"中出一本独幕剧集《晚饭之前》外，直到现在再未出书。在战争年代，我在延安《解放日报》、重庆《新华日报》、晋西北《抗战日报》及解放区一些刊物上，也发表了几十篇东西，但在动荡的战争生活中，散失殆尽，现正打算搜集，已托一些图书馆给抄了二十来篇，有的报刊还找不到，正在继续收集。在战争年代我就搞报纸工作，解放后也搞了二十多年报纸领导工作，因此无暇写作，对文艺也逐渐生疏了，十年浩劫更不用说，什么也没有写。从1979年春才转入文艺战线，在省文联挂个名，主要想抓紧晚年写些东西。因此从1977年以来在报刊上发表了一些革命战争回忆录。去年底在《北京文学》12期发表一篇回忆贺龙的散文。去年底还在湖南出版的文艺丛刊《芙蓉》上发表一篇《彭总西北行》。今年三月在《福建文学》上发表一篇散文《啊！鼓浪屿》。去年在《甘肃文艺》八、九期上发表一篇电影文学剧本《火花》。据《红旗飘飘》来信说，他们在23期上要发表我一篇《鲁艺生活散忆》。还发表一些零碎东西。目前正在学习写个中篇小说，正在修改中，但因多年搞报纸工作，文艺基础又差，因此写作文艺是很吃力的，现在老了，还得从头学起。

拟在今年底，把战争年代发表的文艺东西和近年来发表的文章，选择整理，出个集子，但现还未着手进行。

我由于患高血压和冠心病，写作精力已很差，战争年代的生活觉得有好多可以写，但心有余力不足。我不久前还发作了一次冠心病，现已基本恢复。

您视力既不行，还望多多保护身体。我也患有白内障，这两年来主要是坚持点日本眼药法可林，尚可巩固视力，使之延缓发展，又在吃"明目地黄丸"。我感到视力最重要，别的病我倒不在乎，就是要保护视力，才能继续读书写作。望您也试着吃吃看，我看效果还好。

我拟于九月初到上海，到时一定去拜访您老人家。

问候您全家好！

祝

您长寿！

莫耶　6.5（1981）

8

正璧同志：

您好！我过去曾给您写信说准备在今年到上海一趟，看看您老人家，没想到我于今年七月患了一场大病，冠心病和脑动脉硬化症，经医院抢救治疗，目前已好转，出院回家休息治疗，因此我上海是去不成了，什么地方都去不了，目前就努力休养身体，希望能把身体搞好。

您老人家近来身体好吗？年老了，要特别注意保重，上海冬天也是冷的，兰州也天气已冷，我特给您来信问候。我的家仍住在兰州军区，具体地址仍是兰州东教场东小院三号。

祝

您老全家好！

莫耶　12.1（1981）

二八、庞英 20通

庞英（1928—2009），辽宁大连人。1946年入国立长春大学，1959年赴前苏联列宁格勒大学东方系任教。

1

亲爱的谭正璧教授：

我现于列宁格勒大学东方系汉语组任教，我的科研题目是宋、元、明的小说话本。在工作上我需要一部分材料，但可惜在苏联各大图书馆皆不见，因此感到极大的困难。您作为一位老前辈，所以我冒昧地给先生来函，请求先生能给我一些帮助。如果可以的话，先生是否能把以下几部材料寄来借阅一下，或者替我在中国买几部影印本：

Ⅰ.叶德辉先生刊刻的《金海陵纵欲亡身》以及在人民文学出版社出版的《醒世恒言》中删掉的《金虏海陵王荒淫》，各寄一份。

Ⅱ.日本盐谷温先生的《论明之三言及其他》一文（孙俍工译本的《中国文学概论讲话》的附录）。

Ⅲ.《小说月报》二十卷第六号，东生译的长泽规矩也的《京本通俗小说与清平山堂》一文。

另外还有罗烨的《醉翁谈录》、顾修的《汇刻书目初编·宝文堂目录》以及钱曾的《也是园书目》。望先生在百忙之中能助余一臂之力，将永记先生之大德。以极度焦虑的心情恭候覆音。

革命敬礼

A. 庞英　　1961.4.18

我的地址：г Ленинград Московский пр. дом199 кв.50[1]。

或者：г Ленинград, Ленинградский унивеситетский им. Жданова восточный фокультет Пан Ин[2]。

2

谭公正璧教授：

我在一月前曾托古典文学出版社给您转寄过一封信，主要内容是请先生能给我一些材料上的帮助，但至今尚没收到回信，也许您没有收到，因此我再一次来信相求，望先生赐惠。我现在所研究的是宋代话本，所以就很需要一些关于话本方面的材料：

1. 首先是各种不同版本的《金主亮荒淫》。

2. 钱曾《也是园书目》。

3. 先生的大作《中国小说发达史》（全一册）民国廿四年版，光明书局。（这本书当然已经收买不到，但如果先生能给我找到一本的话，将是万分的感激。）

以上就是我向先生的请求。

先生是一位老科学家，关于中国话本的研究方面，我很希望您能给我一些指教。此致

敬礼

庞英敬上

1　译文：列宁格勒市，莫斯科大街，199栋，50号单元。

2　译文：列宁格勒市，列宁格勒日丹诺夫大学，东方系，庞英。

亲爱的谭正璧教授!

我现于列宁格勒大学东方系汉语组任教。我的科研题目是宋、元、明的小说版本。在工作上我需要一部份材料，但可惜在苏联各大图书馆皆不见，因此感到极大的困难。您作为一位老前辈所以我冒昧地给先生来函，请求先生能给我一些帮助。如果可以的话，先生是否能把以下几部材料寄来借阅一下，或者替我在中国买几部影印本：

一、叶德辉先生刊刻的"金海陵纵欲亡身"以及在人民文学出版社出版的戴望恒忠中删捽的"金虏海陵王荒淫"，各寄一份；

二、日本盐谷温先生的"说明三言及其他"一文（孙俍工译本的中国文学概论讲话的附录）；

三、小说月报二十卷十六号，东生译的长泽规矩的"宋本通俗小说与清平山堂"一文。

另外也有罗烨的醉翁谈录，顾修的汇刻书目初编，宝文堂目录以及钱曾的也是园书目。望先生在百忙中能助余一臂之力，将永记先生之大德。以极诚恳的心情恭候覆音。

草此敬礼

A. 庞英
18/Ⅳ-61г.

我的地址：г. Ленинград Московский пр. дом 199, кв. 50. 或者
г. Ленинград Ленинградский университет им. Жданова, востоковский факультет Пан Ин.

庞英手迹

3

亲爱的谭正璧教授：

您作为一位老先辈，请接受我衷心的致意。

您寄来的航空信，我今天早晨收到了，谢谢。

为了搜集我所需要的材料，上星期趁学生考试期间，我亲自到莫斯科去了一次，虽然在莫城各大国立图书馆奔走了将近一周，但收获并不大。因为我正在写一篇论文，由于材料不足，使我无法结束它。虽然我和先生未曾见过面，但我却把整个希望寄托在先生身上，因此昨天上午我又给您寄出了第二封航空信。昨夜我躺在床上直到今晨三点辗转不能入睡，绞尽脑汁，想不出一点办法。

今天是星期日，早晨我和我的妻子、女儿正准备到城外去休假的时候，接到了先生的航空信，我如获珍宝般地一口气读完了您的信，简直无法形容我当时对您的感激和我的兴奋心情。我的妻子也一直在旁边祝贺我。今天我们畅快地度了假日。我再一次地谢谢您。今后我要麻烦先生的地方还很多，尚望先生多多赐教。

关于《金虏海陵王荒淫》一文，我在苏联东方研究所见到一本，是蓝布面，题曰"金虏海陵王荒淫京本通俗小说第二十一卷乙丑孟夏照宋本刊"，没有刊印者的姓名。一本共十六页，长25.5公分，宽14.3公分，最后一句到"坐立不牢道"，未完，可能还有第二本，但没见到。关于这本书，不知先生是否有过些什么消息，请指教。

其次是先生能否费神代晚生找一部《酉阳杂俎》和《酉阳杂俎续集》寄下。

最后我对先生还有一些希望。我是研究讲唱文学的，主要是话本，当然一切有关这方面的材料对我都很有益，特别是像您、赵景深和其他各位先辈的解放前的一些旧著。这些宝贵的材料在国外只能看到书目，但却找不到书，像胡适的《文存》只有一部很不全的一套，先生的《中国小说发达史》，我在列城一位苏联教授家见到过（这是列城唯一的本子），他根本不

庞英

外借，在这种情况下令人实在苦恼。所以如果先生闲暇之时，顺步走到旧书店中，望先生代晚生收集一番。

暑假到啦，有一批中国留学生回国休假，我求他们给先生带去一点糖和干肠一类东西，望先生笑纳。因为现在正值孟夏，所以寄东西不大方便，待秋凉之时，晚生可能常常给先生寄点什么的。先生需要什么也决不要客气，晚生一定照办。此致
祝先生合府康乐

晚生庞英　1961.6.11日于列城

代向赵景深教授致意。

4

敬爱的谭教授：

寄下的书，已经如数收到。再一次地向您致谢。我的科研题目是宋代的说唱文学，当然各代的说唱文学都要关系到。我的目前具体科研工作是宋代小说话本，所以先生给我寄来的这几本书，正是我不可缺少的重要资料。待我有机会回国度假时，再亲自造府叩谢。

现下正是学期结束，所以工作繁忙得很，从七月五日才开始正式放暑假。暑假期间，我除了准备全家到苏联南方做一次旅行外，其余的时间全部用在工作和学习上。我目前正在做一点宋代话本的考证工作，将来还要多方面请教先生。

回国的同志们已经动身，我本来打算给先生多寄去一些食物，如香肠、苏联火腿等东西，但同志们不肯带，而且也怕暑期易坏，所以我就只好暂请高尚朴先生给谭教授带去两小包白糖。待秋凉以后，我再陆续给先生寄去一些肉食方面的食物。

为了使我们更进一步的相识，我把我全家的照片给先生寄去一张。余不赘述。万福。（这张照片是在我们的家里，自己拍照的，所以照得不大好。）

晚生庞英鞠躬　1961.6.30

5

敬爱的谭正璧教授：

手教今晨接到，晚生立刻到列城著名眼科博士曼柯夫苏基同志处请问，曼博士对先生的眼病表示很大的关怀，并答应设法帮助我们。但先生寄来的材料很难说明病情，在不能断症之前，曼博士提不出什么具体意见。所以他让我转请先生将简单的病历寄下，根据先生的病历再作具体答覆，是否必要动手术，或用药医疗。（信内寄去他亲手写的几种病名，是哪种请我国医生用拉丁写明。背面是他的姓、父名和名字）。

寄来的书，我已如数收到，再一次地谢谢。解放以后的，尤其是五〇年以后的新书在列城各大图书馆尚可见到，但解放前的先辈的著作就很难见到，所以感到困难，望先生留意。

我最近在读先生的《古剧与话本》，准备以先生的考证，进一步研究一下宋代话本在各种文学作品中影响。我必需把先生所指出的各种作品读一遍，找出其同异之处，并说明它们之间的关系，有必要时尚要请教先生。余不赘述。

敬祝

玉体康健

庞英拜上　七月十二日（1961）晚于列城

6

敬爱的谭教授：

今晨正当晚生准备致函问候之际，接到手教，甚为欣喜，得见玉容，实为大幸。

贵恙使晚生及内子悬念不下。今日下午晚生又走访了几位眼科专家，曼博士看到马医生所开的"证明书"，觉得实在过于"节约"了，我们要的是病历，并非"证明书"。当时曼博士说了一句笑话，让我反问马医生一句，如果一位苏联患者给马医生寄去这样一份材料，并请马医生帮助，他是否能提出什么具体意见？病历在苏联不是什么保密文件，患者有权力索取，为什么不给，实令人费解。苏联科学院列宁格勒三号门诊部眼科副博士哈米奇同志给同济医院写了一封信，请他们把病历寄来。另外开了一个药方，这只是起保护作用的，我本来想从苏联寄去，但日久会失效，而且这种药，国内可以买到。

仅根据现有的材料来看，先生的右眼如果在苏联已经可以动手术了，当然动手术也要根据整个健康情况来决定。根据哈米奇副博士的经验，这种手术在苏联一般是成功的。我当时就提出是否可以请先生到苏联来医治，他马上答应根据您的病情是可以到苏联来的，而且科学院方面可以给我们一定的帮助。

经晚生跟内子商量后，决定请先生到苏联来医治。医治的期限据医生讲，不会超过两个月。您来列城就住在我家里，生活上的一切由内子照顾，请您不必客气。

亲爱的谭教授，虽然我们还是书信之交，但已为知己了。晚生自幼失掉双亲，您在这一段时间给我的热情帮助和亲切的关怀，使我这空虚的心灵上增加了无限温暖，您就把晚生看成自己的孩子好了。如果能这样，那就是我全家无上的幸运了。所以您可以安然地来苏治病，在您的出国申请书上就写"到义子庞英处治病，生活上的一切由庞英安排和照顾"。根据您的病情、年龄、一生中对学术界的卓越贡献，我想我国政府是会大力帮助您到苏联来治病的。此外您还可以到苏联上海领事馆取得联系，他们也会帮助您。

到苏联来的路费较贵，因此您可以分两段路买车票。（因为您不是旅行家或参观团身份来苏，所以一切可以由自己支配，从而可以大大地节省一些。）从北京到苏联境内第一站——后贝尔加湖车站，用中国人民币买车票，大约九十元钱；从后贝尔加湖车站到列宁格勒，用苏联卢布买车票。这样便宜得多了。〔苏联卢布我给您寄到后贝尔加湖车站。北京—莫斯科快车到后贝尔加湖车站大约在上午十点左右，共停三小时，您马上可以买票，乘原车赶路。否则，乘下午五点（当地时间）直达莫斯科快车也可。〕为了迅速起见，您也可以乘飞机从北京直达莫斯科，不过票价较贵，同时您的健康情况是否允许尚待考虑。如果乘火车，路上的一切花费有人民币三百元足够（包括火车费在内）。

我家很方便，共有三间屋子，寝室、待客室和书房，另外有浴室、厕所和厨房，所以您不必为难。如果您决定来，我们热烈地欢迎。决定后请马上来信，我在苏联各方面也替您办理一点必要的手续。总之治病要紧，火速函教。

关于先生所需要的阿里克塞也夫的论文，我今天下午亦查到：

Алексеев. В.М.

Новый китайский словарь китайских писателей и проблема синологического справочника[1]

杂志：*Учение записки Военного института иностранных языков.1948г. вып.5 стр.95-100*[2]

一二日内我把原刊寄上。

我再一次地衷心感激先生对我科研工作如父亲般的关怀。当然您在来信中所提到您的两部大作稿本《话本与古剧》的增补及《三言两拍本事研究资料辑集》，对我来说是过于甘露法雨，如能得幸一见，其帮助之大，实非笔墨所能形容。待以后用信件方式或托人带来，我想可以解决的。分批用挂号信方式寄，也许可能，不过慢慢来。目前主要是治病要紧。余不赘述，恭候覆音。

内子致意。

晚生庞英　八月十一日（1961）夜一点五分于列城

SP：恭问先生的诞辰是何月何日，是否可以函告？

---

[1] 译文：《新汉语中国作家与中国学研究指南词典》。

[2] 译文：《军事外语学院学报》，1948年第5册，第95—100页。

7

敬爱的谭教授：

先生所需要的阿列克塞也夫的文章，所以前天未能立刻寄去，是这样的：先生寄来的信，晚生是在星期五上午接到的。当日下午求见了几位医生之后，只来得及查到先生所需要的文章的目录。翌日是星期六，晚生才开始在列城找这本杂志。我本想将原刊寄上，但因这是一种军事外国语学院的杂志，在市上没有公开出售过，所以私人手里都没有，就是一般图书馆也见不到。我好容易在谢德林图书馆找到一本，但不得借出，如果影印，需要两个多星期的时光。因怕先生等用，所以内子今天到图书馆把原文抄了下来，给先生寄上。（因为她的钢笔发生了毛病，所以用铅笔抄的，望见谅。）阿院士的意见，根据晚生的体会大致可分为以下三个方面：①《辞典》中在叙述到某一个文学家时[1]，讲其文学影响、思想面貌较少，而谈其官职较多。②每个文学家在《辞典》中所占的分量不平衡。他举例，如先生谈到关汉卿的剧目的篇幅比谈李白或杜甫的生平所占的篇幅还大。③有的大文学家被遗漏，有的事实尚待考虑，还有的地方画（？），所以科学性不强。

总的结论：先生的《辞典》虽存在缺点，但比起已问世的水平较高（指中国出版的），并对汉学家来说，是一部非常珍贵而又不可缺少的工具书。

也许我的领会有出入，望先生看过原文后，加以指正。因怕邮寄不便，所以纸的两面都用了。文中的95、96……100等号码是原刊页数，一字未移。纸角上的①②③……是本页数。今把抄本附上，请查收。

晚生庞英敬启　1961年8月14日夜

---

[1] 《辞典》，指谭正璧所编《中国文学家大辞典》，光明书局1934年出版。

8

敬爱的谭正璧教授：

寄下的九本书已经于今晨八时全部收到，衷心感激先生的大情。

昨天上午我把抄写的一份阿里克塞也夫院士的论文用挂号信寄上，因挂号信较慢，可能迟几日收到。

不知近日来先生的身体情况，甚为悬念。十一号寄上的快信和哈克奇医生的信是否已经见到？病历想尽一切办法请寄来一份。

我有位苏联朋友曾在中国工作过，他也曾因年迈眼内长了白内障，有人劝他请汉医针，一根金针刺下，不仅没能治好，反而失掉了一只眼，所以先生决不可轻易求医。

我的意见：如果先生有意，还是到苏联来治，当然并不是说国内医生水平低，而是在苏联医疗条件较好，否则我们有些首长也不会到苏联医病。如果先生有什么困难，请函告，晚生欣幸效劳。

不知先生是否能找到一本阿英的《小说闲谈》寄下。此致
敬礼

内子向先生致意。

庞英　8月16日（1961）

9

亲爱的谭老师：

寄来的信早已收到（九月三十日的信没有见到），我很快地去找哈米奇医生，适值他休假，休假以后，他又调到列宁格勒专门眼科医院。我把老师寄来的马医生的信交付给他——这位马医生简直一点国际常识都没有，不仅连一张信纸都没有，连医院的一个公章也不盖，这个人简直混账透顶。一个受过高等教育的人，难道连这样一点国际间的礼貌都不懂，真是令人好笑。——他马上就写了请您来的信（随信寄上）。可是为什么这样迟，我不

回信呢？因为我已经通过本市民警局外事处向苏联外交部寄去了一份公函，等候他们的回音，但还没有见到回信，所以一直拖到现在。我怕老师着急，所以先把这封信随哈米奇医生的信寄上，可以先到作家协会提出申请。应该赶快办理，我接到苏联外交部来信以后，马上给您去信。

现在谈谈我的历史。我既非党员也非团员，我生于1928年11月9日，我的故乡是大连。1946年入国立长春大学，1948年因闹学潮逃到解放区，担任中学老师。1950年我考入哈尔滨外国语专科学校，研究俄罗斯文学，主要是古代的，毕业以后，派到浙江省浙江师范学院（现杭州大学）任教。我是在1954年结婚，1956年生下第一个女儿，中国名字叫晓梅，俄国名字叫Таня。1958年冬到农村劳动了四个月，也就是所谓劳动锻炼四个月。1959年五月，我们全家出国，来到苏联，我是应聘到列宁格勒大学来的。这就是我的简历。我是一个资产阶级家庭出身的。我幼年时期父母双亡，我是在没有亲人照顾下长大的。我忍受不得丝毫虚伪和对我的一切给予无理管束，我觉得对一个人来说最珍贵的是"诚"与"自由"，对人无诚非君子，失掉自由更是最大的不幸。我并不是有什么其他的意思，我只是跟老师介绍一下我的信仰，绝无他意。

我现在正在写一篇文章，是对宋代话本的考证，当然这项任务很繁重，手头材料又很少，唯一的线索是老师的《话本与古剧》，以及郑教授的《中国文学研究》，老师是否可以给我提供一些线索？英国伯尔迟、捷克普实克的文章皆已找到，唯有美国毕沙普的文章尚在寻求，我想可以找到。

其次老师说有孙楷第的《中国小说书目》，方便时可以寄下。另外老师再替我找两篇材料：李啸仓《宋元伎艺杂考》、陈汝衡的《说书小史》（《说书史话》我有）、李长之的《〈金瓶梅〉的社会意义及其艺术成就》，以及关于冯梦龙的一些材料。如果老师晓得，可以告诉我一下，这些单篇文章发表在何种报章杂志即可。时间迟了，我写下去。老师保重，给谭寻同志和赵景深教授致意。

其次，请老师注意一下阿英先生的《小说闲谈》，如有可以寻求一本。

学生庞英　11月17日（1961）

10

亲爱的谭老师：

得悉老师患眼病，我走访了列宁格勒许多眼科博士，他们看过老师的病历以后，认为是完全可以治疗的。根据苏联的条件来看，当然在某些方面要比国内好些，因此我和内子决定请老师到苏联来医治。内子已经为老师安排了一切条件，使您可以在我家很安适地养病。列宁格勒的许多苏联朋友——汉学家对老师的病体感到极大的关怀，当他们听说我决定请老师到苏联来治病以后，几乎每天询问老师来苏的日期。我们是师生，亲如父子，所以老师可以毫不顾虑地到我家来。

关于旅程方面的一些具体问题，待老师取得出国证以后，我们再仔细地谈一下。

因为老师年迈，同时视力又很弱，所以必需有人陪送，我和我的爱人很希望谭寻妹能跟您一起来。我有三间房子、一切卫生设备，大家可以住下。我们请求谭寻妹劳神伴送您一下，随便到苏联来看一下伟大的社会主义国家，也是一件很兴致的事，如果经济上有困难，我们一起想办法。更重要的是谭寻妹到苏联还可以做一点工作——苏联有很多古本小说，她来了以后，在老师的指导下，我们满可以写一部《在苏联图书馆所见小说书目》，这对我国学术界也是很有价值的工作。

来吧，我的列宁格勒的苏联朋友们热烈地等待着你们。

给谭寻妹代好。

您的学生庞英　11月17日（1961）

11

亲爱的谭老师：

今天是老师的诞辰，又是一个星期天。

首先请接受我、内子和您的小孙女Таня的衷心祝贺，预祝您的身体健康，万寿无疆。

为了庆贺老师的诞辰，今天晚上在我家里举行一个小型的家庭晚会，请我几个知己朋友喝一杯寿酒。如果今天您也在列城，该会多么更有兴趣！

现在是莫斯科时间六点三十分，我的爱人还在厨房里忙着。按中国人的习惯，我给每个人准备了一碗寿面。

我在前两天寄上的信，想必已经收到了。请急速办理出国手续。我时刻都在准备迎接您，等着您的好消息。希望老师常来信。

给谭寻妹代好。

时间已经迟了，我已把客人送走，该休息了。晚安。夜一点五十二分。

学生庞英率家眷拜上，再拜上　一九六一年十一月二十六日

12

亲爱的谭老师：

寄去的挂号信和航空信想必已经收到，久未接老师的音息，甚为悬念，望来信。

冬季已经来临了，列宁格勒的初冬还不太可怕，温度保持在零度左右，虽然已经下过了两场瑞雪，但并不冷。

今天上午我给老师寄去了一点东西，并没有什么珍贵的，只是一些平常的食品，因为重量有一定的限制，所以寄的不多，只不过表示学生一点薄意。每样东西不得超过一公斤，本来想多寄一点肉类与白面、菜，又不可能。我给老师寄去了一公斤白面、一公斤白砂糖、一公斤火腿、半公斤干面、一块香肠（我怕坏了，所以没敢多寄）、两包糖果，望老师笑纳。春节前我准备再给老师寄去点东西，希望老师来信通知我一下，哪些食品对您来说最合胃口，不客气地来信。

关于出国的事情不知老师办理得怎样了？希望通知学生一声。我目前的工作很紧张，最近写完了一篇文章，分析宋代话本的人民性；我下一步计划，就是要考证一下宋代的话本（主要是哪些作品是属于宋代的），宋代话

本的艺术特点及其对宋以后小说的影响,再就是关于宋代说话的家数问题。老师如果方便的话,请帮助我在这方面找一些材料。

其次老师是否可以给我借借《绣谷春容》《燕居笔记》?

我需要主要是考证方面材料,特别是一些旧的材料。本来我准备对胡适在这方面的错误意见进行一点批判,但又找不到他在这方面的材料,也希望老师注意一下。

我每次来信都是这样麻烦您,请老师原谅我。如果老师不方便,我也可以请谭寻妹助我一臂之力吧!

我给老师寄上一本拙译,是《中国古代寓言》,今也给老师寄去。

给谭寻妹代好。

学生庞英　12月6日(1961)夜

13

亲爱的老师:

也许学生有罪于老师之处,否则为什么将近半年多不见来信。

我寄过几封信去,始终不见回音,我真有些不安了。不知老师的近况如何?望百忙之中抽空来一封信,以释学生之悬念。

今有苏联建筑工程师来我国出差,本想求其给老师带点东西去,但工程师乘飞机去,不得带太多的东西,只好带点肉去,以表学生的一点敬意。

此致

敬礼

附及:我请А.Князев同志给我带两本书来:

1.《汉魏两晋南北朝佛教史》,汤用彤著,二册。

2.《先秦寓言研究》,王焕镳著。

如果老师得便,协助代寻一下是幸。并请工程师同志带来。

学生庞英率全家叩上　1961.12.9

工程师的姓名：Князев Александр Иванович[1]

他在两年前曾到过中国，并在复旦（？）大学讲过课。

14

亲爱的谭老师：

十二月八日寄来的信和四本书皆已收到，谢谢。

老师提出的问题我作如下答覆：

1. 从北京到莫斯科乘"莫斯—北京"快车需要七天的时间。

2. 莫斯科的气候比较干燥，同时气温也很低（大约在零下二十五度左右），列宁格勒的气温由于受波罗地海的影响，所以比较温和，去年的冬季一直保持在零度左右，今年比较冷一点，有的时候到零下十度，因为列宁格勒区域多半属于海洋性气候，所以有些变化，不过并不大。从湿度方面来看，列宁格勒跟上海很相似。

3. 从莫斯科到列宁格勒快车（特快）七个钟点。"红箭"（普通快车）比较舒服一些，晚间十点从莫斯科上车，早晨八点到列宁格勒。

4. 由北京到莫斯科的车价，我现在记不得，老师可以到上海锦江饭店旅行社了解一下，并且他们可以，也应该代你买票，因为国际旅行一定要通过国际旅行社的。

5. 人民币根本不可以携带出国。随身带的人民币一定要在满洲里兑换卢布，大概不超过三十元人民币，比值是一元人民币兑换六十个苏联戈比（一百个戈比为一个卢布）。

6. 北京—莫斯科直达快车上有中国列车员，但一进入苏联境内就改换苏联列车员了。实际上有没有中国列车员根本没关系，因为车上一定有很多同行的中国人或者是学生们，他们可以帮助老师，希望老师记住车一进入苏联国境，人民币就不通行了。

1　译文：科尼亚杰夫·亚历山大·伊万诺维奇。

7. 中俄会话本，我给你们寄去一份。

8. 当然春天和夏天较好，从我这方面来说，你们什么时候来，我都表示热烈地欢迎。为了治病起见，当然越早越好。谭寻妹来了以后，我们可以想一点办法给她安排一点工作，这等你们到来以后再说。

9. 我们学校有寒假，实际上从本月（十二月）二十五日就已经停课了，一直到二月一日。教员在这个期间除了参加学生考试外，根本没有事。暑假是从六月初就已经开始了，一直到九月初。

以上是老师提出的九个问题，我简略地回答了一下，如有不够详细处请再来信。

寄来的信，我完全可以看得懂，不要誊清了。我们是自己人，何必这样客气？我的字就够潦草了，总怕老师见怪，即您不怪学生，我已经感到至幸了。

不知寄去的邮包是否收到？收到的情形如何？请函告。老师领邮包的时候，如果邮局方面索取税金的话，请你告诉他们，根据今年秋季民主国家内部邮件的一项决定，民主国家之间是不纳税的。

新年即将来临，祝老师和寻妹精神愉快、工作顺利，并使我们能早日会见。

您的学生庞英拜上　1961.12.24

SP：寄上日历一本、会话一本，查收[1]。

15

亲爱的谭老师：

寄来的信、书和《宋元话本出处考证》的手稿早已收到，万分感激，但回信写得很迟，恭请老师恕罪。自从生下来这第二个小女以后，孩子的身体一直不太好，每天要抱她跑医院，在苏联又找不到女仆，我白天忙着工作，

---

[1] 信纸左侧有"寄来的书，共四本，今晨九点二十五分收到"一句。

下班后还要帮内子忙些家务，简直不得开交。最近孩子的身体好了一些，才觉得轻松点。

从老师的来信中，得悉老师的身体不好，学生和内子万分悬念，望老师早日恢复健康，实为晚生之大幸。

关于来苏的问题，看起来我国政府颇有"鸡肋"之难，因此找了一位同志特到府上"挽留"，这也是实情，所以老师只好"自愿"打消来苏医病的念头。也罢！过些日子再商量一下看。

老师在上次来信中，指教学生查一下《永乐大典》，学生已经找到那篇《薛仁贵征辽事略》，关于这本话本，不知老师有哪些看法，乞望老师指教。

另外不知《夷坚志》是否可以弄到，学生很想看到。我最近写了一篇《论宋代话本的某些艺术特点》，已经教研组通过，可能刊登。

时间过得真快，转眼间已经四月了，列城虽冬尾还没除尽，但已颇有春意，想来江南恐早已桃李斗艳了。

今日下午给老师寄去了一个小邮包：香肠一公斤、板油一公斤、白脱油一公斤、牛酪一块、通心粉半公斤。望老师笑纳。

已经深夜了，不多写下去，见谅。

给寻妹代好。此致

敬礼

您的学生庞英叩上　一九六二年四月三日

16

亲爱的谭老师：

不知老师的身体情况如何？学生和内子甚为悬念。

寄去的小邮包，想必已经收到，不知白脱油情况如何，是否全部化净，望函告，以备再寄时，有些参考。

来信又有两件事情烦扰老师：

1.我在国内曾见到一本初中文学课本（？），其中选入了一篇话本《错斩崔宁》，但将其入话和结尾诗都删掉了。求老师查一下，这本书的名字、发行日期、发行人、发行地点。

2.我记得国内曾翻印过《因话录》，是否可以寻到一本？否则，请老师查阅一下，其中关于文淑僧的一段记载是在该书第几卷、第几页，该书的发行地点、发行日期、发行人。当然作为引证，版本越新越好。

以上两个材料，是我写的一篇文章中，作注解用的，否则我的这篇文章在科学鉴定时，就有损失。望老师费神，如能尽快，对学生颇有大益。此致敬礼

您的学生庞英　一九六二年四月十一日

内子和两个小孙女给老师代好。

17

亲爱的谭老师：

"五一"国际劳动节即将来临，请接受我衷心的祝贺，祝您节日愉快。

寄去的小邮包和两封信，不知老师是否已经收到，请函告。我特别想知道白脱油的情况如何。内子和小女给老师请安。

学生庞英　四．二十一（1962）

18

亲爱的老师：

四月廿五日的来信已经收到，信中谈到老师身体好些，学生和内子皆感庆幸，并感谢老师的问候。孩子们托老师的福身体还好。

赵景深教授的"三言二拍"的材料待学生抄完后，马上寄上，请老师代学生向赵教授问候。

老师的大作学生一概需要，如果可能，望老师多给学生寄来一些。

其次老师是否可能给我找一份李家瑞《从俗字的演变上证明〈京本通俗小说〉不是影元写本》(《大公报》，1935年七月四日"图书副刊")？
此致
敬礼

您的学生庞英　五月八日（1962）

19

亲爱的谭老师：

很久没有来信问候您，我不强调客观理由，只请求您的原谅。

暑假已经匆匆地过去，自从生下这第二个小女以后，生活越发显得紧张，抽颗香烟的时间都要打算盘。

您最近身体情况如何？眼睛是否已经开刀？病情如何？念念。

列城的夏天本来就不太好，今年更加不正常，多雨，寒气较多。祖国现在恐怕还是酷热的时候，可是列城已经夜间寒冻了。

工作没有很大的变化，只是多了几个小时的授课时数，还可以应付。

国庆节即将来临，请接受我全家对您热烈的祝贺，并预祝您康健。

此致
敬礼

您的学生庞英叩上　9月21日（1962）

20

谭老师：

多年没有信息，无法得知老师的情况。去年有一位苏联汉学家李福清曾到中国的上海等地旅游过一次[1]，从他那儿得知老师健在，甚为欣喜。最近获得了您的地址，先来这封信。几年来我在搞《石头记》，写过几篇短文，其中有两篇被译载在南京师范学院学报《文教资料简报》一九八二年第三、第四期，另外两篇刊登在《上海师范学院学报》一九八二年第三期上，如有机会看一下，很想知道一下老师的意见。

新的一九八三年即将来临，祝老师在新的一年中身心健壮，诸事顺利，得闲望覆函赐教。

耑此，祝颂

福安

学生庞英顿首　一九八二年十二月十九日

1　李福清（1932—2012），苏联、俄罗斯汉学家。毕业于列宁格勒（圣彼得堡）大学东方系汉语专业。曾任职于俄罗斯科学院高尔基世界文学所，致力于中国神话、民间文学和民俗学的研究。著有《万里长城的传说与中国民间文学的体裁问题》《中国的讲史演义与民间文学传统》《俄罗斯国家图书馆藏中国年画图录》等。

二九、彭黎明 2通

彭黎明，时任《河北大学学报》主编。

1

谭先生：

顷接大函，惶恐之至；蒙先生厚意，得赐大著，不胜铭感。本当函谢，然前赴省参加报刊主编会议，往返匆匆，几欲致函，均为琐事打断，致使先生挂虑，很是抱歉，尚请先生原谅。

先生对古典小说戏曲研究功绩卓著，又古稀之年，孜孜不倦，甚为感佩。蒙先生不弃，得以求教，真乃三生有幸。拜读先生新作，顿启茅塞，精识卓见，读之赞叹不已。得此佳作[1]，也是敝刊有幸矣！

由于酷爱古典小说戏曲，我对先生关于宋元话本、《剪灯新话》三种、古典戏剧之研究成果，"文革"前就曾拜读再三，受益匪浅。近读《三言二拍资料》，更是爱不释手。先生大作，我是见之即读，从不过夜。又闻先生之《名人辞典》问世，更是可庆可贺。前为河北出版社编注古典短篇小说选，其中《快嘴李翠莲记》有"村夫乐"一词，诸家印本不一，难以考释，由于敬仰先生之学识，以先生之新订本为准，出版社甚为同意。此书出版后，当奉寄先生并祈赐教。

兹遵嘱奉寄敝刊两期，今年第二期正在印制，俟出版后奉上。敝刊公开

1　即《论张凤翼及其〈红拂记〉》，载《河北大学学报》1981年第3期。

发行两年，今年对美、英交流。由于才疏学浅，新编小刊，谬误错漏甚多，尚请先生指教。

大作发排后即奉告先生。

耑此，即颂

夏祺！

黎明顿首　81.5.26晚

2

谭先生：

您好！前嘱负责发行的同志给您寄《学报》，恐怕邮局错漏，兹再奉上第二期一册，请您批评指正。

敝刊第三期已开印，原想寄大样请您过目，但印厂催印甚急，时间太紧，为了避免错漏，开印前我特意将先生的大作，对照原稿逐字逐句校读一遍，确认无误才签字开印，请先生放心。

先生之大作，拜读再三，收益很多。敝刊新发学术文章，最见功力者，当推先生为首。不是因为我对明清小说戏曲有偏爱，而是先生的文章写得实在太好了！我的学友们更是闻讯而来，先读为快，赞不绝口。

感谢先生对我们的支持和帮助。

谨祝

健康！

彭黎明　81.10.7

三〇、浦泳 7通

浦泳（1909—1985），原名昌泳，字匊零，号潜盫，上海嘉定人。1933年上海美专毕业，任启良小学教务主任、校长，嘉定县博物馆顾问。擅书法，尤以隶书、行草著称，并治印，间或作画。

1

正璧兄：

前荷惠书，早已奉读，当时适以房颤快速，医嘱住院，以致一搁，迄未作复，至以为歉！

在与俊才兄通信中，获悉兄近年注射能量合剂后，贵体较多康复，高龄了，还希多自珍摄。弟之房颤快速早已平复，而又因老慢支和偶有热度，现仍入院，医嘱勿走动，暂停作书画（固弟在院，仍因事他去，还应付些写画），大约不日即可出院，堪以告慰！

前示吴天复《心声集》、李汝堃《遁庵古稀双寿唱和集》、李似山《墨竹谱》三书，经查询馆中并无收藏，承示赠馆，日后当趋前。又承示《梨花雪》《白头新》，忆为徐鄂（棣亭）所著。《三元记》是否也是徐鄂作品？弟处所藏，早经被掠。已要求博物馆与古籍书店随时联系，对嘉定耆旧著作在家乡集中收藏。

不一一，顺颂康绥！

弟菊零　1979.10.17

2

正璧兄：

三四天前，馆中来人，带到惠复，敬悉。

第四次全国文代会即将在京召开，兄原是文坛老将，被邀为特邀代表，在扫除"四害"之后，具见党的领导不忘耆宿之情。文艺前景，将盛开老中青绚烂之花，谅兄更为之情怀宽畅！尊编新著，出版在望，并在完成未竟之稿，壮心未已，至为钦佩，且亦对弟之鞭策！

承示有关《三元记》作者，弟未前知，得受教益！乡先辈著作，弟处所有者，历经劫乱，已荡焉无存，有些不属于遗著，而是有关地方上历史性的，当更难再得。古籍书店中有一家乡人在此工作，博物馆已与之联系，随时关心，如有即收购。此次浩劫中，弟所有几百件书画，全都掠去，其中乡人遗作，有的是极少见的，有些还是解放后为地方收购的，原拟作些编考工作后，归县收藏，迄今全无着落，大为憾事！

贵体还希多自珍摄，脑力也须节劳！弟原遵医嘱，暂不动笔，近日已开始写些积件，堪以告慰！

顺颂康绥！

弟菊零　1979.10.29

上周孙局长来，曾与谈及吾兄近况。待弟去嘉晤见时，当遵嘱致意。又及。

3

正璧兄如晤：

已久别，迄未趋候为歉！

俊才兄来函云贵体违和，昨又函告，谓已有好转，至以为慰！还祈善自珍摄！

弟因病由翔来沪，近渐复，当图趋晤也。兹由县博物馆刘、葛二同志前

来请教有关太平天国史迹事，兄胸中正史、野史闻见较多，望予谈洽，并祈按精力所及给予指点！此颂
康绥！

弟浦矧零上　八〇．三．廿六

4

正璧我兄如晤：

　　日前博物馆刘、葛二位来弟处后，走谒我兄，征询关于太平天国在嘉史料，谅已有所指示。俊才兄来函中曾一再道及贵体近况，原拟趋前问候，无奈弟于春节前由馆送弟来沪后，病体虽见好转，但尚不稳定，且极疲软，未克前来为歉！乡老问虽有联系，却断断续续。故乡文史工作，以我辈年龄而言，更觉须抓紧进行。弟近来对乡先贤及近人遗著，在征询收集之中。今人著作亦须收集，都由博物馆收藏。我兄一生编著甚富，前曾俯允整理全部交馆，自当由馆发给奖金或收购。整理工作，更有烦令女公子了。《黄渡诗存》已通知馆中去问之古籍书店。章赋浏前住恒丰路桥，详址不明，其后辈不详，是否就住在那里？夏蕉饮等遗址，弟曾函请俊才兄留意。姚明晖之后辈闻有的在美，他生前是否有何著作？我兄关于办新中国艺院的事迹，希能写一下经过，馆中亦当存为史料。杂乱草此，不一一，并颂
康绥！

弟矧零上　一九八〇．三．卅一

5

正璧我兄：

　　我县人代会即将于本月二十日后召开。有关潜研堂事，县委宣传部负责同志曾说，可向大会提出提案，请些地方老人共同署名附议。兹拟就提案（附经过情况简述），特专函征求同意附议。希此信到后，立即惠复，不胜

浦泳手迹

盼切！年龄请也见告！

顺颂

暑祺！

弟浦泳　1981.7.17

为原在城中孩儿桥南塊的清代钱大昕故居潜研堂，按城建规划须拆，曾建议迁建到附近汇龙潭公园，后忽被园林管理系统擅自远迁至浏河湾。提请特知迁回城中，以重文物史迹保护工作案。

（经过情况简述）去年六月底，发现潜研堂因城建规划须予拆去，经紧急建议拆到汇龙潭公园内，辟为纪念堂，陈列钱氏所有著作及其书法手迹等，使邑人及来游者都知这位乡先辈一生治学精神，启发今人积极向文艺科学进军。经报请有关领导方面同意，并与县园林管理所所长商谈，他极为欢迎，表示即订入汇龙潭公园扩建计划。岂知今年春节前，竟被拆到浏河湾，虽经几番联系与交涉，且被进一步造成既成事实。为此再作呼吁，必须作合情合理解决，仍予以迁回城中，正视文物史迹保护工作。

提案人：浦泳

同乡附议人（以年龄为序）：

市文史馆馆员：陆史一（91）　市文史馆馆员：吴极宸（86）

市文史馆馆员：谭正璧（　）　市民建会顾：胡叔常（75）

复旦大学教授：葛传槼（　）　　　　　　秦瘦鸥（　）

本届县政协委员：胡训谟（　）

6

正璧老兄：

十八日（星期五）下午一时，县政协文史组举行一次旅沪老人座谈会，地点在华山路893号两会会议室。请你等在家里，我们将车子前来接你，可仍由令女公子陪同。邀请通知已另发出。

祝康绥!

浦匊零　1983.11.16

7

正璧兄：

　　座谈会日期定后，弟不及趋前面邀为歉！俊才兄也到会。兄来时请令女公子陪同一起来。瘦鸥兄在中山医院检查肺部，不能参与为憾！孙镇局长怀念你，顺此附笔。

　　不一一，祝好！

弟匊零　6.7晚

三一、钱南扬 3通

钱南扬（1899—1987），名绍箕，字南扬，浙江平湖人。戏曲史家。毕业于北京大学国学门中文科，历任武汉大学、杭州大学、南京大学教授。著有《宋元南戏百一录》《宋元戏文辑佚》《元本琵琶记校注》《永乐大典戏文三种校注》等。

1

正璧先生大鉴：

不面在昔，伫想用劳。猥承不弃，见惠大著。快读一过，不胜钦佩。特先专函奉谢，此后倘有一得之见，再行就政。专此，敬请
著安

弟钱南扬谨上　十一月十日

2

正璧先生大鉴：

昨奉一书，想已收到。

关汉卿之生卒，吴晓铃先生之说，理由尚欠充分：一、汉卿至杭，云在至元十七年之后。其实元兵至杭，宋室君臣逃者逃，降者降，杭州并未遭受破坏。倘果遭破坏，数年之间恢复，无此快也。故十七年之后之说，未必可靠。二、大德非年号。大德本僧之尊称，弟疑《大德歌》或出梵唱，与《文淑子》《游四门》《上堂水陆》之类同例，惟尚无确证，姑置不论。清汪汲《词名集解续编》卷下"大德歌"下云："……《宋孝宗纪》：

'淳熙十五年,上定庙乐舞,乐曰大勋,舞曰大德。'"《大德歌》由宫廷而传布民间,再由南方而传布北方,当然需要相当时期。惟自淳熙十五年(一一八八)至金亡(一二三四)凡四十七年,无论其流传如何慢,总用不到四十七年。所以金时此曲已流传北方,可以断言。此正足以证明关作《大德歌》在金不在元。倘望文生义,以年号解大德,不符实际,此犹认《嘉庆子》作于清代无异。〔即使大德确是年号,西夏亦曾用之,当绍兴四年(一一三四),更早于淳熙,亦无法确定此大德必为元成宗而非西夏崇宗。〕三、以"前辈"两字推人年代,亦欠准确性。《录鬼簿》从董解元至李致远俱称前辈,其时间甚长,从金章宗明昌至元成宗大德(一一九〇—一三〇七),凡一百十八年,试问将汉卿生卒置于何年？其实铁崖先生《古乐府》卷十二《宫词》明说"大金优谏关卿在",可见汉卿仕金甚明。故汉卿之年代似应照吴说提前。

弟顷为人民文学出版社编《永乐大典戏文三种校释》,推定《错立身》作于金亡之后、宋亡之前此一时期。其《鬼三台》曲有《单刀会》《管宁割席》《伊尹扶汤》三剧,均属关作。大著未提及《鬼三台》所引。

又为校订《荆》《刘》《拜》《杀》,《雍熙》《正始》《新谱》《定律》等所引《拜月》曲文,大致均见于世德堂本,或容与堂本,或凌延喜本,逸曲甚少。

李啸仓先生《宋元伎艺杂考》有辨今存《裴度还带》非关作一文[1],虽有欠妥处,亦可收入备参考。

《曲品》与《传奇品》间,有一篇《古人传奇总目》,实别是一书,叶德均先生《戏曲论丛·曲品考》言之甚详。以《牧羊》为马作,实出此目。

忙于赶稿,不克长谈。弟于北剧素少研究,拉杂写来,错误难免,幸有以教之。此请
著安！

弟南扬谨上　十二日

---

[1] 李啸仓(1921—1990),中国戏曲史、俗文学研究者,著有《中国戏曲的启源及史的进展》《合生考》《释银字儿》等。

钱南扬手迹（一）

3

邵曾祺先生评关剧不合律。（一二页）

关不但能作，又能唱，能串，他的作品决不会不合律。须知曲律不是一成不变的，也在随着时代发展，我们不应拿后人之律去衡量古人。说关不合律，正和明人拿自己昆山腔之律去衡量宋元戏文，犯了同一毛病。

王作《度柳翠》。（一七○页）

《远山堂剧品·艳品》"李磐隐《度柳翠》"条云："柳翠事已经三演，此剧芳华不及王实甫，俊爽不及徐文长。"《剧品》与《曲海提要》著录各剧都根据刻本或钞本，并非臆造。（即有错误，应误在原本，不在编者。）故王作《度柳翠》，似乎可信。

马作小令《天净沙》。（二六二页）

赵景深先生说此曲最早记录的似是《尧山堂外纪》。案《中原音韵》已选录此曲，并评云："前三对，更'瘦马'二字去上极妙，秋思之祖也。"又录《夜行船》一套亦有评语，似可采录。

《月夜闻筝》【黄蔷薇】【庆元贞】二曲当为小令。（二九二页）

《广正谱》	《钦定曲谱》	《九宫大成》
（齐微韵）【赛儿令】第二格	【黄蔷薇】　顾均泽小令	【黄蔷薇】　散曲
杂剧郑德辉撰《月夜闻筝》		
【步秋香】……【情兴懒】	【步秋香】……【情兴懒】	【步秋香】……【情兴懒】
（寒山韵）【庆元贞】　同前	【庆元贞】　同前	【庆元贞】　散曲
几年月……到人间。	几年月……到人间。	几年月……到人间。

这致误之由，很易明白，就是《广正谱》缺落一页。《广正谱》是根据徐于室、钮少雅的《北词谱》的，原本当确有《月夜闻筝》【赛儿令】曲的。此【赛儿令】第二格也注齐微韵，而【步秋香】曲却不是齐微韵。原来【赛儿令】当不止二格，还有三、四、五……格，刚占一页。这一页缺落，连【黄蔷薇】的题目缺去，刚凑上了上页【赛儿令】第二格的题目，因此致误。现在的《广正谱》只有青莲书屋刻本，而《钦定曲谱》，即是《广正

钱南扬

谱》的节本，可以互校。《钦定曲谱》【庆元贞】下注云："曲名'贞'字，旧谱误作'真'。"然今青莲本不误，可见《钦定曲谱》所根据的《广正谱》必非青莲本，而那本却无缺页的，故【黄蔷薇】不误【寨儿令】，小令不误杂剧。可惜《钦定曲谱》把【寨儿令】二格以下都删去了，我们就无法再看见这支《月夜闻筝》的【寨儿令】了。

  正璧先生正之。

弟南扬　十一月十九日

钱南扬手迹（二）

三二、秦瘦鸥　10通（附唁信1通）

秦瘦鸥（1908—1993），原名秦浩，上海嘉定人。新鸳鸯蝴蝶派代表人物。毕业于国立上海商学院银行系，历任《大美晚报》《大英夜报》《译报》编辑，上海持志学院、大夏大学讲师，中国通商银行衡阳分行文书主任，香港《文汇报》副刊部主任，集文出版社编辑，上海文化出版社编辑室主任，上海文艺出版社、上海辞书出版社编审。上海市文联委员。著有《秋海棠》《孽海涛》等。

1

正璧兄：

日前在府晤谈为畅。

作协的肖岱同志至今尚无见面机会，但从别的文友那里听到，前《新民晚报》的副社长赵超构（即林放，现在是辞海出版社的副总编辑）对兄近况深为关切，曾代向各方提出，应该对兄给予照顾。近几年来他很红，说的话是有力量的。这是个好消息。

数日前嘉定县博物馆曾有人来访，想征集一些与故乡有关的文物，我捐赠了一幅庄秉黄老先生在世时所写的篆字。他们还问到您，我已略述尊况。在兄藏书中，不知有没有涉及嘉定的东西，不管是一张报、一本小册子，如有一定的纪念价值的都好。倘愿捐赠最好，否则亦可请他们作价收购。我想事关桑梓文物，兄亦必乐于赞助也。这类东西，留在个人手里，也确实不如让公家去保存的好。不知兄意如何？

这一点我因尚未与兄谈过，所以也并没有向嘉定博物馆的人说出口，以免兄反而为难，万一您赞同我的看法，并且也有些东西可以拿出来的话，盼由令爱代复一信,以便再约日期,让他们直接到府拜访。

同乡中有一位浦泳先生(字菊龄,别号长发头陀)见告,与兄亦属故交,他现已得南翔镇人民提名,作为嘉定县人民代表,嘱我向您致候。

余不尽述,即致

敬礼

弟瘦鸥　11.29(1978)

2

正璧兄:

您好!听出版社的朋友说,古籍方面已改按80元的七折,付给您类似退休工资的数目,这也算进了一步,预计事情大概总会全部解决的。

同乡书画家浦菊灵兄多次问到您,打算登门拜访。我和他原不相识,但据说他和您是早有往还的。最近他已被选为嘉定县的人民代表,兼充博物馆顾问,他大概是想和您谈谈有关文史搜集方面的事。日期定于下礼拜一,即廿六日上午,由我同来,不知对您合适否?

唐人张鹜(《游仙窟》作者)所著《龙筋凤髓判》,我只听说是判牍一类的东西,但未曾寓目,也不知在哪种类书里可以找到,因最近有人垂询及此,故以转听,兄如有所知,且待两三天后见面时请指示吧。

倘您同意我们的拜访,就不必赐复了。一切面谈。

敬礼

弟瘦鸥　2.23(1979)

3

正璧兄:

关于作协会友下世者的吊唁问题,我也很踟蹰。因为出去走走,和几个熟人见见面,甚至可以谈上几句话,固然不谓无益,但火葬场实在太远,而且车辆拥挤，很难对付，加上兄的视力又差，实有郑重考虑的必要。况且往吊者那么多，也未必能与熟人见到。如果您觉得心存不安的话，就请令郎或令爱到作协去一次，付洋一元，定个花圈，表示意思亦可。您看怎么样？（我打算就这样做了再说。）

其他日后再谈。祝

康乐

弟秦浩　2.26（1979）

4

正璧兄：

久未通问，谅尚安适，至念，至念。

嘉定的会，已初步决定在本月22日召开，不知浦矧灵兄曾有函告否？

我记得兄的收藏中，有一部晚清时期出版的小说《台湾中国英雄传》，系石印本，很薄，很小，上海书店印行。目下是否还在？麻烦令爱翻检一下，如果有，我想借阅四五天，立即归还。乞复示。

最近曾小病数周，正渐次复原，故尚未敢外出。信哉，年岁不饶人也！

此致

敬礼

弟秦浩　5.14（1979）

5

正璧兄：

上月故乡文教局开会，弟适因病，未克参与，后闻他们的工作人员来谈，知情况极为欢快，也谈到您精神矍铄，除目力欠佳外，其他各方面非常健康。至慰，至慰。

前此我向您叩问的尊藏《台湾中国英雄传》一书，经托人向古籍书店及复旦大学各个图书馆找寻后，均无发现。据该校经手人称，当时书单上并无此书。我想可能时隔经年，兄或许已记不清了，很可能此书仍在尊府。为此再函恳请，拟烦令爱再查一下。弟以前已见过，现在是求再弄清两点，不必借出，可以登门乞观，至多当场拍一张封面照片，于愿已足。万一拙作得以完成，有地方可以发表，保证不忘您的大力协助，必当在文内提名志谢。

渎神之处，还祈宽恕是幸！

即致

敬礼

弟瘦鸥　7.3（1979）

太原路25弄12号。

6

正璧兄：

上月嘱询之事，先问过几位老人，但因当时他们都已自顾不遑，对其他事情很少注意，故想不起那位"跛足者"究竟是谁。而那时正以造反面目一跃而为风云人物的那等大小头子，则弟无一相识，不得已曾嘱一个在科技出版社工作的后辈代为设法打听，亦久无下文。加以弟最近身体不好，并曾因误打青霉素，几乎丧命，以致一直没有复您，歉恶之至！

弟想目前他们极需外人协助审稿，兄虽目力不济，亦可补救，由令爱一段段读给您听，照样可以提意见，甚至加工校订。如兄从这一角度找出恢复原职的请求，浅见以为倒是比较容易圆满解决的。请予考虑！

敬礼

弟秦浩　30日（1979.11）

7

正璧兄：

久未联系为念。

听别位同志说起，知道您除目力减退外，一般健康情况还是良好的，至以为慰。

兹介绍作协资料室的冯沛龄同志走候，打算请您考虑，可否将尊藏下列各书暂借给我们看看？

明陈与郊《昭君出塞》

明无名氏《和戎记》

明无名氏《青冢记》

清薛旦《昭君梦》

清尤侗《吊琵琶》

清周文泉《琵琶语》

以上六种传奇作品中，只求兄借一二种，以后再来调换。我们当尽量注意，不使损坏，并尽快奉还。倘蒙同意，不胜感幸。（我和冯同志拟合作改写有关王嫱的故事。）

此致

敬礼

弟瘦鸥　84.2.22

问令爱等好。舍下电话：522243。

8

正璧兄：

来示敬悉。

关于上海书店，我已领教得够了，倘不是我列举事实与理由，上告到中央去，由国家出版总局出来说了话，江西、云南两出版社才直接来舍商谈，草草解决，吃到了一小块"叹气糖"，否则真会一场空的。后来我即未再与上海书店发生任何接触，所以实话实说，对您无可陈告。

您年迈目衰，又值冬令，千万不要远道跋涉，徒劳往返，且宽心等待，也许会有下文的。一俟天时稍暖，还是让我去看您，大家随便聊聊吧。

此请

炉安

弟浩　1.14

9

正璧兄：

您好！

新年中因荆人染病，只得寓家照料，一步未出，致未踵府贺岁，歉甚！

《晚清文学丛钞》可看之处不少，惜现已十分难买了。蒙借的小说二卷上下册已阅毕，连同《再生缘》一部专人送还，并致谢忱。台湾小说一部，拟再留用数日，再行面奉。

顺便送上五加皮一瓶，亦宝剑赠烈士之意，乞哂纳！

上次您谈起的《真善美》杂志，弟只要借第一卷一、二两期及第四卷第四期（共三册），如果不太麻烦，恳即检交来人带回是感！

敬礼

弟秦浩　2.9晨

10

正璧兄：

大札收到。

我们所出《明清故事选》是把许多种的笔记小说里比较优秀的作品计在一起的，第三、第七各册内，均收有《夜雨秋灯录》中的几个篇章，因此，单独为该书出一种译本，想与我们的原计划相冲突，不易接受。李小峰先生的久无答复，或由于此。

你过去所写历史小说，我曾读过几篇，印象很好，目下如已集合起来，很愿意再拜读一下，倘"有机可乘"，便当代为力荐。但此间情况复杂、意见纷歧，有多少把握就很难说了。

稍暇当造府面谈，即致
敬礼

弟瘦鸥　4.17

附：唁信　1通

谭中、庸、寻、常、埙、箎六位同志：

方才收到您们寄来的讣告，惊悉令尊正璧先生逝世，不胜哀悼。

深望您们节哀顺变，千万多多珍重为要。

秦瘦鸥　12.24下午（1991）

三三、沈静琪 2通

沈静琪，胡士莹妻。

1

正璧先生左右：

寄奉宛春所作《话本小说概论》一部（上、下册）[1]，敬请指正。

宛春写作是书，前后十二三年，"十年浩劫"期间，批斗之余，仍全力以赴。先生之关怀和支持，也使宛春得益良多。在宛春手稿的《后记》中，本来专有一段文字言及先生等的帮助，"皆音问时通，匡助导掖，受益匪浅"。惜中华书局于出版时，除作序之赵景深先生外，几位老友之大名均为省略。书已印出，无以弥补，只能专写一信，代宛春再申谢忱。肃此，敬颂撰安

沈静琪　一九八〇年九月十三日

2

正璧先生左右：

您们好！

先生的大著已收到，万分感谢！

宛春过去编的《弹词宝卷书目》去年在抄遗稿时发现又增加一百多种，

---

1 宛春，即胡士莹，小传见前。

所以我请肖新桥老师去信到上海古籍出版社，询问是否可以再版。现在他们决定要肖老师整理后，明年再版，这也是件好事。

先生博学多才，对国家贡献很大，尚祈善自珍摄，长保康健，以掖后人。

敬颂

安康！

沈静琪敬上　于11.29（1980）

合家代问好，不另！

三四、沈善钧　6通（附致谭寻1通）

沈善钧（1928—2014），字澄波，号蜗寄，浙江湖州人。上海古籍出版社编审。著有《曼曼集》《蜗寄诗词钞》《诗体及诗学术语》等。

1

正璧师尊鉴：

您托陈其猷同志带来的《樊川诗集注》已收到。今后您在写作上如需要借用我社其他书籍，只要我们有藏书，我均可代借，或由谭寻同志亲来我社查阅亦可。

关于《三言二拍资料》，据悉已交厂付型，不久谅可问世。《弹词叙录》已交送印刷厂，大约过一段时间，亦可发排。

前些日子，上海气候酷热，近日似乎转凉些。您年事较高，万望善自珍摄。

暇时再来拜访您。

专此，敬请

大安

晚沈善钧上　8.5（1980）

2

正璧我师：

分别后又将一个星期，料想您身体安好。最近我社作出新规定，凡作者来我社购买自己编著的书，初版本在一百本以内，重版书在五十本以内，均可享受七五折优待。我想您近日正好在我社新出了《弹词叙录》，并且《三言二拍资料》正在再版，可能要买一些书，为此，特写信把这消息告诉您，供参考。

专此，即请

台安

晚沈善钧谨上　三月二十九日（1981）

3

正璧我师：

九月二十三日一别，倏又三周，比维康吉为祷。嘱查《牛郎织女传》原著，钧回出版社后即往书库查阅，但迄未找到。关于《中国古代版画丛刊》，我社现有藏书，共四函（一函、二函、三函、五函），出书年月自一九五九年六月至一九六一年七月，线装，其中缺第四函，不知该函有否出版。《牛郎织女传》虽见《中国古代版画丛刊》目录，而竟无法在已出之四函中找到，是否会原计划列入丛刊第四函中，而其后第四函竟因故未出，现在只能存疑。

恐劳垂注，谨先函覆。

此致

敬礼！

晚善钧上　十.十三（1981）

4

正璧我师：

前天趋府拜谒，回社后我即询问当时一编室《三言二拍资料》有关同志。据云，根据国家出版事业管理局八〇年制订的《关于书籍稿酬的暂行规定》第九条，一般资料书和古籍标点、校勘等等，其稿酬都只付一次，不按印数计酬。我查阅原文，果然如此，所以也无话好说。

今天上午，我因事去福州路古籍书店，看到《弹词叙录》刚刚开始出售，买书者非常踊跃，多的有一人买好几本的。我看了很高兴，但愿此书今后销路好、售出快，则将来也可以再版。届时我们当为该书付印数稿酬。

您现在年事已高，有的事不要去多想了，还望多多保重身体。

专覆，并请

台安

晚善钧上　3.24（1982）

5

谭师尊鉴：

自从上次趋府拜谒，转瞬又已月余，不知近来身体好否？现在气候渐次转寒，一切还望随时调养珍摄。我原准备经常前来候教，奈日来工作较忙，未获如愿。（上月我因公去南京一次，回沪后又参加了一次在沪举行的词学讨论会，诸事匆匆，又逢年底有些杂务要急于处理掉，因此未能前来。）还请鉴谅为荷。

《话本与古剧》已于上月发厂，但开排尚需时日，我们当然希望早日发排，但此事我们作主不得，还只能由印刷厂安排。俟排后样稿出来，当即寄奉校阅。恐念特告。

专此，并请

台安

晚善钧上　12.5（1983）

6

谭师文席：

多时不见，前接篪弟电话，知今夏尊驾健适，十分欣慰。《话本与古剧》自去年付型后，限于我社纸张供应紧张，一直延搁至今。最近我室已收到样书一册，知该书已于近期出版（唯样书虽然已见，恐大量书尚未装订好，距发行尚有一段时间）。我已按现在书稿标准，将原订稿酬千字十二元酌予增至千字十五元，经财务结算，全书除已付预支稿酬及需扣税金外，大约尚余一千九百元左右金额，可着人持我师图章前来我社财务科领收。另外，此书不久发行后，我师除可得作者赠书二十册外，如需另行购买，在一百册以内，可获七五折优待，盼将需要量赐告，当可备书供应。暑溽期间，一切还请珍摄。专肃，敬请
台安

后学沈善钧上　八．二十八（1985）

附：致谭寻　1通

谭寻同志：

接十七日来信，知道您已自外地休养回沪，但身体尚未全部好转，至今仍在服药，不胜悬念。还望多加休息，千万保重身体为要，一切事情，不要去多想它。

关于谭先生将补发中华上编特约编辑的"生活津贴"事，我事先并无所知，经来信提到后，我已代为在社内了解，但据包敬第同志说，并无其事，看来此事目前还不可能解决。

《话本与古剧》（增订版）我们已发至出版科设计安排版面，但出版科也有很多书稿待安排，因此尚未完工，目前还没有发往印刷厂，此事限于各道工序，大约还需过一段时间才能设计完毕，我们当力争能早日发厂。

我因为手头稿件很多，也比较忙，最近不能来拜访您，请见谅，并请代向令尊请安。

专覆，即颂

暑祺

沈善钧　8.20（1983）

三五、盛才英　1通

盛才英（1931—2018），上海嘉定黄渡镇人，烈士盛慕莱长女。先后在中百上海采购供应站、上海石油普查大队、上海市人委地质处、上海市地质局、上海市隧道公司、上海市城建局等单位工作。高级会计师。

谭伯伯、姐姐：

你们好！

伯伯要的资料，我已去复印了，现寄上一份《碧血染丹青》请你审阅。

这份材料还需要好好修改，我现在工作较忙，无法进行，待日后稍有时间再作补充，特别要把金亮叔叔等的材料汇集进去。南京的顾福生老伯伯几次来信要我把抗战初期的情况充实，作为小辈的我，这是责无旁贷的事，应该尽量把父亲的史料收集拢来，整理出来，到时还得来请教老伯和姐姐。

有什么事，请尽管来信。

敬祝

健康长寿

盛才英敬上　3.10晚

碧血染丹青——记我们的父亲盛慕莱烈士（初稿）

盛才英　盛才湘　盛才纶　盛才纬

一九四九年四月，解放大军渡江前夕，整个上海笼罩在一片白色恐怖中。一个阴雨绵绵的黄昏，父亲来到我们寄宿的学校，神情严峻地对我们说："这几天时局紧张，你们年纪小不要到校外去，我最近工作忙，不能常来看你们，要好好学习，听老师话。"简短地讲了几句话，便离开了。我们目送着他身穿灰色长衫的背影，缓缓地消失在雾雨蒙蒙的夜色中。想不到这竟成为父亲最后遗言，同我们的永诀。这时已经响起了解放上海的炮声，就在上海解放前夜——五月廿四日，我们亲爱的父亲却牺牲在敌人的屠刀之下。转眼间，三十三个年头过去了，他慈祥音容宛然尚存，浩然正气，永垂丹青！

父亲盛慕莱一九〇八年阴历四月，生于江苏省嘉定县（今属上海）黄渡镇，从小在家乡读书，毕业于省立黄渡乡村师范。走向社会后，他一直从事教育工作，当过教员，以后又长期担任黄渡小学校长。早在学生时代，就开始与党的外围组织青年团（CY）有接触。同时在他的胞妹（即我姑母）盛毓芸及姑父蔡辉（均是中共地下党员）的影响下，受革命熏陶，思想觉悟得到迅速提高。他对当时腐败的政局、国民党的卖国政策深恶痛绝，参加了爱国救亡运动。在地下党的影响下，他由一个愤世嫉俗、血气方刚的青年，逐步成为一个职业革命者。一九三八年起，正式参加了革命工作。

（一）

抗日战争初期，我党的苏南地区组织了一支抗日游击队——江南抗日义勇军，简称江抗部队。一九三八年起，父亲通过各种渠道采购医药用品、通讯材料、收发报机、钢材等军用物资，由上海秘密运往苏（州）常（熟）太（仓）抗日民主根据地，还多次掩护来往于游击区及沦陷区之间的我革命干部。一九四二年，直接领导我们父亲的江抗部队总办事处财经处处长蔡辉同志，由江抗部队调任新四军七师财经处副处长兼货管总局税务局局长。新四军七师驻在以无为、巢南为中心的皖中根据地，该地盛产粮、油、棉，是有名的鱼米之乡。由于距离南京及芜湖很近，敌伪严密封锁长江，禁运物资，不但使抗日根据地的军需及工业品得不到补充，而且当地土产也无法运出销售，给根据地人民生活造成很大困难。当时根据地负责人曾希圣及李步新同志交代蔡辉任务：必须设法尽快组织一个反敌人经济封锁的商业机构，打开贸易渠道。在这种情况下成立了大成公司，它的斗争任务是迅速冲破敌人的经济封锁，遴选不怕牺牲、熟悉业务、有独立工作能力的干部打入敌占区。除此以外，还要在敌占区大量开展统战工作，阐述我党经济政策，组织并吸收一支庞大的商人队伍来往于敌占区及我抗日根据地之间，形成一条地下运输线。父亲当时就是被委派驻上海敌占区的几个主要负责人之一。他在上海采购了大量的药医用品、布匹、纸张、日用百货、雷管、炸药、枪支、弹药、无缝钢管、电台等军用物资，秘密运往皖中抗日根据地，又把根据地的粮、棉、油等土产，运来上海销售。敌人对经济封锁是极其严格的，在上海市场，特务密布，对军用物资，特别是医药用品控制极紧，稍一疏漏，即以"通匪"论处。在长江上，有巡逻艇只游弋，随时拦截过往船只。采购及运输工作不仅艰苦，而且有很大危险。一九四二年春，日伪上海警察局侦探探到父亲行踪，一天早晨突然包围了蒲柏路（今太仓路）赓裕里我们家的住处。敌伪便衣特务满布马路及要道口，并轮番找家属搜查盘诘，幸父亲这天早已外出，未遭捕获。然而敌人并未死心，监视住宅达一星期之久，在此期间禁止家人外出，威逼交出父亲下落。那时大姐只有十一岁，是唯一获准早晨外出买菜的人。即就这样，身后也有一个便衣特务紧紧盯梢。出事的当天傍晚，父亲办完公事回家，远远看到形势紧张，心知有异，正迟疑间，一个平时看守弄堂的老伯伯悄悄对父亲打了一个手势，父亲急忙走开，方免遭毒手。一九四四年夏天，日寇南京宪兵队根据密报，突然用二辆军用卡车，满载荷枪实弹的鬼子兵，直接开往黄渡镇，包围我们老家住宅，企（业）〔图〕逮捕父亲。幸巧父亲在外，闻讯后急忙从黄渡出走，使敌人扑了个空。他暂时避居在离黄渡不远的北张角村张家，在此期间，经常与淞沪支队领导顾复生同志联系，并通过地下交通员姚声，向上级领导机关汇报情况。

当时运往皖中抗日根据地的物资，都必须在芜湖中转。芜湖为敌占区，过江即为我抗日部队控制的地界，因此，敌人防范更加严密。随着运输量的增加，为确保运输安全，组织上要父亲设法打入吕班路（今重庆南路）30号敌伪海军部上海办事处。父亲接到这项指示后，甘冒风险，抱定不入虎穴焉得虎子的决心，英勇机智地打通了敌伪海军部上海办事处主任叶树初、敌伪海军部日本顾问松冈关系后，直接用两艘敌舰来往于吴淞口与芜湖之间，为我军运送物资。从上海启运的物资中，包括无缝钢管、印钞机、军械修理器、子弹和医药等。其中枪支弹药，都是父亲通过特殊关系，直接从敌军械部兵工厂搞来。由于物资装在敌舰上，路上毫无阻挡，顺利地闯过敌人一道道严密的水上封锁线，安全而可靠。敌舰驶抵芜湖江面后，停泊江心，夜里由解放区派出的武装护航队用木船驳回，直接运往解放区。当时新四军军部曾流传着"……五师枪支多，六师马匹多，七师物资、钞票多"的顺口溜。所指七师的物资、钞票多，就有我们父亲的一份功绩。父亲的工作得到了根据地有关领导的赞赏，他的机智斗争的事迹，亦当作革命故事，在根据地广为流传。

这一阶段，我父亲担任新四军七师贸易总局设在上海的中华物产公司经理。朱玉龙任副经理，下属芜湖分公司的负责人是杨大炎。一度因芜湖分公司被封波及上海中华物产公司，父亲曾暂时转入地下隐蔽。

当时他在上海曾资助过进步学校——新中国艺术学院。该院复建于一九四四年春，一笔可观的开办费全由父亲经营的中华物产公司支付。学院负责人谭正璧，为倾向革命的知名学者，曾向解放区推荐输送了一大批进步青年学生，后来不少人成为革命队伍中的文艺骨干力量。抗日战争后期，解放区逐渐扩大，经济日趋繁荣，急需自己的流通货币，蔡辉要求父亲，能尽一切办法在最短期间内完成印钞任务。父亲接到这项指示后，设法动员上海中华书局印刷厂高级技工过雪川同志，并采购了全部印刷机器设备，于一九四五年五月带领包括家属在内的其他六十五名技术工人，由芜湖过江到达皖中抗日根据地汤家沟，迅速安装好机器，一个月后崭新的江淮抗币就在皖江解放区流通了。

抗日战争胜利后，中共中央华东局成立国民党地区工作部（简称国区部），其所属大成公司，对内为国区部贸易科，由蔡辉任经理，吴锦章任副经理，统一领导对国民党统治地区的贸易工作。国区部在上海开设上海集安公司，地址在天主堂街（今四川南路），出面负责人是庄更生，任务仍是护送来往干部，采购及运销物资。一九四五年底，父亲与姚声同志奉命到扬州建立秘密联络点，设在扬州南河下五十四号一幢中式大宅院内，对外名称为上海集安公司扬州分公司，实则是一个中转站，上海与苏北解放区的货物都在此交换集散。当时在集安公司工作的有朱庆、周锦祥等同志，从淮阴曾运来大批淮盐，由上海转往解放区的物资有油墨、纸张、药品、电讯材料等。这个分公司存在的时间很短，由于一九四六年底国民党对苏北解放区发动全面进攻，交通线路中断，就即撤离。

（二）

解放战争开始，国民党对华东解放区发动重点进攻，我方皖中、皖南、皖西等皖江游击队根据地主力转移北上，曾希圣被任命为国区部部长，李步新为副部长，蔡辉也是领导成员之一。大成公司设在山东滨海区涛雒镇（日照县），南与敌占区连云港只有一水之隔，国民党严密封锁海上交通，使我山东解放区与外界隔绝，处境十分困难。当时分析这种严重的形势，一致认为，只要有人敢于冲破连云港的封锁，与上海这条给养线即可马上接通。蔡辉当即指示驻上海的沈君常转告父亲，要他组织一批商人，通过合法斗争，把这条禁运的海路闯通，带头开好头一炮。父亲坚决执行这一指示，他通过各种关系迅速组织一批渔船，把解放区急需的货物，隐蔽运往山东涛雒，又从山东运回土特产花生、花生油及食盐等。商人们从这批交易中获利颇丰，尝到了甜头，信心百倍，奔走相告。以后成群的商船偷渡于上海及山东之间，一时解放区商贾云集，形成贸易高潮，终于冲破了敌人的封锁，使解放区经济摆脱了困境。

随着革命斗争发展的需要，大成公司不但担负了筹集军用物资、从事贸易等任务，还利用它在国统区的合法商业机构及特殊的社会关系，负责转运、掩护革命干部，并供给他们生活费用。一九四七年五月，组织上交待父亲，将由李凯同志带领的数十名两广干部护送到上海，再由上海转香港回广东去参加游击斗争。（此后李凯同志在上海设立秘密据点并经常往来于根据地与香港等地。）父亲当即组织了一批可靠的商船，迅速完成了组织上交下的转运任务。同志们到达上海后，父亲不但对他们作了妥善安置，还嘘寒问暖，关怀备至，使南下干部感到无比的温暖。

一九四七年六月，父亲与姚声一道由上海乘帆船去山东涛雒镇，向大成公司领导请示汇报工作。蔡辉又陪同父亲去见国区部长曾希圣，详谈了一个多小时。曾部长除了表彰他的斗争功绩外,还明确布置任务,要他负责掩护李凯同志在上海建立的秘密据点,不断输送两广纵队干部南下开展游击战争。父亲欣然领命,在大成公司居住一个多月才返回上海。

从这以后,父亲不但日以继夜地为解放区筹集、输送军用物资而奔波,而且冒着极大风险,对途经上海的革命干部予以妥善掩护及安排。他曾多次接待来沪治病的干部,其中有新四军七师作战处处长白浪夫妇等,护送过知名的妇女领导干部"钱大姐"即缪敏同志经沪南下。经他接送的革命干部先后共有二百余名,均安全到达目的地。他对同志热情关怀、对工作不畏艰险的精神,给同志们留下了不可磨灭的印象。

由于父亲活动频繁,引起了敌人的注意。一九四八年底,当时国民党淞沪警备司令汤恩伯曾密令嘉定县长徐竹猗逮捕父亲。幸有别人掩护,以及他本身机智沉着,得以脱险,从老家黄渡安全转移到上海。从此在家乡就不再露面了。

(三)

淮海战役结束后,解放胜利形势日泻千里,反动统治摧枯拉朽,分崩离析,全国解放胜利在望。国民党盘踞在大陆的最大的一个沿海阵地上海,却在紧张构筑工事,军队猬集,准备负隅顽抗。马路上警备车像疯狗似地嚎叫着到处搜捕逮人,刽子手们红了眼,对稍有怀疑者即格杀不论,上海白色恐怖严重。这时父亲化名蒋梦兰,匿居在大西路(今延安西路)江苏路口他的学生伪地政局测量总队职员蒋梦良的宿舍里,他的工作重心已转入对反动军队的策反工作,以迎接上海解放。

一九四九年初,李凯接到第三野战军政治部电报,要他立即返回解放区接受新任务。李凯带着姚声与父亲会晤两三次,商讨进入解放区的具体路线,最后决定从镇江过江,去十二圩找父亲老关系杨大炎,由杨护送入解放区。这次他俩的路费是由父亲筹集。李凯等经扬州、淮阴辗转到达蚌埠附近大王庄三野政治部驻地,后由政治部唐亮主任及敌工部长徐宗田当面交待,尽快调查整理敌特潜伏活动情报,策反敌特,扩大线索,保证上海工厂不被破坏,迎接上海解放。归结起来两大任务:护厂及策反。李返沪后立即向父亲传达了有关指示。父亲然即策反国民党行政院善后救济总署仓库起义（地点在真如北杨家桥），所有库存物资全数保存完好，后为我军所接管。他还先后策反过某保安团及敌汽车大队起义，均取得成功。一九四九年四月，对上海市伪警察局及全市各分局进行策反活动。这条线索的介绍人是方松生，敌方代表是伪警察局特刑处国际组特务吴钟英。父亲和姚声以华东局驻沪代表身份与吴会谈过二三次，地点在香山路方松生家客厅内。敌方提出要保证他们生命财产安全。父亲严肃告诫他们，等解放军到达后，立即放下武器，准备起义，并保存好枪支弹药、档案材料，听候处理。每次谈判以后都向李凯做了详细的汇报，研究下一步对策。李凯并指示："形势越是紧迫，策反工作越要抓紧。"万万没有想到，险恶狡猾的敌人一面哀求活命，一面却密告其特务头子狠下毒手。方松生首先被捕，接着五月九日清晨，特务又带着父亲的照片到蒋梦良家中捕人。这时父亲还睡在床上，第一次搜捕，敌人看到居民证上的化名与本人不符，从蒋家出来，再次对照着照片一一查询宿舍内的家属。当问到一个刚从农村来沪的妇女时，由于她不知道详情，愚昧地脱口说出："我认识这位盛先生，就是在房内睡觉的大块头。"特务们如获至宝，蜂拥而上，父亲在床上被捕。其学生蒋梦良也同时捕去，拘入福州路伪警察总局。敌人为了寻找主要领导人，扩大逮捕线索，曾严刑逼供，终无所获。解放后，据反革命分子吴钟英供称，父亲在狱中被拷打得遍体鳞伤、腰骨折断、门齿脱落，但始终横眉相对，没有吐露情况，使敌人一筹莫展。我地下组织没有暴露，无一损失。这时解放军已经包围上海，敌人仓惶于五月廿四日上午九时，将父亲枪杀于虹口公园。据目睹父亲就义的一位公园工作人员回忆，当时父亲身着格子纺短衫，身上伤痕累累、血迹斑斑，他迎着初升的朝阳，聆听着解放上海的胜利炮声，视死如归，从容就义。在敌人连射的枪击下，他魁梧的身躯慢慢地倒下去，一棵挺拔的劲松倒下了。就在第二天，人民迎接解放，欢欣若狂的锣鼓声、鞭炮声在浦江两岸响起了。

　　父亲的忠诚品质，给后辈留下了学习的榜样。他对组织的决定、上级的指示坚决执行，从不考虑个人安危；他待人以诚，对同志和朋友肝胆相见，不居功，不为名，踏踏实实地为革命贡献了自己的一生。他临危不惧，胆识过人。在解放前夕白色恐怖严重时期，组织上曾要他离沪暂时隐蔽，但他考虑到上海即将解放，大批工作需要开展，仍然坚持战斗岗位。他对我们子女也特别钟爱，从无疾言厉色，是我们尊敬的慈父。我们还记得他那温存慈爱的面容。在紧张的对敌斗争中，他仍不放松对我们的教育，勉励我们完成学业，为人民服务。这样一个人民的好干部、我们亲爱的父亲，为了人民解放事业，却只经历了短短四十一个冬春就结束了自己年轻的一生。他的生命太短促了，但用鲜血所写的历史，将与日夜同辉，永远激励后辈，昭示来人。

他没有能亲眼看到梦寐以求的红旗飘舞的上海，但是，在他倒下去的土地上，已经建立起人民的政权，完成了他为之献身的事业的第一步。在他逝世三十三年后的今天，祖国正在党的指引下，向四个现代化进军，父亲的英灵，一定会含笑于九泉。

一九八二年六月三十日　于上海湖南路寓所

三六、盛俊才 16通

盛俊才（1904—1983），名毓骏，以字行，上海黄渡人。历任嘉定县参议员、黄渡启新学社校长、《水产月刊》编辑、上海敦裕钱庄文书科主任兼《钱业月报》编委等。

1

正璧兄：

多时未得大札，深为念念！近来健康情况如何？所事有进展否？

今夏长期高温，弟颇感疲劳。近渐凉快，健康较好。想彼此同之。

关于白内障眼疾，近据内侄夏浚芬（明秋第七子）告及，须待成熟至一定时期，始可进行手术，早则后发，当再次开刀。如弟程度，尚不宜动手术。弟意兄开刀至今，又呈模糊，恐即系此故。似可再就医诊治，确定疗法。

下月中旬，弟拟来申一行，日期未定，届时再告。此次可能多住数天，当图面谈种切。

启兄近不时晤及，听觉稍逊，精神仍佳，深为老友庆幸。一民近曾回乡，途中邂逅，略谈即别。渠身体亦好，衰朽如弟，对之有愧意也。

匆匆，即颂愉快！

弟盛俊才　九月廿八日（1978）

2

正璧兄：

新春以来，想贵体安好、诸事佳胜，为颂为慰！去冬气候较暖，近更日趋温和，故贱体较往年为佳，极少感冒咳呛，堪以告慰。目力则江河日下，前荷惠赐眼镜，又已失去作用，因此写、看颇觉困难。年事日增，势所必然，限于条件，听之而已。

西湖胜境，弟向往已久，转瞬垂暮之年，已不存往游之奢望。惟作为一嘉定人，颇思想拟前往嘐城观光一次，饱览新嘐建设，以畅老怀。得能实现，亦可谓老来一快事也。

清明之后，拟来申一行，藉图畅叙种切，未知能达到目的否？乘便并思采购一小盆景及夏季草花种籽一两种，供老来观赏，稍增乐趣。

有人托询，近有类似《辞源》之词典出版，价四五元，不知何处出版？一般人可购到否？请兄就所知见告为幸。

启兄不时在途中晤及，渠精神身体均佳，可谓不老青松。回忆弟初交诸友中，德余兄体本健硕，环境亦佳，不意天夺其岁，作古已久，思之怆然！去年书兄又病故，弟感触弥深！往事如烟，不胜酸痛！

弟长孙扈兴在安亭嘉太砖瓦厂工作，前月产一女；三孙在云南第三水利建设兵团工作，近被评为先进工作者；次子才华仍在郑州国棉四厂任技术员，子凯之近加入共青团，女玫玫加入红卫兵。老来先后获此佳讯，颇以为快！叨在知交，附以奉闻，聊博一笑。

草草布意，顺祝

愉快！

诸位贤侄及贤侄女等想均安好为念。

弟盛俊才上言　三月廿六日

3

正璧兄：

上月廿日，弟乃获得解决后，曾发一缄，并附七绝一首，度荷鉴收。兹将此诗扩为两首，录呈斧政如次：

乌衣白帽忆先贤，廿载幽居淞水边。
却喜龙山风倏至，一冠飞去露华颠。（一）
把卷吟哦老更耽，余年敢望庆回甘！
好风吹落参军帽，报与良朋总自惭！（二）

弟近来眠食如常，聊堪告慰。所恨眼昏益甚，行动迟钝，时思趋访，欲行又止，怅惘莫名！下月中旬，可能来申一行，藉图畅叙，当先函达，以免相左。

兄健康如何，时时念及！所事有何进展，更为盼切！

前告□才子□德出席科大一节，系属误会。（由于吉儿来信过简，妄加测度，致成此误。）实则渠仍在煤矿部文工团工作，并非出席科大。吉儿系就近往其寓所晤及。据吉儿续函详告，渠工作表现良好，曾出席"学大庆"大会。特别书法优美，大有书法家风味，实属难得。成婚多年，育有一女（似寄在上海岳家），现忽告离异，原因不详。弟闻之深感不安，拟去函询问究竟，如有可能，劝其设法复婚。

明秋兄处，曾通函一次。复信问及我兄，并嘱代候。弟已将尊况告之。渠夫妇两人均患高血压，相当严重，经常就医服药，今年拟回申一行。

阅报，悉《古文观止》已重新印行，弟亟思购阅，拟烦兄在可能情况中，设法代购一部，暂存邺架，容弟来取。（如无机会，则可作罢，毋须强求。）

行年七五，来日无多，西窗剪烛，还能几度？言之不免怅然！

草草，即颂

愉快！

弟盛俊才手上　五月廿五日（1979？）

4

正璧兄：

廿六日大函于廿八日收悉。

前荷寄赠花籽，下种后，仅出一丈红一株、白茑萝四五株，生长既缓慢，又相继死亡，现只存白茑萝三株，不知能抽丝放花否。茑萝于十月初开放，红色最普通，白或淡绿者为贵，通常抽丝颇盛，花为五角形，弟曾名之曰国庆花。大概此次花籽，收时未成熟，或日久发霉，故所种十不出一，而且不易成长。

弟近一月来，肠胃欠佳，食后往往作痛，下便每天甚至五六次之多，稀烂不坚，但并无冻状。近日较好，不敢多食，并以熟食或粥为主，因而体力比较退步。由于某些原因，仅服午时茶，聊尽人事。年逾七旬，为日恐已无多，听之而已。兄年长我数岁，衰瘦实属常事（而我本来瘦弱），可勿为虑！亲友见弟，亦颇有称为精神甚佳者（弟尚无华发，但已两视茫茫，齿牙零落矣），引以为慰！新陈代谢，回天乏术，惟有自我陶醉，得过且过耳。兄意然否？

闻兄双瞳又退，颇以为念。读来书，字迹清晰可认，当无大碍。打针服药后，想能有所改善。千祈勿虑，并盼以少看书报为佳。

弟极想来申一行，总以种种原因，欲行又止。五月初，张外姑在申故世，亦未往拜，可见一斑。实则弟过于拘谨所致，并无特别原因也。

德余兄夫妇先后因病逝世（德余兄为高血压症），前似曾函告我兄，弟至今深为悼念。故乡老友无多，想兄亦有同感。

一两月之内，弟决拟来前一叙，藉倾积愫。彼此年事日增，畅谈机会恐已不多矣。

草复，顺祝

愉快！

弟盛俊才　六月卅日晨（1979？）

5

正璧兄：

月初大函和先君诗存先后收悉。兄的一番盛意，十分感谢！

对联和关于亡弟史略、兄的悼文[1]，都于前天挂号寄给浦兄。

托询偷印大著一事，明秋兄已有复信，曾询问数家，没有发现，他拟以后继续调查，等有线索再告。据他说港地颇多黑线人物，即调查出，也很难对付。

兄的悼亡弟文，可能令侄才纬要来抄存，留为纪念，请兄赐给，给以便利。他在淮海中路622弄7号上海社会科学院世界经济研究所工作，原属上海市革委会外事处，对于查询偷印大著事，似可问问他，可否通过外交途径，给予协助一查。

明秋兄拟于九、十月间返沪一行。朱鹤皋兄定下月底到京参加庆祝典礼，再到申住一短期。那时我如身体可能，将来沪一晤。

立秋以来，仍然炎热，弟很感不舒。望兄注意起居，更加珍卫！

专此，顺祝愉快！

弟盛俊才　八月十五日（1979）

6

学长正璧谭君夙负文誉近任沪市文史馆馆员全国文联四届代表又著述两部行将问世好音迭至欣然有作

一树梅花朵朵新，冰霜历尽更精神。

龙门又睹登贤士，鸿著还欣付梓人。

忆昔黉宫多造就，于今史馆展经纶。

1　亡弟，即盛俊才堂弟盛慕莱（1908—1949），见第175页《碧血染丹青——记我们的父亲盛慕莱列士（初稿）》。

勉成俚句遥申贺，自笑依然涸辙鳞。

七律一首录呈

正璧老友一粲，并请敲正

弟盛俊才　1979.10.30

7

正璧兄：

复示早悉。

关于托孙同志进行某事，兄见甚确。浦兄处已有函覆，略谓县政协一级，市级正拟先就松、崇、嘉三县先行试点，然后铺开，目前我县已正式成立统战部，可能将政协恢复，当随机反映情况，借供采择云云。

诗良于元旦到我处，谈及将编写《惠民（苏民）始末记》，叙述当时渠与陆象贤、翁迪民（六皆子，现任全国仪表局长）等领导吾县地下工作，包括学生运动。拟有写作计划，交我参考，以便提供有关资料。定于五一前定稿，由象贤（现任全总工人运动史研究所主任）送张承宗（上海地下党领导）在市政协《文史资料》发表。计划中所提黄师学运负责人马靖，恐即是中侄同学马南山。此点弟曾与渠谈及，因此可能将与兄联系，探寻中侄关于黄师学运事迹。届时希将中侄地址转告，并就可能谈谈当时所知情形。（诗良将于春节期间再返黄一行。）

既刚兄所增能量合剂，弟照医嘱，不拟使用，今嘱小婿王根福转送我兄，请哂纳！

《三家村札记》及《邓拓诗选》，如兄购得，日后拟借下一阅。若无购存，请勿购亦毋须代购为荷。

赵叔通兄长子铁锋，原任《文汇报》国际编辑，今已回社任记者，编时事版。

闻卫老先生已于二月前作古，老一辈人又弱一个矣。

弟来申之说，恐气候及健康关系，可能性不多。

长儿德德近发生精神疾患,有时言语、行动欠正常,情况类蒋先生,正在医疗中,言之殊闷!

天寒,诸希保重!顺祝

愉快!

弟俊才上　一月廿日(1980)

8

正璧兄:

月之九日到兄处面叙,并晤怀兄,畅谈种切,甚快!承惠赠药品及《古文观止》,深感厚意,谢谢!

弟于十四日回乡后,因气候影响,身体欠佳,精神委顿,前起始渐正常。年事日增,老化愈甚,惟有听之而已。

兄梁溪之游,想颇畅快。回忆五十年前,曾联袂往游,往事历历,如在目前,白驹过隙,已不可再得,言之怅然!

怀兄如到兄处,烦转告弟况,不另函达。

草草布意,顺颂

撰祺!

弟俊才上言　五月廿八日下午(1980)

承告师大事有进展否?时在念中。

9

正璧兄:

奉十一日大函及《无锡报》,均悉。

大作第七首第二句"十梦梅花九不圆",后三字大胜"九梦寒""九梦烟",且同押先韵,深佩匠心!原报寄回,以便保存。

弟对于旧体诗,意境浅陋,遣词庸俗,了无韵味,下笔又极迟钝,往往吟哦累日，仅成一律，绝句较速，亦不过每日两三首而已。承兄谬许为"诗才敏捷，信笔成章"，系老友过誉，实愧不敢当也。

关于旧体诗之形式（指声、韵、对偶等），弟比较注意，至内容如何（指意境、文采、措词等），则卑之不足道矣。今年以来，乡间有数人（包括教师、青年爱好者及弟任小教时之学生）时以所作嘱弟修饰，来者不拒，作为消遣，亦索居中之一乐也。由此，忽发奇想（不免是一种穷思竭想耳）：如果有机会充大学文学系诗词写作校外特约辅导，专事修改诗词习作（邮件来去），或尚可抓紧余年，稍尽绵力。吾兄知我最深，于此能加以援引否？（拟请相机向施老探询，有机会可推毂否？）

草草布臆，顺祝

健康！

弟盛俊才　七月十六日（1980）

10

正璧兄：

多时未通鱼雁，想起居佳胜为祝！弟衰老益甚，视力尤退，近更感两膝无力，行路摇晃，深为闷闷！（时防倾跌。）

前悉匋零兄曾赴兄处，想为撰写我县文史事。渠数次函嘱写有关资料，弟以体力欠佳，又无参考文件，撰作困难，至今未能着手，引为憾事。

近见师大学报广告，有大作发表，颇为欣慰。"老骥伏枥，志在千里"，兄庶几似之。

弟于国庆左右，到申勾留数日，匆匆即返，未能走访一谈，颇感歉怅！年来因贱体目弱，举步困难，疏于趋晤。（市区车挤，除起点外，很难上车。）来日无多，思之不胜伤感！

三儿近勉强成家，女方赵姓，系内人同学之女，在金山教师进修学校任教。三儿调近事，至今搁浅，希望不多，夫妇分居，究非长策。情势如此，徒呼负负！

令亲蒋梅春医师，患癌症开刀，时经两月余不治而故，极为悼惜！

草草布臆，顺祝

康乐

弟俊才　十月十九日（1980）

报载：茂昌眼镜公司在南京西路（恐即在591弄对面）设有分店，烦便中查明号数（靠近何路）见告，以便来申时前往检查眼力度数（据说现备有自动验光机）。

启兄年逾八十，依然康健，惟两耳欠聪，知注附闻。

11

正璧兄：

承惠赐《三言二拍资料》两册，照收，谢谢！

我兄老来文运转佳，大著陆续发表，深为欣贺！

弟近来身体尚可，眠食如常，请勿念及！

春节之前，弟拟来申一行，届时当图良晤，不识能如愿否？

草草即颂

冬安

弟俊才上言　十二月三日（1980）

弟之血压为180度、86度，行路略觉头重脚轻。

12

正璧兄：

日前趋访，畅谈为快！辱承厚惠，不啻鲍叔分金，却之不恭，受之有愧，谢谢！

昨日午后，走访既兄，畅叙种切。渠正咳呛服药。出示港《文汇报》关于郑逸梅先生文章述及兄早年学诗一节，颇为老友称幸。

吾兄老来文运转亨，健康亦佳，切在知交，引为快事！

清样地址，昨据小婿王根福告及，为襄阳北路68弄1号。原任邮电医院院长，已退休。又忆"五月革命委员会"全称为"黄渡五月革命纪念筹备委员会"，弟任总务，蔡志纶（辉）任宣传。

魏先生所编关于鸳鸯蝴蝶派一书，兄如有存本，拟烦令媛查录关于青浦王钝根（王晦，即《戏考》编者）之记载，邮寄黄渡，因弟须作参考。［前曾写过一文，载《申报》通讯（此文剪存未失）。此文曾给王钝根先生过目订正，现拟扩充，以便投寄某些报刊。］此系不急之务，有暇办理可也。

麻烦，谢谢！

老伴精神又发现异常，弟深为苦闷！长儿精神分裂症，愈发愈甚，已病假过半年，工资折扣。次子在郑州，已升科级领导，高级工程师职称已报，尚待批下。三子在济阳，已核为工程师，兼具政协常委、科委，请调近，仍未准。渠去年与我妻同学之女成婚，系在金山红专学校任物、化教师。四子现任吴淞区第一职工业会中学任总务出纳。媳在宝钢区友谊路第二小学当级任，夫妇同住宝钢一村。以上各节，知注顺以附告[1]。

祝

康乐

弟俊才上言　四月十八日（1981）

13

正璧兄：

久不通信，想起居佳胜，笔政顺遂，为颂无量。弟局促乡间，依然如故，幸眠食尚可，聊堪自慰。

兹剪寄香港版《大公报》有关特辑大作的记载一则，想兄乐于一阅也。

弟行动迟钝日甚，来申面晤，空有此念，言之惘然！

1　此段原书于信件的天头及右侧。

三儿才超南调一节，原单位批准调出，沪市或附近各处，苦无接纳单位（总之，要拉关系），至今搁置，极以为闷。

既刚兄处亦久不通信，如晤及，乞代候。

草草，即颂

撰祺

弟俊才上言　十一月三日（1981）

堂妹毓芳之爱人吴士俊（士英弟。士英早故）偕其子女媳婿等多人，于前月由云南芒市回乡探亲，曾到弟处晤叙，据说毓芳等将于明春回沪一次。

14

正璧兄：

久不通信，想安好为慰！

弟近来眠食尚可，左手冻疮溃烂，搞生活琐事，颇感困难。本拟春节前到申一行，因体衰怕冷，不能如愿，将延至春暖，再作计较。

兹寄上《黄渡园地》一份，内有夏光芬、余建光两位关于兄之小史一文，请察存。夏为启邦子。余住弟附近，据说是文艺会堂退休人员，当选过民间文学研究会理事，曾见过兄，恐未交谈。

弟在黄家渡路426弄3号房屋，照政策发还。现已将楼上一间发还，归我家自用，一月份起停收租金。楼下一间，房管所说，在八二年内动员房客迁移，归还我家。弟因上下楼不便，故等楼下还后，将到申勾留一时。

余宗信兄所著《明延平王（郑成功）台湾海国记》一书，兄处有藏本可借阅否？乞便示。（商务，历史小丛书）

尊布，顺祝

新年康乐！

弟俊才上言　一月五日（1982）灯下

如既刚兄来，烦代候。

15

正璧兄：

久疏鱼雁，想起居佳胜。兹承惠赐大著《弹词叙录》收到，谢谢！

入春以来，气候阴湿欠朗，贱体颇受影响，精神萎顿，双眼更昏昏然，艰于阅写，深感苦闷。幸眠食尚可，聊堪告慰。

南翔文化馆决定编印本邑内部刊物《文史资料》丛刊（陆象贤主持），曾来函约稿，想兄处亦有约函，不知兄有意提供给资料否？前闻兄拟为夏清祺撰写一稿，是否写成可寄与该丛刊？

弟拟为我县发掘出之明成化本说唱词话，根据兄作《述考》及《叙录》后记，作一简要介绍，主要述明：1.发现及重印经过，2.主要内容、题目，3.依据兄之研究，肯定为最早的弹词刻本。对此举兄同意否？（弟拟尽量浓缩，全文在千字左右，拟寄给上述丛刊或《嘉定文艺》。）

去年兄曾赴杭接洽出版事，不知有新成就否？甚念！

天气晴好后，弟拟来申一行，藉图良晤，稍倾积愫。以寓所狭窄、起居欠便，不能作较长的勾留。（寓所现迁回董家渡路426弄3号，仅楼上前后两间。珠珠夫妇及外孙女三人作伴，照顾清钿生活。清钿上下楼困难，须有人照顾。弟行动亦欠灵活，上下楼亦有困难。）

行年七九，衰老愈甚，回天乏术，听之而已。

尊布，顺祝

健康

弟俊才　三月卅日（1982）

16

正璧我兄：

弟腰伤已大好，基本上可谓恢复正常，但仍不能多坐（腰作痛），辄思卧床。眠食如常，气力大退，倒热水并亦感困难，耳鸣鼻塞，习以为常。总之，愈老愈衰，每病一次，减弱一次，无可挽回，听之而已。（已无恢复正常之奢望。）

"七一"奉邀到嘉献诗，得拜读大作《踏莎行》（由文化馆某女同志代表当众朗诵，并在进门处大书条幅展出），并由县志办公室姚同志（南乡人）转告，曾赴兄处访问，健康甚好云云，不胜快慰！

七一献诗，弟勉成七绝八首，兹另纸录附，博兄一粲，并请指正。（便中希转示既刚兄一阅。）

此次到嘉，照顾健康情况，实多勉强，幸得同往献诗之余建光（上海民间文学研究会理事）、冯彭（税务所业余文艺创作积极分子）两同志之帮助，顺利上车入座，未感困难，但回来后，大感疲乏，可见健康又退一步，今后一人不能成行矣。

申寓楼下一间，经数次催询，迄无进展，不知何日能归还，闷闷！如得自用，弟将设法迁出（据说极可能），则就近还可与兄等多叙数次。

顺祝

健康！

弟俊才上言　七月三日（1982）

拙作《七一颂》八首录呈正璧、既刚两兄敲政：

"七一"颂

盛俊才

七一良辰党诞生，沪嘉胜会记分明。艰难六十春秋过，收拾金瓯致太平。
大业空前共仰毛，朱刘周任亦功高。群贤继起除妖雾，一路东风绿又饶。
神州十亿尽英雄，四化坚城奋力攻。科技日新生产富，卫星灿烂上青空。
卫生文教迈前贤，放出新花朵朵妍。最喜体台频报捷，女排拼搏着鞭先。
农作分包干劲高，多收多得乐陶陶。新房到处风光好，五谷盈仓畜满牢。
葛洲新坝闸门高，启闭能将水位调。从此长江船稳过，无须更费百夫劳。
金山石化宝山钢，南北遥遥战斗忙。前景辉煌休短视，百年大计本非常。
人事财经是大防，秉公整饬费平章。从今华夏开新运，政治清明国富强。

三七、施蛰存 30通（附致谭寻2通）

施蛰存（1905—2003），著名作家、文学翻译家、学者。祖籍浙江杭州，长于上海松江。曾执教云南大学、厦门大学、暨南大学、光华大学。1952年起任华东师范大学中文系教授，任古典文学教研室主任、《词学》主编。著有《鸠摩罗什》《将军底头》《上元灯》等小说和《唐诗百话》《水经注碑录》等论著。

1

正璧我兄：

续寄书目早收到，这几天恭候地震，内人暂时去同济儿媳处居住，弟一人在家，故半月来未出门。现在地震大约可免，下星期当先问师大中文系资料室，此外河南、山东、黑龙江、徐州各师院均有可能，但因目录只有一份，须一家一家问过来，不免稽延些时日，俟有好音，即当趋候面谈。

《山谷诗注》有友人程千帆要，《瓯北诗钞》及《水经注》弟拟得之，望暂保留，余待续陈。手此即请
撰安

弟蛰存顿　9.3（1975）

2

正璧兄：

前几天奉候，打门无人开，想有事出门了。久不见，不知兄安健否？不在家，想必安健，虽未晤见，却甚安心也。

有友人要一些旧书，买不到，不知兄有否，能否见让？兹将书名开列，请惠一复，弟希望下星期天气晴和之日，再去奉候。不知何时在家？亦请示及。此候

起居

施蛰存　3.28（1976）

1.《山海经》

2.《国语》

3.《国策》

4.《乐府诗集》（以上任何版本）

5.《唐诗选》（马茂元注）

3

正璧我兄：

惠书敬悉安健，又去过杭州，颇欲知其情况。隔壁桑君有弟在开封，善书画篆刻，前月桑君为其弟送印章来，故认识，谈起住址，知即在兄邻右，因而说不日去访兄时，当兼去拜访。奈连月天气不佳，故至今未能造府，大概桑君已在盼望了。近日天仍多雨，弟穿皮鞋觉脚不舒服，故犹不出门，俟天晴即趋候，先复闻。即颂

康健

弟蛰存顿首　六月廿四日（1976）

4

正璧兄：

信已于国庆前二日转去，据说要与师大图书馆总部商量，资料室不能作主，故尚须等待回音。

上海、汴、鄂有许多青年朋友求书若渴，见到目录恨不得一起收取，

限于财力，选定了数十种，希望足下慨允分让，最好能照兄第一次书目打个八折，想兄亦必乐于助人，此一类书师大不要，不妨分卖。兹将所要之书列目寄上，一共二纸，望兄在一纸上批定价目（实价）寄下，以便弟可以助成此事。

已有五十元在弟处，下星期二或四、五可送上，即返一部分书分致小朋友，日内如还有款来，亦当一并送上。届时或者师大可有消息，但不知他们已与兄直接联系过没有？如已有联系，亦盼惠示。

此颂

撰安

弟施蛰存 10.6（1976）

兄第一次有分让价目的目录，已寄至外地，不在弟处，故弟已不知原价定多少。又及。

5

正璧我兄：

函悉。许多书被人先得去，真是来迟一步。

《万有文库》以八折计，新书照原价，可以同意，承兄批价纸书，均要，务请留出。

现在还要加四种，如尚未有人要去，请批价后一并取出，弟决定于下星期四下午来取款同时奉上。（天雨改星期六。）

10.14（1976）

书四种，写在反面：

加四种

① 《图绘宝鉴》　8[1]

② 《世本八种》　2.9

---

[1] 按：书后书价系谭正璧批，下同。

③《画学心印》　1.0
④《九国志》　　6.0

6

正璧老兄：

　　信及书目已转去，人也会到过，董兄即与师大图书馆采购组协商，但这几天恐他们也无暇及此，弟因车挤，故不能趋候，且等候几天，一有消息，即当奉告。此颂

撰祺

弟蛰存顿首　10.25（1976）

7

正璧仁兄：

　　师大事已通知董立甫，他允即抓紧时间办，不日必有消息。兄处地板修好后，请来一信告我。

　　有人来打听周楞伽[1]，此人尚在否？如在，做什么事？住何处？请兄将情况函示，以便答覆。手此即请

大安

弟施蛰存顿首　十二月一日（1976）

1　周楞伽（1911—1992），江苏宜兴人。笔名有苗坼等。任中华书局上海编辑所编辑。有长篇小说《炼狱》、儿童文学《哪吒》等。

8

正璧兄：

来信收到，周楞伽事已转告问讯者。

昨天与师大资料室董立甫通了一个电话，是他们打来的，他们说，上海书店不同意凭书目估价，一定要见到书，因此他们与上海书店约好，拟于下星期一或二（13或14）会同到兄处看书，叫我先通知兄，希望及时将书检出。

此事弟劝兄就同意了罢，反正价不合，可以不同意，此外也没有什么困难问题会发生，望日内考虑一下，弟拟于本星期五或六打一个电话去决定。

如兄坚持不同意此办法，亦请即来一信，弟只好通知他们作为罢论，因没有其他折中办法了也。

此颂
撰安

弟蛰存　12.5灯下（1976）

9

正璧兄：

你信来后，弟即去信师大董立甫，并将兄之信附去，希望他研究，如无其他办法，则此事只好作罢，弟亦无法再作介绍人。等了几天，有人带信来，说无折中办法，并书目送回，但又附一个信，说"如果谭君还打算出售，则请告知"。我弄得莫名其妙，即回一信，说谭君本来要出售，此次也不是不想出售，问题是办法行不通，只要你们有折中办法，当然仍要出售的。此信去了不过三五天，尚无回复。看来，大图书馆因无法出账，故搁起不理，资料室则极希望得到这批书，故藕断丝连，丢不下，具体情况如是。因此，现在还搁着，书目在弟处，亦暂不送还。

本想趋候，奈天气不好，不敢出门，故先上此信报告情况，俟天晴，即来兄处谈谈。

另一事也在进行,要等一个人来,再接触。

地板想修好,房子粉刷一新了吗?

祝

安健

弟蛰存　1977.1.2

10

正璧兄:

函悉。二西书弟早已卖去,今无存。近有一工程师病故,获西书千余册,内多文学书,其家欲出售,春节后可以目录来,弟为介绍与师大外文系,将来交涉情况,恐怕与兄事差不多。书目中如有此二书,顾君愿收买否?倘愿买下,弟可介绍成交。

"石墨"不知是何物,是否"古"墨之误?八色墨非画家所用,乃校批古书之士所用。弟亦收得一些旧墨,不过无珍品。兄所藏,颇欲一看,可为兄访问目下价值。闻〔某某某〕好收古墨,收来或者可以让给〔某〕公,对足下事亦有利也。

俟春节后,当趋候。

此颂

春釐

蛰顿　2.16（1977）

11

正璧兄:

昨日晤见吕贞白,谈到兄事,贞白说已向李俊民谈过,李同意为兄设法,但现在尚未正式分开组织关系,要到中华书局,或古籍刊行社从人民出版社分出，李俊民就任总编辑以后，方能发挥力量，助兄一臂。特将此情况奉告。

人民出版社已请贞白草拟古典文学出版之五年计划，要规模大些，此亦一好消息也。

手此即颂

撰安

弟蛰存　5.11（1977）

12

正璧我兄：

昨日得信，欣悉兄已入文史馆，此事在弟预料中，亦可谓适当安排。古籍不属编制，终非正式人员；文史馆虽是养老机构，却是正式的统战对象，弟以为比古籍为妥。

去年儿子走后，火炉一直未拆，恐怕他年底又来，直到今春，安排房间，始命我第三子拆除，但恐今冬第二子还要来，故未送还，得兄函后，弟即检寻，竟寻不到，要等我第三子来时问他，不知他放到什么地方去了。弟记得一共三片，是不是？我第三子住徐家汇，下星期会来，等我找出后即送还，兄及令爱不必枉驾，恐弟不在舍，失迎把欢也。

一个暑假，并不空闲，想去问候兄，亦竟未成事，希望下星期可以趋候，有许多事要待面谈也。

手此即颂

大安

弟蛰存顿首　8.25（1979）

13[1]

正璧兄：

弟于昨晨归沪，今日得手书，敬悉。

大会文件不代领，弟一到即将兄之信送交办事组，并申明要代领一切文件，但他们并不送来，因一切文件皆由小组办事人（一个青年作家）每日分到房间里，故他按人数去领取。

此次发简报120余份，没有人拿全份的，人人都缺少一二十份，闻赵景深有书面发言印出，弟亦未收到。

望兄即日函文联办事组询问，当就通知上本来说未出席者亦有一切纪念品（一本手册、一支原子笔、一枚徽章）及文件，想必他们为上海未出席者带来了。

刚回来，事冗，过几天来问候足下。

蛰存　11.21（1979）

14

正璧兄：

得手书知曾有炎恙，今已康复，甚慰甚慰。

今春多雨，弟不出门，内人三起三眠，弟亦无出门机会，公私事烦，又不克出门，因此今年还没有到过南京路，虽想趋候，终不得成行，知劳悬念，歉歉。

大作《说潮州歌》一文已交师大学报，他们嫌太长，不知兄可以稍稍删节否？为了介绍大作，弟亦有过一点小小斗争，他们说兄非师大教师，故欲退稿，弟现在拟请兄在师大中文系有一个名义，即可解决此问题，现在尚未

1　此信天头有"本星期不劳枉驾，弟实忙不过来，挤压来信40余封，作复亦须三五天，还有校中事，下星期四、五可走谈"。

决定，大约可请兄为兼任教授，须待系中会议通过。

下星期二以后可以来访，一切面谈。

波多野已来过，兄见到否？他去看过唐圭璋[1]，唐有信告我。

匆匆即请

痊安

弟蛰存顿首　4.9（1980）

15

正璧兄：

大作已代收回，过几天送上，近日无暇奉候。

我还希望兄送一篇四五千个字的大作来，古籍排印之稿，一时不会出版，可以抽一段先发表。

"兼任教授"或"顾问"名义尚在进行，师大办事快不出来，兄不要过敏。大作也不是不欢迎，实因太长，兄如送给别的刊物，我看也是一样，这是现在情况，并不是对兄有所憎厌也。

过几天面谈。

蛰存　（1980.6.6）

16

正璧兄：

弟到北京去住了二十一天，前日方回，得读手书，敬悉。大稿原定排入第四期，第三期稿发排已久，尊稿交下时，已经排好，故无法插入。

1　唐圭璋（1901—1990），字季特，江苏南京人。著名词学家。毕业于国立东南大学中文系，历任中央大学、金陵大学、东北师范大学、南京师范大学教授。著有《全宋词》《全金元词》《词话丛编》等。

弟已叮嘱编者，务必排入第四期，请释念，万一第四期仍不排入，自当交涉返回也[1]。

在北京尽日奔走，甚劳累，这几日在家绝对休息，不缕缕。

即请

撰安

8.1（1980）

17

正璧我兄：

前几天我才有机会到学报编辑室，要取回老兄大作，他们说已发排，第五期必可刊出，并给我看了发排证据，因此我就不坚持收回了，此事请兄原谅。薄薄一本《学报》，争地盘者多，以致把大作搁下了一期。

请兄为古典教研组兼任教授事已由系中同意，打报告给校部，等校部核准后，即可将聘书送上，但此是名誉职，无报酬，将来如兄能来作几次报告，另有经济酬劳，或指导研究生，亦同。

我下星期必定去看你，匆匆即颂

文安

蛰存　（1980.9.6）

18

正璧兄：

函悉。学报未出，出后会寄奉或弟送来。兼任教授聘书已发出，弟因其未盖校印，故已退回重办，下星期末可以送上，近日仍无暇奉候，歉歉。

蛰存　10.25（1980）

---

[1] 《释潮州歌》一文后刊载于《曲艺艺术论丛》第二辑，中国曲艺出版社，1981年。

19

正璧兄：

函悉。张白山处我早已去信，想必不至于因此抽出大作，闻《文学遗产》积稿太多，已在想分一部分给同行刊物，弟恐怕还是为了兄文太长，抽出一篇，可以补进三篇，这是现在编辑的惟一解决办法。

如果他们不用大作，一定会代为转给别的刊物，如果退回，可由弟代为介绍给别的学报，请弗着急，有文章总有发表处。

匆此即请

文安

弟蛰存顿首　（1980.11.25）

20

正璧兄：

久不晤，想起居安吉。

下星期一（19日）上下午弟均在上海图书馆文献组帮助他们整理外国文学书目，中午想到兄处休息，顺便谈谈。弟自己带面包来，请谭寻给我预备一碗菜汤，别的不用麻烦，我在家里也不吃午饭。

先以奉闻，即请

大安

弟施蛰存顿首　（1981.1.17）

天阴雨不来，又及。

21

正璧兄：

聘书已送来，今寄上，比上次一个稍为像样，但"先生""同志"都不加一个，没有尊称，还是可笑，请马马虎虎收下吧！

弟蛰存　二月二日（1981）

22

正璧兄：

前天有一件事忘记请问，兄来信说曾为我从《浙江通志》中找张志和的资料，不知兄是否有《浙江通志》？是否有商务印书馆所印的几种"通志"？

如果有，弟想借来看一看，抄一些关于"金石"的部门，可以否？

请示知！手此即请

撰安

弟蛰存　5.2（1981）

23

正璧兄：

前星期曾奉一函，关于《浙江通志》事，未知收到否。今拟于本星期日（六.四）上午（九时）趋候，届时希望将兄为我收集之有关张志和的材料看一看，又希望看一看《丛书集成》中的几种藏器目（艺术类，彝器），如有《浙江通志》，亦想看一看"金石志"。特先函知，请先为检出，余容面叙。即颂

著祺

弟施蛰存　5.31（1981？）

24

正璧兄：

函悉。那本《东游记》大约是阿英的，后来没有用，你说北图有此书，说不定就是阿英的书，此书我未见过，故无印象。

《珍本丛书》拟目定了两次，前后不同，兄处是否还存有此样本及目录？如果有，我想暑假中假阅，备写回忆记。

弟忙了几个月，至今未得晤。《词学》第一辑已排版，这几天在校初校样，无法请人帮校，只好由弟一手包办，本月份还不能出门。

匆此即请

篹安

弟蛰存顿首　7.18（1981）

25

正璧兄：

惠函早收到，未即复，歉歉。

《鲁迅纪念文集》弟至今未收到，听说在湖南印刷，赶订几百本应时，大约还轮不到送我们，且待过了纪念高潮，自会寄到，不必写信催索，要知道，在一切工作人员眼下，文人亦有等级，〔某某某〕收到而你我没有收到，可知你我比较的次一等也。

景深患感冒，引起流火，已入华东医院，附闻。

过国庆后当来问候。

此请

撰安

弟施蛰存　9.21（1981）

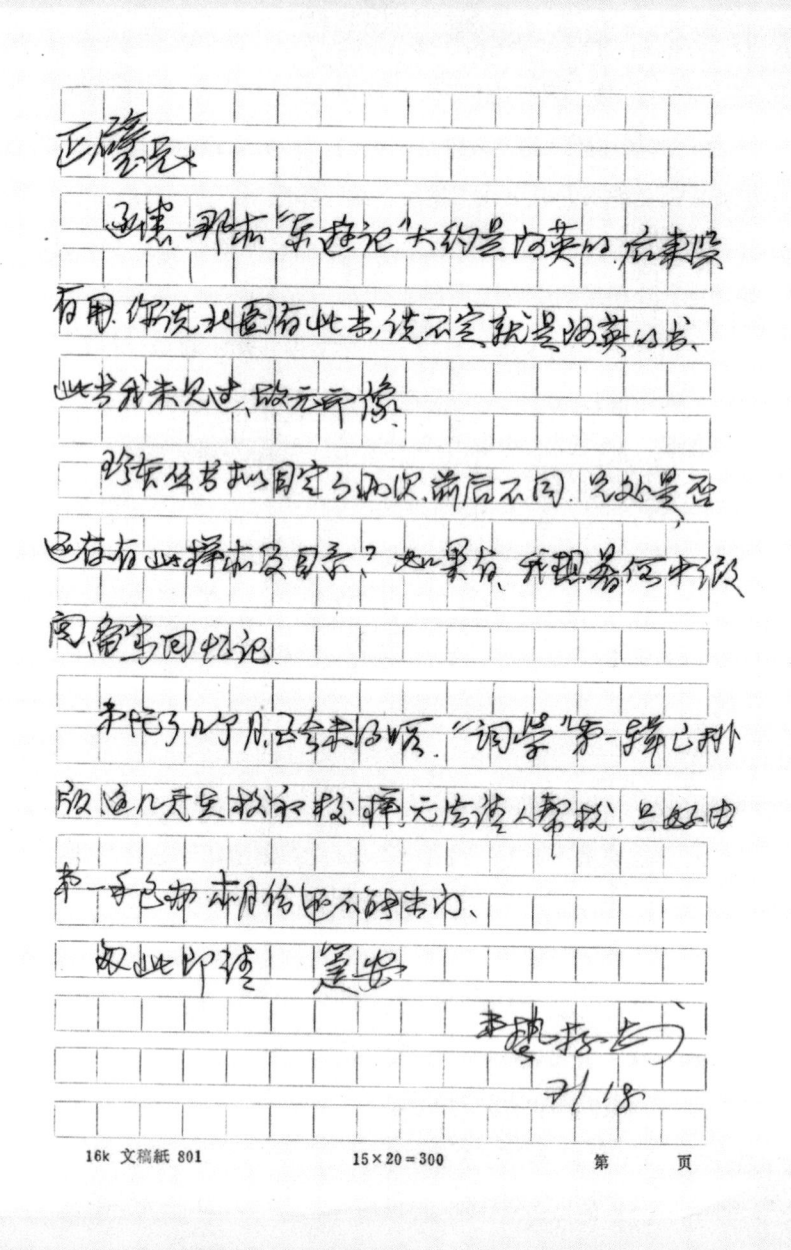

正璧兄：

函悉，那本"东游记"大约是两英的，后来没有用。你说北图有此书，说不定就是两英的书。此书我未见过，故无印象。

弹词叙录如目定了期次，前后不同，是此是否还有其择本及目录？如果有，我想替您中段简单写回忆记。

弃脱了几个月，还有未回信。"词学"第一辑已排版，这几天要校对核样。无法请人帮忙，只好由我一手包办，来日恐已不够充巾。

匆此即请 道安

施蛰存 七月
7/18

施蛰存手迹

26

正璧兄：

示悉。弟处亦到书二册，款未到，想必还要过几天，现在一切迟缓，稍待可也。近日甚忙，未能趋候，歉歉。

即请
撰安

弟蛰存　10.15（1981）

27

正璧兄：

惠书敬悉。兄之《小说史》有可能重印，但弟有联系之出版社，时机未到，故尚未为兄推荐，一有机会，即当效力。但弟希望兄趁此先少少改润文字，有许多语言，今天似已不适宜了，改掉一些亦不困难。

内子又病，过几天当趋候，将尊著送还。

此请
大安

施蛰存顿首　（1982.3.3）

28

正璧兄：

久不晤，不知近况如何，想必安健。弟栗碌终日，无暇趋候，甚以为歉。

马幼垣来信，嘱补印景深兄所编《大晚报》副刊"通俗文学"九期，今将期数抄奉，请再查一查尊处有否？据弟之记录，则尊处似乎只有第7期，但或恐误记，故再请核实一下：

2、3、7、9、11、12、13、15、50

马幼垣月底要来，当可晤及。

手此即请

大安

施蛰存顿首　（1982.10.7）

盼复。

29

正璧仁兄：

天气奇热，不知贵体安健否，甚念。

近有天津小友刘燕及[1]，办《俗文学》杂志，由青岛出版，来函要借解放前三种俗文学刊物的样张，每种一张，复印寄去，他要作创刊插图。弟处已无此刊，想兄处或尚存，可否请令爱选出一张较整齐者寄我，去师大复印后原件奉还。

计《俗文学》（香港，戴望舒编）一张、《通俗文学》（上海，赵景深编）一张。还有一份是否"民间文学"，还是也叫"俗文学"（北京？），一张。

手此即请

著安

施蛰存　7.8（1987）

《词学》已出五集。

第五集弟处尚有余书，过几天与《杂事诗》一起寄奉。

1　刘燕及（1926—1997），笔名刘曲，山东即墨人。毕业于中国作协鲁迅文学院，历任小学教务主任，《古不其》主编，青岛《民声月报》总编辑，青岛文艺社社长，《青岛文艺》《海声》《文坛》等刊物主编，天津百花文艺出版社编辑、副编审。中国民间文艺家协会、曲艺家协会会员。

1—4辑须向华东师大内"师大出版社门市部"购取，大约亦已不全有。又及。

30

正璧吾兄：

十一日惠复敬悉。《俗文学》副刊兄处亦不存，真是可惜。近来常有人来问，赵景深的一部分恐已入复旦图书馆，不易借印了。

《日本杂事诗》二本均在，上月曾见过，弟近年书籍几次搬移，许多不用之书，已不知放在何处，下半年孙子结婚，有许多书又要大迁徙一次，待发现此二本时，即当奉璧。上次见此二书时，不记得是吾兄所借，故未想到奉还。

弟尚健康，不过不能走动，终日伏案，整理五六十年代许多笔札，想编几本小书出来。

大暑，伏维珍摄

施蛰存　8.14（1987）

1948年四川《中兴日报》有一个副刊"俗文"，不知何人主持，兄如知之，请惠示。又及。

附：致谭寻　2通

1

谭寻师妹：

得讣告，知正璧兄下世，甚为感悼。

我不能到殡仪馆吊唁，请原谅。

务请代办一个花圈，奠置正璧兄灵右。款明后日汇奉，今日先发此信，恐来不及也。

施蛰存　12.24午（1991）

```
正璧吾兄灵右
————————————————
　　　　　　施蛰存敬奠
```

如此写签条。

2

谭寻世妹：

　　得讣告后曾寄一信，想必收到。今附奉十元为花圈费，我未能趋唁，十分抱歉。

　　你今后生活如何安排？希望你的兄弟们，能好好照顾你，我想设法让你在文史馆补一个名额，有一点生活津贴，或另想办法，此事要在春节以后，也不知能否如愿，先把我的意图告诉你。

　　你健康如何，今年七十几？家中如何安排，亦希望告我一些情况，如果有什么困难，亦请告我。

　　你父亲有一批《俗文学》副刊，还在否？今年上海书店可能合印四种《俗文学》副刊，你父亲的一份，如果还在，请保存，不要处理掉。

　　又，你父亲所有一切书信，亦望保存，不要处理掉，亦不要给人取去。

　　又，你父亲解放以后所出单行本著作，请你开一个目录给我，前几年有过一份，已不知去向了，只好再向你要一份。

　　近日天寒，我也不健，以后再谈。

　　此问好。

　　　　　　　　　　　　　　　　　　施蛰存　1992.1.2

三八、舒新城 3通

舒新城（1892—1960），湖南溆浦人。毕业于湖南高等师范学校，曾任中学教员和大学教授。1928年主持《辞海》（1936年版）编纂工作，后任中华书局编辑所所长兼图书馆馆长。中华人民共和国成立后，任中华书局辞海编辑所主任、《辞海》编委会主任委员。著有《中华百科辞典》《近代中国教育思想史》等。

1

正璧先生：

惠书敬悉。承示拟编《小学行政应用文》交由敝局印行一节，如已有成稿，拟请交下一读，当再行商复。此颂
著祺

　　　　　　　舒新城　中华民国廿六年十一月拾捌日（1939）

2

正璧先生：

二月二十二日手示敬悉。承附下《师范应用文编辑大旨》一份已拜阅一过[1]，此书敝处可以收印，兹有与先生商榷数点如下：

（一）第一编中拟请将教育部制定之《划一教育机关公文办法》摘要介绍。附上该书一册，请参酌。

---

[1] 此书由中华书局于1939年出版。

（二）第二编中拟请酌加报告书，如视察、参观、调查报告书等。

（三）各编中请加"作法指导"，并多举学校推广手业所需要之应用文例。

（四）请加入"表册"一编。

（五）此书大部取材于他书，故字数可以多至十万字，稿费拟奉酬式百元，交稿期拟请以三个月为度。

兹将编辑要旨仍行送上，如何处之，尚乞示复为荷。

大著《国文入门必读》现只出《由国语文法到国文文法》一种[1]，兹将赠书五册送上，请察收。专此顺颂

著祺

舒新城　中华民国廿八年三月七日（1939）

3

正璧先生：

承交下尊编"民众丛书"外国名人传记《释迦牟尼》《耶稣基督》《马可波罗》《哥伦布》《华盛顿》《林肯》《富兰克林》《拿破仑》《大彼得》《俾斯麦》《凯末尔》《甘地》共十二册[2]，每册应酬拾五元，计共壹百捌拾元，已通知会计部专人送上，至祈察收。附上让与证，请会同证明人签字盖章，并将另附之内容单详为填明，一并交下为荷。将来发排时如内容有须奉商之处，谨当并行函达也。专此顺颂

著祺

弟舒新城上　中华民国廿八年八月初六日（1939）

---

[1] 此丛书共9种12册：《由国语到国文》《字体明辨》《诗词入门》《论说文范》《记事文范》《叙述文范》《文言尺牍入门》《虚字使用法》《国语文法与国文文法》。

[2] 此丛书由中华书局于1938年出版。

正璧先生

承 玉下季编民众等外国名人传记释迦牟尼耶稣基督马可波罗哥伦布华盛顿林肯富兰克林拿破崙大彼得俾斯麦凯末尔甘地共十二册每册底稿拾五元计共壹百捌拾元已通知会计部专人送上至祈

查收附上讓与证书

会同证明人签字盖章後号附之内家字译为墳朙一併交下为荷拙末曾把时为内家字须专商之至谨

专尋行正速也手此怖頌

荖祉

弟 舒新城 上

中華民國廿六年八月初六日

三九、孙逊 2通

孙逊（1944—2020），江苏丹阳人。上海师范大学人文学院教授、博士生导师，研究方向为中国古代小说。著有《〈红楼梦〉脂评初探》《中国古代小说与宗教论稿》等。

1

谭先生：

寄上大作的小样一份[1]，望您再过目一下。文章肯定在第二期上发表，出版时间约在六月底。

大作阅后请于下周寄还我们。

叩烦

撰安

孙逊　五月十四日（1980）

2

谭先生并谭寻同志：

中州古籍出版社袁健同志来信询问关于民国初年上海弹词作家李方滢（东埜）的生平，他从您著的《弹词叙录》中知您对该作者有所了解，但因

1　即《论〈小五义〉》，刊载于《上海师范学院学报》1980年第2期，本信当写于是年。

与您不熟，不敢贸然写信向您求教，让我先代为致意。他要了解的简单情况有：生卒年代、还有什么著作、大略的生平事迹。如先生知道哪些书刊上可以找到线索，也盼告知。

　　匆此不备。祝先生身体健康，并颂

撰祺

　　来信可寄：上海师范大学（桂林路）文学研究所。

孙逊　六．十

四〇、田仲济　1通

田仲济（1907—2002），山东潍县（今潍坊市）人。毕业于上海中国公学，历任齐鲁大学中文系主任、山东师范大学教授等。著有《中国抗战文艺史》《中国现代文学史》等。

正璧先生：

兹将聘书及路费奉上，路费俟抵校后再按规定详细结算[1]。关于先生担任的课程，暂定为中国文学史及中国语文概论。中国文学史为新开课程，从秦汉授起。但上学期还有一个尾巴未完，也拟请先生补授。上学期系由元明清授起，因教授中途离去，有一月多的课未上完，故缺了一个尾巴，今学期得补起来。中国语文概论为一年课程，今学期是从中间授起。以上两个课程都由同学将上学期已学过的节目开单奉上，俾作参考。

现在教部规定，必须呈送各课程的教学计划及教学大纲，在先生有暇时最好计划或草拟一下。

学校方面希望你能于三月八日以前到校。若行期决定，盼即通知，好到车站迎接。据我买票时询问的结果，普通客车也可以买联运客票，买票是可以买济南的，不过在南京换一换车，这样未必比先到上海麻烦。

关于二月份薪金，已向校方谈过，是可以奉给的。

再谈。致

敬礼！

田仲济顿首　二月廿七日（1951）

1　谭正璧受聘任教齐鲁大学，事在1951年2月，本信当作于是年。

齊魯大學用箋

正璧先生：

　　茲將聘書及路費奉上。路費係按照規定譯細結算。關于先生擔任的課程暫定為中國文學史及中國譯文概論。中國文學史為新開課程，從秦漢授起，但上學期還有一個尾巴未完，也擬請先生補授，上學期係由元明清授起，周學授中途為

田仲濟手跡

四一、王古鲁 8通

王古鲁（1901—1958），名钟麟，号仲廉，江苏常熟人。毕业于东京高等师范学校研究科，历任北京女子师范大学、金陵大学、辅仁大学、北京师范大学教授。古典小说、戏曲研究专家。校勘整理有《古今小说》《熊龙峰四种小说》等，著有《明代徽调戏曲散出辑佚》，译有《中国近世戏曲史》。

1

正璧先生：

顷接怀沙兄来函，敬悉您代我校出《近世戏曲史》中错字或错排的人名、书名号颇多，甚感[1]。昨已接到文联出版社来函，其中亦略已提及，我已去函表示谢意。

近年来患高血压症甚剧，前年曾力疾校过初版本，已经更正了不少。去年中华出版后，恰巧病情恶化，转变为心绞痛，在入医院医治之前，只就已校过的地方略为校阅一过，未能逐页对校，粗枝大叶之处，此后自当注意。

---

1 指日本学者青木正儿所著《中国近世戏曲史》，此前有北新书局于1933年出版的郑震编译本，王古鲁对此书重新翻译并大量增订，初版于商务印书馆1936年；随后修订补正初版的讹误，由中华书局于1954年出版。王氏云此版本"应改而未改之处颇多，其中最严重的、违反立场的辞句，竟有数处也未按照我所修订辞句改正"，即请谭正璧校阅，"除校出标点混乱及错别字不少外，还校出好几处原书错误我过去所没有注意到的地方"（《中国近世戏曲史》卷首《重版本的修订增补》），此版本由上海文艺联合出版社于1956年出版。信中所言，当为此次修订事。

听说您目疾甚剧，还替我校核，实在令我感奋。将来校件寄到我处之后，当力疾重校一次（现在遵医嘱减食，每天只吃四两谷食，所以体力颇弱）。专函肃谢，并请如有应商酌之处，尽量告我，自当接受宝贵意见加以修正也。
此致
敬礼

弟王古鲁敬启　八月五日（1955）

通信处：北京德内李广桥西街八号王古鲁[1]。

2

正璧先生：

前上一函，想已收到。校正本寄来后，已重读一过。您在严重的目疾之下，这样地细心校核，实在令我过意不去的。

关于您所提问号之处，大致作如下的处理：

①关于书中所引文字，我除用青木氏原文本、商务本核对外，我还找所引原书文字，务求正确。但其中如四八叶所引《青楼集》"双渐小卿恕"中"恕"字问题，记得初译的时候我手头有《青楼集》一书，曾经对照过的。可是经您一指出，我也疑惑起来了，怕"恕"字系"怨"字之误。再看青木氏原本，确作"恕"字。所以我扶病（心绞痛有时发作，平时不甚出门）到过北京图书馆两次，一次没有找到书，身体已经支持不住，就回来了。第二次找到了《古今说海》本，在"赵真真""杨玉娥"条中，看到也是"恕"字。因此我决定不改，不知您以为何如？

②关于所译文字，译文晦塞，止重译修正，您看一下，如修正得还不够，请指出，当遵照修正。

其次您所指出原书的错误，如：

①二八三叶《红梅记》部分，青木氏误引《古杭红梅记》之处，我决定

---

[1] 按：此地址为印戳。

删去，用点来代替。

②四七八页花部戏曲目中，青木氏确将二剧分裂为四种，我也粗心，没能看出，实在荒唐，已照您修正之处修正。

③七三六页《曲学书目举要》中《青楼集》著者，我所看到的，不论目录或丛书，都标明"黄雪蓑"，您改为"夏伯和"，想必有所根据，我没有意见，留给您作最后决定。

此次，我另外校出一些应修正而未修正之处，并有若干处删去了一些文字。为了对读者负责，我想出版社也是乐意的。如果其中还有需要商酌之处，请不客气告诉我，我无不乐意接受的。专告并谢厚意。此致

敬礼

王古鲁敬启　八月十一日（1955）

通讯处：北京德内李广桥西街八号王古鲁。

3

正璧兄：

昨天寄发了《中国近世戏曲史》之后，下午接到您的来信，才知道关于圈点号方面有问题，我也曾校出了一些，不过这是须得精神贯注才行，所以很怕还有没有校出的（我大概是通读过了一遍），刚才随手一翻，翻出五七页倒数第三行，在"套"字旁、在"调"字旁的"、"应改为"，"，而疏忽未改（便乞代为一提），真觉得担心。不过事实上，真要叫我仔细找，却也不一定找得出。至于要委托人，同您所告诉我的情形一样，此地有能力的人，没有空闲；没有能力的人，反而会弄糟。举个例子来说吧。我前抄回的《二刻拍案惊奇》，原交商务印行，商务曾请某名人之女加标点，此次我收回原稿之后，因为要选注二十篇，仔细一看，也可以说，弄得遍体伤痕，重新修正，费力之处，比自己标点还大。所以只能苦自己，边痛边校，不愿找麻烦。此次校阅，凡我过去自己觉得可疑之处，都注意到，而且还发现若干处，删去比留着好，所以又删了若干处［连同您所提四八九页的问号之处，

根据《译者叙言》（□）省略原则，本该从略。如果把《□太夫》和《江户净琉璃》翻译出来，不仅版面不容许，而且也无此需要。删去也无关大体，所以从"即好"起，删去了将近一行的文字〕。一般的人都看不起翻译，据我的经验，翻译并不比自著容易，因为自著偶而有一句两句辞不达意，还可以删去，翻译却受限制，必须逐句译。有时自己译了出来，自己觉得很明白，如果人家看不懂，那么译出来，为的是什么？此次您所提出有几个问号之处，都是打中我译得晦涩的要害，我考虑至再，把句子重译了。请您覆看一下，如果还不够明了，请不客气告诉我，因为译得正确而明白，是译的人应负的责任。

关于《参考》（二）的问题，解放前颠沛流离，书籍资料散失，《四部丛刊》本，我处现已无存，连董刻的《读曲丛刊》都已不知去向了。瞿安先生的《中国戏曲概论》倒还在[1]，所以已经对校过一次，校出了几处错误。并且《参考》（一）中也有不少错别字，也校出了一些（此间借书不易，大家忙，不易看到人，记得去年为借一部书，半年之后才借到。学校中近来忙于学习，极为紧张，要查找古典书籍，更是费手脚的事，所以我没有去借。这种情形，您大概能体谅到的）。

关于《六观楼北曲六种》的失记一种，您添入的《三钗梦》，我深信您必有根据，我已经接受。等到学习完了之后有机会，我一定遵嘱问一问同道的人，在目前我想可以照排下去。关于《青楼集》著者，我在昨函中询及，请作最后决定。

关于《古本戏曲丛刊》二集目录[2]，因为此次病了好久，没有看到。而且去年此书重版后，有好几位关心此书的同志，希望我增加附录，事实上我

---

1 瞿安先生，即吴梅（1884—1939），字瞿安，号霜厓，江苏苏州人。近代著名戏曲家。历任北京大学、国立东南大学、中央大学等教授。著有《曲学通论》《顾曲麈谈》《中国戏曲概论》等。

2 此处天头有"《丛刊》一集目录更正之处，我是托周绍良君代查的。如果你社有此书，希望社中黄新代我复核一遍"。

已无此体力，而且所患心绞痛，据大夫警告，随时有危险可能，所以不求有功，但求无过。而且我的性格，如果我没亲见的书籍，不愿以耳代目地增添。举个例吧，明代戏曲散出集，还有《秋夜月》《大明春》等好多种，我因为没有看见详细目录，我就没有列入。其次我感到此书，我所增附录，已达全分量三分之一左右，现在看来，已经有喧宾夺主之势，如再增加，觉得不适宜的（最近撤回刘知远《诸宫调》译文就是这个意思）。而且据报载，戏曲研究院正在编印各种曲目，集体所搜，远非私人一人之力所可比，所以决定不再多添。最近有人因为我没有把马廉氏《录鬼簿新校注》收入[1]，向我提意见，我看版面影响不大，所以加入了。《戏曲丛刊》二集目录，上海如能找到，我也同意加入，不过对于散曲上有无妨碍？请斟酌（此点中华是坚决反对的，连标点都反对改动，认为增加他们成本，并且口口声声说此书是旧书重刊，这也是我对他们不满意的一个原因）。

《读水浒全传郑序》，是我去年在病中化费了四个月工夫方写成的，可是好多人读了，听说，说不容易懂，因为这是必须有着《水浒全传》本对照，才能了解的。大家怕麻烦，谁愿意这样地读！因此，刊物上也不欢迎。所以我对《水浒》研究正在彷徨中，很想不再耗费心血了。您是内行，我另邮寄奉，请指教。五三年我曾寄过一篇《谈水浒传》，也是一篇刊不出的东西，不过现在手头只剩一份，没有法子赠送。另外，我还附寄一篇是在解放前发表过的《稗海一勺录》，可以了解一下，我在日本访书所得的材料；一篇是《南宋人说话四家的分法》，也是在解放前发表的。其余的，还有像《日光访书记》《关索》《临潼斗宝》《嫦娥》等都是以前发表过而现在只剩一份，不妨等以后有机会印出后再呈教也（颇恨自己病已无法根治，我所要想写的东西如"三言二拍"、《日本所见小说书存》《水浒研究》《小说戏曲中吴语释解》《吴语文法》等等，恐怕无法写出了）。此致

---

[1] 马廉（1893—1935），字隅卿，浙江鄞县（今宁波）人。近现代著名藏书家、小说戏曲家。曾任北平孔德学校总务长，北平师范大学、北京大学教授。著有《中国小说史》《曲录补正》《录鬼簿新校注》等。

敬礼

弟古鲁敬复　八月十二日（1955）

最近马彦禅同志介绍给文联出版社的《明代徽调戏曲辑佚》一稿，系我去年病中辑成，这中间有点新意见，不知您看见过吗？听说本月付排，我是极愿它早日问世的。又及。

4

正璧先生：

廿一日大函奉悉。兹先就《中国近世戏曲史》奉复如下：

关于此书校阅事，此次虽然再拿原书来匆匆对校一过，因为心绞痛尚未停止，躺躺校校，精神不能贯注，所以闹出笑话，自己也没有看出，承您又一次细心再阅，感谢之至。

①"四酸"改作"四皓"，变为重叠，我竟疏忽到没有注意，经您指出，我决定以"不改"为是。因为这是我所添的资料，改与不改，我们决定，没有关系。

②《录鬼簿续编》，我也常查，可是竟没有注意到，昨天一查，果然不错，使得我更觉得开卷有益也。我上次就想到您一定有根据，所以信中提出请处也。

③"双渐小卿恕"中"恕"字，我想也许是错别字。不过原书既然照着一般刻本引，我们既没有旁的证据可根据着改，我想还是照旧不改比较稳妥。

④《古本戏曲丛刊》二集目录添加是最好的，请一商。我所添附的《曲学书目举要补》中，所缺颇多。《秋夜月》的目录（戏曲部分）也本拟列入的，后来因为借不到，我又不肯以耳代目，所以宁愿暂缺。其他如《大明春》《万家锦》《昆弋雅调》《南词一枝》《玉谷金莺》《一百二十家戏曲集锦》，也因为没有看到书或记不得全目，所以都未列入。其他如《燕都梨园史料》等书，列入后，因有人提意见而撤去的。二集目插入，我颇踌躇

的，就是怕牵动版面。昨天想了一晚上，想出了一个办法，就是只这目录分量足够排成二面或三面（不足部分可用加入《秋夜月》戏曲目录），那么其他版面，只要改动一下页数数目，就可推下去。您以为何如？

此复顺致

敬礼

弟古鲁敬启　八月廿五日（1955）

再启：

《读水浒传郑序》一文，颇难得知音，其实我写此文费时颇多，极吃力也。关于说话人四家的分法，过程是相当有趣的。最初我凭推想，推定《梦粱录》的著作年代，后来得中大同仁段熙仲告诉我[1]，《十驾斋养新录》中看到钱大昕的主张和我相同。此其一。后来在五三年（此文发表于解放前）三月无意翻《通俗编》，看到翟灏所引《古杭梦游录》，又与我所划分的相同。此其二。如果真有四家（因为近年来有时觉得这不过是耐得翁自己的分法），我觉得这篇似乎还值得研究小说的同好们做参考的。

关于我所摄日本所藏孤本小说，详见《稗海一勺录》，全书共摄十种。《水浒志传评林》，已由人民文学出版社中第五编辑室（即古典文学刊行社）影印（尚未出书），听说六月间出书豫约，七月十五日截止，您知道没有？本来同我约定继续影印的，还有《列国志传评林》《英雄谱》和李卓吾评百回本《水浒》。上月马彦禅同志曾来函询问，拟借底片影印《词林一枝》等三集、《戏曲散出集》，弟已去函应允，不过近日因学习很忙，尚无消息也。此外《两汉开国中兴传》，也是稀见珍籍，弟亦将设法促成付印（因都与文化部有关，必须商请进行）。十种中较差者是《西游释厄传》，最没有印出希望，将来如国家出版社放弃，上海方面有机会印出，弟亦赞同也。

---

[1] 段熙仲（1897—1987），安徽芜湖人。毕业于东南大学，曾任安徽大学、中央大学、四川教育学院、南京师范大学教授。著有《礼经十论》《春秋公羊讲疏》《水经注疏》等。

《熊龙峰小说四种》，亦有全部照片，但人民文学出版社已来商洽过，半年来因为《古今小说》事，人民受商务挑拨，我们双方之间发生争执，所以我未曾应允，但按照现在办法，弟如欲付印，也必须和该社一谈也。《八洞天》《鼓掌绝尘》，只摄了书影，未摄全书，因经济不支（十种小说戏曲和书影，共摄了六英寸照片近一万张左右），连四十卷足本《初拍》的三十七至四十的四卷都无力拍回也。

《二刻拍案惊奇》由弟抄回全本，本交商务印行，始终搁置。去年人民本有意付印，后因其中猥亵部分很多，所以决定不印。本年弟通过文化部出版事业管理局要求商务退还，则四月间，商务不得已才退还我（这就是商务和中华因戏曲事怀恨我的原因）。因为有同好劝我选印，恰巧当时外文出版社因为要译《宋明短篇小说选》[1]，碰着小说上不易解决的句子（其中颇多吴语），后来各方主编找我注释，我扶病替他们注释一下，了解了大家所不懂的是什么。因此，就有人和上海出版公司联系，决定要我选注《二拍》二十篇、《初拍》十篇（图片用尚友堂足本精图，我所独有的），业已选好译好。可是上月联系人忽然来函通知，该公司因为新文艺出版社要印此书，所以只得退让，但新文艺至今尚无人来联系。

兼善堂本《警世通言》，只有我一个人看到，而且都抄校回来，全书精图（外文社此次用图片，就借用我的底片），亦都拍摄回来。本来我想注释付印，刚成功一半，因为人民发表计划中，列入《警世通言》，所以只得作罢。我本来还有五湖老人本《水浒》抄本（并有《序文》图片部分），我很想印出，公诸同好，但是清誊需费（自己又不可能亲誊），事前没有接洽，也不敢着手，所以曾有友人函询上海出版公司，至今也无消息。此系简本之一种，我想清誊出来以后，加一跋文，说明繁本与简本的关系，并加一些注释，对于读者也不是没有益处的。

此外我还想写这一部书，内容是介绍我所拍摄的十种稀见小说戏曲的，例如《容与堂本〈水浒〉的全貌》（插入特有的照片，每种都如此），一

---

[1] "外文出版社"旁有"国家出版社"小字。

时想不出很适当的书名。上次也曾同怀沙兄提及过，他很劝我着手写。因为我已着手写的研究题目是"日本所见珍本小说书影"（这是一个比较巨大的工作），这不过是其中一部分，有许多是收不进去的材料。我还想加入一篇《谈三言二拍》，把我所见到的，用照片实物来指出过去道听途说的介绍的错误以及真相。

以上是要看我的健康情况，才能决定是否能写出来。拉杂书来，以博一笑。此致

敬礼

弟古鲁又启　八月廿五日

5[1]

正璧先生：

……三版附录，我同意，兹附回……麻烦，简便些，亦好。《元曲六大家传略》……中正从事肃反运动，所以我觉得……信来复您，好在普通挂号信，不过迟一两天而已。全稿付排后，不寄来吧，以免周折。此致

敬礼

弟古鲁敬复　九月十六日（1955）

6

正璧先生：

大著收到，谢谢。收到当时，适血压又高，未能即复为歉。大著尚未能细读，但不痛不痒的他人序文，收入对大著未必有什么帮助，初时颇不以为然，前日晤怀沙兄，始悉经过原委，如果设身处地着想，弟亦只能收入也。

大著末叶所附广告中，已将《近世戏曲史》列入，不知已否出版，便乞

1　此信水渍严重，部分文字漫漶不清。

示知为荷。此致
敬礼

弟古鲁敬启　十一月一日（1955）

7

正璧先生：

惠函敬悉。上次在怀沙兄处得悉您目疾甚剧，承专到出版社代为询问，正是感激之至。前年在苏联红十字医院住院时，听说目疾中内障一病可以动手术，而且相当有把握。上海方面有无这样的大夫呢？我觉得您应该设法医治。像我患着这样已经是不能根治的高血压性狭心症（心绞痛），还是在求治之中，所以您应当乐观。您的工作是不是能减轻些呢？我虽和您还没有谋面，可是从几次通信中看出，您和我一样，尽管知道看书写作并不利于病，可是不看书，不写点什么，也觉得无聊啊！

《秋夜月》我至今没有买到，可是我知道这也是和弋腔有关的戏曲散出集，此次承代为补上，正是感激不尽。

大著尚未能细读，因本学期我校几个病教授都向学校方面表示愿意带病做些工作，所以系中也分配了一些可以使我躺躺写写的工作给我，现在正在准备中，大夫又关照我不要过劳，因此，有点顾头不顾尾，稍微写出一些以后，一定细细读，如有意见，一定不客气奉告也。《近世戏曲史》附录一和附录二中，也许还有些要修改之处，今天已另函怀沙兄征求其同意也。专复并谢厚意。此致
敬礼

弟古鲁启　十一月十日（1955）

8

正璧兄：

顷接上海文艺联合出版社赠书，悉《近世戏曲史》已出版。兹另邮挂奉赠一册，明知兄处或已由社中赠送，但此请留作纪念，聊表弟谢忱罢了。此致
敬礼

弟古鲁敬启　二月七日（1956）

四二、王文宝 10通

王文宝（1929—2014），笔名幸辛，北京通县人。毕业于北京大学中文系，历任中国民间文艺研究会刊物编辑、中国民间文艺家协会民间文艺研究所副所长等。著有《中国俗文学七十年》《中国民俗学史》等。

1

谭正璧先生：

来函收到。

现在我们已寄出《民间文学》80年1、2、3期，《通讯》到第11期，都是按同一地址寄出的，请查询。

去年第10期给您寄去一份。

我在北大中文系读书时就曾学习过您的著作，有机会一定去拜访您。

祝您

健康长寿！

中国民间文艺研究会组联组王文宝　80.3.31

地址：北京前海西街17号中国民研会。

2

谭先生：

您好！

您的来信和两份《叙录》编辑大旨均已收到。见您在高龄之年还壮心不已,很使我感动,也很受鼓舞。我是从小在北京长大的,出身也较贫寒,对通俗文艺和民间文学比较喜欢,虽然从事民间文学工作较晚,也想努力做出一点点贡献。您现在准备搞《说唱文学叙录》,太好了!

我接到您的来信后,立即与我会有关部门联系。我会研究部编辑有《民间文学论丛》,可以采用您大作的两个《叙录》的前半部分(各约25000字),其后半部可考虑印做资料。不知您的意见如何?如您同意,我再和他们最后说定了。如果您邮寄方便,可将稿子寄来,也可给您和其他单位联系试试看。

我的看法是,您所写的文章是很有研究价值的好作品,应该发表或出版;可是另一方面,从经济方面考虑,出版社不易赢利。我的总看法是,我努力联系一些出版社看看,如果出版社不接,就在我会研究部解决(即分别用在《论丛》和《资料》上)。恕我直言。希您来信告知,我当为您效力。

祝您
身体健康!

王文宝　80.4.25

另:关于花关索的故事一文,欢迎您写好寄来。

3

谭先生:

您的信收到了。

中国民研会除出《民间文学》《民间文学工作通讯》外,还搞一个《民间文学论丛》。

《民间文学》由我会民间文学编辑部编辑;《通讯》由我一个代管;《论丛》由我会研究部负责。

接信后,即与《论丛》负责同志吉星同志,他说约半年出一集,第一集已交移付印,现第二集正在辑稿,您可将您的大作寄给他(地址:北京东四八条52号)。

祝好!

王文宝　80.6.11

4

谭正璧先生:

您好!

您给我寄来的书收到了。这是您对我的鼓励和鞭策,我一定努力学习,不辜负您对下一代人的期望。

我在解放初于北大学习时,曾拜读过先生的著作。您现在虽已高龄,仍为祖国的学术事业操心,很使我感动。

我仍搞组联工作,编《通讯》刊物,晚上也给报刊写些东西。

有什么需我帮忙的,请您只管来信,这是我应该办的。

希望您注意保养身体,祝您健康长寿!

此致

敬礼!

王文宝　1980.12.5

5

谭正璧先生:

您好!大札收到。

中国民间出版社目前尚未出书,今年可与读者见面的可有《爬山歌选》《中草药故事》数种。

您的大作,曲协已给您去函。《曲艺论丛》第一集目录还没出版,他们说可望在三、四月间问世。

本月19日我在《人民日报》第八版写的一篇三百字的小文《〈三言两拍资料〉出版》,介绍您的著作,目的是宣传,扩大影响。不知恰当否?

祝您

健康长寿！

王文宝　81.2.23

6

谭正璧先生：

您好！

您的来信已收到。因我最近接连出差云南、辽宁，未能去北大给您查抄书目，请原谅。九月上旬出差回来，定先给您办此事。北大图书馆查抄图书，我还是较方便的，有我的同窗在那里主事。

祝您

长寿！

王文宝　81.8.13

7

谭正璧先生：

您好！

昨日抽暇去北大图书馆为您抄书目。该二书皆为善本书。《情梦柝》只有17回，缺第10、11、20回，反复翻阅，也未找到。第19回尾未完，可见实为缺短。有几个字印得残缺，我不敢乱写，照原样描出，请您揣端。

第二本一卷完好，书目正如您所需。回目上二、三、四前无圆圈，其余皆有圆圈，照录。

以上不知您满意否？前一书之回目不知北京图书馆有否，有空当为您寻查。

刚由辽宁回来，稍处理了一下积务，去趟北大。怕您等得焦急。

祝您

愉快！

王文宝　81.9.11

8

谭正璧先生：

您好！

接到您信后，即去与首都图书馆联系。那里有我一老同学阎中英。

我本想事情完全弄清再给您去信，但又怕您等得焦急，故今便写这封去做一说明。

首都图书馆有小说书目，约数百页，但在书库里堆放，一时找不出，现正在找。如只有一本，可找人代抄。

您可直接与阎中英联系，他的地址是"北京东城国子监街首都图书馆社科参考部"。

您有事请来信，定当尽力。

祝您

愉快！

王文宝　1981年10月14日

9

谭正璧先生：

您好！

您惠赠的三书均已收到，曾给您去信，叫您放心，看来此信您没有见到。

您来信问的两件事：《源氏物语》下册尚未出版，《曹雪芹》小说据我会资料室同志讲只出了上册。

《民间文学》《民间文学论坛》，每期寄去，先生均收到否？

谨祝

康健！

王文宝
83.10.24

10

谭正璧先生：

您好！

前惠赠之书已收到，谢谢您！

奉上《资料》二本，请您指正。

祝您

身体健康！

王文宝　4.16

四三、王运熙　1通

王运熙（1926—2014），上海金山人。1947年毕业于复旦大学中文系，复旦大学教授。致力于汉魏六朝文学、唐代文学及中国古代文学理论批评研究。著有《六朝乐府与民歌》《乐府诗论丛》《文心雕龙探索》《中国古代文论管窥》等。

正璧先生：

二月廿八日大札奉悉。（昨日去校，始见尊函。）

古典文学研究会理事会于上月通过，聘任您为本会顾问。成立大会那天，向各顾问送聘书，因您未来，不克面致。大会后，我曾嘱本会秘书长徐培均同志设法把聘书送给您[1]。他最近有事去北京，回沪后我当再通知他，送上聘书。本会常设机构在本市瑞金二路上海古籍出版社，今后有何见教，请函告学会秘书组或我均可。

春寒尚厉，务请珍摄。

顺颂

大安

王运熙　三月七日（1987）

1　徐培均（1928—），曾任上海社科院古典文学室主任、研究员，兼上海作协古典组组长、中华诗词学会理事、全国秦少游研究学会会长等职。著有《李清照集笺注》《淮海集笺注》《秦少游年谱长编》等。

復旦大學

正璧先生：

二月廿八日大札奉悉。（昨日到校，始见尊函。）

古典文学研究会理事会于二月开过，聘任您为干事顾问。成立大会那天，因未顾问送聘书，因您未来，不克面致。会后，我曾嘱干事办事方长徐培均同志设法把聘书送给您。他最近有事去北京，回沪后我当再通知他送上聘书。干事常设机构在干事秘书二处上海古籍出版社。今后有何见教，请函告学会秘书组或我均可。

春寒乍属，务请珍摄。

顺颂

大安

王运熙
三月七日

王运熙手迹

四四、文怀沙 7通

文怀沙（1910—2018），祖籍湖南，生于北京，号燕叟。红学家、书画家。著有《屈原离骚今绎》《屈原九歌今绎》等。

1

正璧兄：

十月八日示及大稿《小说》收到。

《元曲六家》已交吴晓铃兄，请他校阅一过，再写一篇序跋之类的文章。

《小说》俟弟拜读后，拟请阿英兄也写一篇序跋，作为介绍。弟之意见当分别奉告吾兄及写序跋的朋友。

陆君之《水浒》已校改讫，并将校本寄沪矣，想日内便可再版。陆君前曾委权于我，弟于不当处悉加修改，想陆君或不我责，乞晤面时代为致意。

杨兄迄无信来，《文学家列传》应速校改，问题在补"出处"，另则其间欠当者，工程不大，杨兄千不可畏缩。此书对一般读者，用处甚大，何必过事矜持？务请一月内交稿，无量拜切。

兄目疾，应找好医生看，不可因循。接信后甚为此事不安。一般市医院，因医生太忙，技术亦有限，不可过于信任，更不可因庸医一言，便示绝望也。匆上不尽
著安

            弟怀沙　10.12（1954）

2

正璧兄：

　　介绍徐宗源同志趋访。我这次在沪挪借了徐同志一些钱，打算分别向上海几位比较相知的朋友处借偿，因徐同志需款甚亟也。如果您手头方便的话，可否至您处借壹佰伍拾万元，直接交给徐君。但有一层，必要事先说明，归赵之日，为期约在三个月至四个月，因为我目前支负泉林，有两部稿子必须俟三个月始克脱稿。泉林从来没有打过我"回票"，我再找他挪用，总觉不好意思。如果您目前也周转不过来，不必勉强，我再另想办法可也。返京后，实在忙得要命。您的《陆放翁》等稿怎样了？匆上并候

撰安

弟怀沙上　二月二十八日（1955）

　　惠书收到，日内拟分送罗常培、吴晓铃、叶圣陶、吕叔湘四人。又及。

3

正璧兄：

　　八月八日信拜读。上联出版社近年出版东西搞得太慢，我是否可拜托您便中找该社负责人谈谈？您的两部大著总希望无论如何在第四季度印出来。我觉得出版社对这套《丛刊》似乎不够重视。

　　关于来信中提到《文史哲》有一文章涉及您，我没有见到，因为这是学校刊物，所以没有注意。我觉得"真金不怕火烧"，既非事实，便不应为此闹情绪。我同意你可以直接写信给华岗同志，很冷静而负责地把事情说清楚。我们搞古典文学的，连有关古代的问题都有信心搞得一清二楚，何况目前的问题。您应该相信党，相信毛主席，相信政策，所以更不要闹情绪。闹情绪的本身便是不利于当前的伟大的运动的。要冷静，要严肃，要负责，要能接受考验，并经受得起考验。总之无论如何，问题是都会搞明白的。阿英处当转为致意。我觉得您有些书生气，有些不很彻底的"洁癖"，真正的革

命感情，是不怕任何短期的误解的，因为我们有信心我们的时代不会使任何人受到委屈的。写信给华岗便足够能解决问题了。

我忙甚，因为不愿意您为了有些事闹不必要的情绪，同时也表示我对您愿意信任，所以匆匆即复此信。请恕草草，祝
撰安

弟怀沙　八月十一日（1955）

4

正璧兄：

十月二日惠示拜悉。凌景埏君所著《关于古典戏曲音乐弹词的考述》稿本，望能寄我一阅。最好寄我前，先烦兄拨冗看看，主要看其考证方法是否结实，有否胡适影响，目前大家对考证书都注意此层。观此书目录，所涉及者三分之二甚有用处。弹词方面弟纯粹外行，只好乞助于法眼耳。秋来不审兄气力复何如也，弥为念念。草上不尽，此候
著安

弟怀沙拜　十月五日（1955）

5

正璧兄：

九月十七日示拜悉。大著《元曲六大家略传》亦已收到，我看完了拟请吴晓铃先生看一看，并请他写一篇跋文，如果他觉得有补充的必要，即请他提供些材料。我当尽量抓紧时间，近来实在忙得要命。又书名鄙意可改作"元代六大曲家传论"，较为醒目，兄以为如何？您打算写的表白性的序文，自无不可，问题是遣词用语要有分寸，否则毋宁不写。叨存谊末，当知无不言，言无不尽。我离沪前曾正式通知上海文艺联合出版社，要他们把有关《古丛》的最后清样在寄我前，请您拨冗先校阅一过，返京后，又为此事

专函通知。出版社随便找个外行看看，绝不是办法。《古丛》每年希望争取出一百六十万字的稿子，可靠的稿源有限，区区不自量，希望作好南北学人沟通的准备工作。此项丛书如出齐一百种，并能不出现政治上的出轨谬论，进而从学术的眼光看，多少有些推陈出新的作用，便算遂愿。既遂愿，则坚决引退。因此企图55年度能搞出50种，56年上半年凑足百种。上联只要态度诚恳，当不难合作，不尔，则"条条大路通罗马"也。杨荫深兄《中国文学家列传》进行得如何？又景深最近搞什么？统在念中。晤面时祈代致拳拳。

前承惠借百五之数，耿耿在怀，比已通知上联，请复等下月内拨还。挪时甚久，歉甚歉甚。收到望示。

《小说戏曲管窥》杀青后，望即寄我，争取"接力赛跑"，最好，最好！专复，并候

著安

弟文怀沙　九月廿二日灯下（1955）

致靳以介绍函，望下次寄奉。又及。

6

正璧兄：

二日示拜悉。凌先生的稿六篇，我也粗粗看了，略嫌专门了些，但颇见功力，对于提供给有关专家作为参考，还是有其价值的。完全信任您的推荐，决定把它编入《丛刊》。但书前宜有"前序"，对全书作扼要的介绍说明，最好是由您执笔，自然作者自己写也无不可。总之看实际情况，怎样合适，怎样搞，"前序"甚必要。《西厢诸宫调校记》虽未见到，以凌先生学力，可以想见是一篇很结实的东西。另外书名也可商量，"关于……"之类不好，不若颜曰"古典音乐戏曲丛考"，请您费心和凌君函商。又，凌稿有些处删了原文，但存注文。容有错脱处，皆必要作者再加细校一过。

上海文联出版社久无信来，不知是何原因。《话本与古剧》我顷又去信催排。《古本戏曲丛刊提要》事容迟日面询郑振铎先生后再奉告。

古籍刊行社处,俟见到他们时再说。凌君二函附还。匆候

撰祺!

弟怀沙上　十一月七日(1955)

7

正璧兄:

八月一日示拜悉。大著书名用"话本与古剧"极为简洁,但请在凡例中说明"古剧"之涵义。我想此书与《六大家》至迟应在十一月底以前出版。关于阿英先生序之事,他是有些热心的,问题是目前天天开会,太忙,等运动完了,此书也该排好,请将全部清样寄来,由我请阿英写序如何?《近世戏曲史》我看过了,来信所指,足证我的粗心。尤其是用辞干系于主场观点者,不能放过,此非比一般性之谬误也。出版社来信告我,说兄云此书每页有误,我当时还不以为然。得兄细心校定,甚是。我原意:此书不失为一部历史性有价值的研究著作,建议出版社重排。重排好处至少有二:①与《古丛》各书版式一致。②数次校阅可减少谬误,不止于滑过也。但出版社从经济着眼,我也无如之何。大著《话本》请即交文联,我一方面去函催。《古丛》工作限于被动,颇引为苦也。

文怀沙　八月四日(1956)

四五、吴晓铃　4通

吴晓铃（1914—1995），辽宁绥中人。1937年毕业于北京大学中文系，后执教于西南联大、北京大学等，1956年后任中国社会科学院文学研究所研究员。校注《关汉卿戏曲集》《西厢记》等曲集，协助郑振铎编纂《古本戏曲丛刊》一至四集，后主编五、九集。译注有印度戏剧《龙喜记》《沙恭达罗》等。

1

正翁：

今天收到您寄来的《余慈相会》和《曲海蠡测》，大喜欲狂也！当夜便把《蠡测》读竟，不徒钦服工力之深湛，尤以翁老而弥笃之精神对我更有促进之作用。我亦古稀年矣，回首前尘，不知忙得何事，闲得何故，连一些旧作都不曾结集，即《古本戏曲丛刊》之续纂，亦不知能否克服重重障碍（如图书馆之靳于借书而勤于"向钱看"之类），以圆成西谛先生之遗愿否也[1]？

《余慈相会》容景制后即行归璧。《宛如约》当得效力，不需任何酬报，钞就后即寄不误。

翁所见《古本戏曲丛刊》五集目录系初稿，顷考所发乃三稿，不知王永宽在沪曾奉呈请政否？如果没有，希示知，当奉上。

又，我访美时，曾遍读十九所大学所藏戏曲、小说珍籍，已草成《哈佛大学藏齐如山旧藏小说跋尾》二十有三则，付沈阳林辰发表。林辰即主编《明清之间小说选刊》者，所据皆大连图藏书，已出《飞花咏》等七种，想

---

[1] 西谛先生，即郑振铎（1898—1958）。

翁已见及之矣。

专复，并颂

长寿！

寻小姐安！

晓铃拜状　癸亥五月十八夜中（1983）

赐示仍祈直寄：北京，100053，宣武门外校场头条47号。

2

敬爱的谭老：

今天收到您寄赠的《古本稀见小说汇考》，至感高谊！我当即捧读一过，极为钦服先生高龄，又兼目疾，而锲而不舍地工作的精神，特别是有女如寻小姐，令人羡煞！

日本东京大学毕业之大冢秀高有《中国通俗小说书目改订稿》[1]，将来正式出版后，则子书先生先发之《书目》将完成历史任务[2]。他曾来京访书，云亦到过上海，不知晤及之否？

美国哈佛大学韩南教授（Patrick Hanan）为国际间最负盛名之我国古典小说研究专家[3]，近应我所之邀请来访，渠将有沪滨之行，拟访问您，希望赐见。我请您再寄一本《古本稀见小说汇考》给他，由我转致，则有此关系，将来可通信息。哈佛大学藏有齐如山、郑骞、马廉、董康等人戏曲小说多

---

[1] 大冢秀高（1949—），日本东京人。毕业于东京大学，埼玉大学教授。著有《中国通俗小说书目改订稿（初摘）》《增补中国通俗小说书目》等。

[2] 子书先生，即孙楷第（1898—1986），字子书，河北沧州人。著名文献学家，对小说戏曲等俗文学有精深研究。著有《也是园古今杂剧考》《中国通俗小说书目》《日本东京所见小说书目》等。

[3] 韩南（Patrick Hanan，1921—2014），新西兰人。主要研究范围是明清白话小说。著有《中国早期的短篇小说》等。

中国社会科学院文学研究所

正翁：

今天收到您寄来的《除夕相会》和《曲海蠡测》，大喜欲狂也！当夜便把《蠡测》拜读竟，不禁钦服工力之深邃，尤以翁老而靡笃之精神对我更有促进之作用。我忝古稀年矣，回首前尘，不知比得何事，闲得何故，连一些旧作都不曾结集；即如古本戏曲丛刊九三辑繁点，不知能否克服重重障碍（如：阙书镕之觅手借立而蒿矢何钱寄之颗）以图成西谛先生之遗愿否也？

《除夕相会》容录制名即行归璧。《究如何》当得劲力，不需任何翻拍，够就句即寄不误。

翁所见《古本戏曲丛刊》五集目录稿係初稿，顷方所发乃三稿，不知王承宽在沪曾奉呈请教否，如果没有，希示知，当奉上。

又，我访美时，曾遍读十九所大学所藏戏曲小说珍籍，已辑成《哈佛大学藏奇少见旧藏小说跋尾》二十有三则，付沈阳《桥》长发表，林辰副主编《晚清之前小说选刊》者，所据留大连图藏本，已出《飞花咏》共七种，想翁已见及之矣。

专复，并颂

长寿！

嫂小姐安！

晓铃拜状

癸亥五月十八夜半

赐示仍祈垂寄：北京100053. 宣武门外. 校场头条47号

吴晓铃手迹

种，且有孤本不少，可补尊著内容也。

我在美国时，曾复制有《僧尼孽海》《春梦琐言》《如意君传》诸书，又曾撰《哈佛所藏小说有齐如山题跋者目录》，想已见及矣。

景深逝去，至为伤悲。您在江南不啻擎天一柱，务祈珍重！我亦七十有一矣，重病在身，无所作为，言之可伤。

专复，颂

寿考吉羊！

晓铃敬叩　85.4.8

3

正璧先生：

大函敬悉。

韩南教授早已返美，您赠他的书亦已面交，他表示感激之衷。他去沪时，晤及施蛰存兄，畅谈甚欢。惟接待单位坚主邀您到饭店去看他，而他则以您出门不便，坚持登门拜谒，礼也，竟致被拒。他返京后和我谈及，深引为憾。但迄今我们也不理解为啥不同意他去看您也。

我下月即去美，工作约一年，在京干扰太多，故想出去安心读读书。

专复，并颂

撰安！

晓铃再拜　一九八五．八．卅一

4

正璧先生：

美国哈佛大学魏爱莲教授（Prof.Ellen Widmer）专治《水浒传》等续书，甚有成绩，且曾访问我国多次，此番去沪，一再嘱我为介，愿就先生承教。敬祈不吝，感同身受矣。

我受伯克莱加州大学东亚语文系之聘，来此任"卢斯讲座教授"一年，今年八月或九月始能返国。在此专写《〈金瓶梅〉撰人考》一书，将来杀青，当向先生请益也。

专肃，并颂

撰安！

      晓铃拜白　一九八六．二．二三　丙寅上元之夜也

四六、萧欣桥 10通

萧欣桥（1939—），河北冀州人。曾任浙江古籍出版社总编辑、编审。著有《话本小说史》（合著）、《西湖古代白话小说选》、《宋元明话本小说选》、《古代短篇小说选析》等。

1

谭先生：

九月二十九日来函奉悉。您本月下旬来杭，我们很欢迎。住店问题我们可设法跟华侨饭店联系，初步了解了一下，双人房间是八元，如果华侨饭店没空，还可设法在大华饭店或新新招待所联系，这是标准的房间。

您哪一天动身，请提前几天来信告知，或买好车票之后拍个电报给我，我们好提前联系住宿的事情。另外，乘什么车次、什么时间抵杭，也请一并告知，我可设法派车子来接您。

《古佚小说汇考》，我们是接受的，并力争安排在明年下半年发稿。其他容面后详谈。

此复，致
礼

萧欣桥上　十月七日（1981）

2

谭先生：

二十一日大函奉悉。

关于大连图书馆复印资料问题，最近他们来信，表示一定办到。您不必担心，也不必太急，因为他们内部动用善本书也要经过一定的手续，况且是动用二十几种，需要给他们一些时间。我托的这个同志还是比较认真的，但鉴于工作忙和动用善本书手续繁杂两方面的原因，迟一些时候是可以理解的，望您能予体谅。他们什么时候寄给我，我会马上给您寄去的。

《元曲六大家略传》及另稿三篇均已收到，请释念。

谭寻同志不另。

谨祝

大安！

萧欣桥　四月二十四日（1982）

3

谭先生：

顷接大连图书馆同志来信，言及为您复制资料事，"最近已经馆长办公会议研究决定予以复印，签批手续已办妥。眼下机器正在检修停工，需待六月下旬方能印出"。现在一些大图书馆对善本书掌握极严，有的甚至不予复制，大连方面虽拖了一些时间，但总算有个着落，其他就不要多说了。

资料收到后，我即给您寄去。

特此，祝

好！

萧欣桥　六月五日（1982）

4

谭先生：

　　十七日大函收悉。大连复印资料事，估计这一两个月即可搞好，且耐心等待数日。《曲海蠡测》还未排出小样[1]，现在工厂排字环节最为紧张，一般发稿后都要四五个月才能排出。《古佚小说汇考》列入明春计划有困难，力争列到上半年。预支稿费事，今已开好五百元寄去。

　　拙注《西湖古代白话小说选》只选内容、技巧稍好一点的作品，其他如《京本通俗小说》中的《西山一窟鬼》《西湖三塔记》、"三言"中的《新桥市韩五卖风情》《陆五汉硬留合色鞋》《乔彦杰一妾破家》、《十二楼》中的《拂云楼》等，包括您提到的《钱塘佳梦》《孔淑芳双鱼扇坠》均未入选。此事承您关心，至为感谢！

　　专此布达，顺颂

大安！

萧欣桥　七月二十一日（1982）

5

谭先生：

　　胡先生的《紫钗记校注》最近已由人民文学出版社出版[2]，胡师母要我代她给您寄一本，并向您问好。

　　专此。顺请

大安！

萧欣桥　七月卅一日（1982）

1　该书由浙江人民出版社1983年出版。
2　胡先生，即胡士莹，生平见前小传。

6

谭先生并谭寻同志：

校对室《曲海蠡测》初校完毕，我把原稿取来，遂亦检出《庚吉甫传》一稿，现寄上。请你们收到后抓紧校对，尽快连稿带样一并寄回。

收发室不给寄航空挂号，只得寄印挂。寄回时可寄航空挂号，如此可快一些。

专此，颂

好！

欣桥　八月十四日（1982）

7

谭先生并谭寻同志：

因八月份到新安江去过读书假，昨天刚回，故先后寄来的《木鱼歌·潮州歌叙录》和由谭寻同志写来的信今天才见到，因此回信也迟了，请鉴谅。

《中国古佚小说汇考》我七月份开始审读，约读三分之一左右，就去新安江了，因规定读书假期间不能看稿（要学《邓选》和其他专业书），所以《汇考》的稿子就搁下来了。九、十月份主要搞调查研究、制定选题的工作，但也可抽空看一点稿子，我想利用调研空隙抓紧把《汇考》看完，如九月份来不及，十月份上旬或中旬到上海跟你们一起商量一下书稿的问题，然后再发稿。

用书影的事情比较麻烦，主要是有的图书馆不一定肯帮助复制（比如大连，就没有拍摄书影的机子），这样，想用的书影就不一定能搞得到，所以就不一定用了。否则，恐怕就要大大拖发稿的时间了。

谭先生年事已高，望多珍摄。

此复，致

礼！

萧欣桥　八月卅一日（1983）

8

谭先生：

　　年前嘱托大连图书馆代抄资料事，当时即写信给大连图书馆熟人，请他设法办理。后接来信，言说工作很忙，请外面人进馆抄录善本书资料又不甚适宜，只得慢慢来。我怕时间拖得太长，影响您的进度，故节前又去一信，建议可设法复印（序跋、回目等等）。顷接大连方面来函，言及复印资料收费标准提高，如果所需资料全部复印，估计要四十元左右。来函要我征求一下您的意见，如以为可，他们很快即可帮助复印。

　　请接此信后即回我一信，我可马上把您的意见告知大连方面。如果同意复印，即请他们帮助复印之后寄来。

　　特此，祝

好！

欣桥　二月十五日（1984）

9

谭先生：

　　近好！

　　所赐《中国女性文学史话》收奉，谢谢。

　　春节前曾给您转去山东聊城师范学院的一份约稿函，请您撰写一份有关小说研究方面的学术传略，他们最近又来信问，希望您能早一点给他们寄去。

　　我月底前后可能去上海出差，到时候再去看您。

　　专此，顺颂

时绥！

萧欣桥　三月十八日（1986）

谭寻同志均此不另。

10

谭先生：

来信敬悉，迟复为歉。关于《红拂记》校注稿，因我社没有出版这类书的规划，上海古籍出版社有此项计划，故特写信向他们推荐。昨天接到回信，说《红拂记》原已订入计划，但在审稿时因涉及高丽事而被取消此选题，故难以再接受您的书稿。特此奉达。

谨祝

大安！

萧欣桥上　十月十七日（1986）

四七、熊谷祐子 1通

熊谷祐子（1957—），后改夫姓为矶部祐子。现任富山大学教授，研究方向为中国俗文学。著有《〈如是观〉等四种原典与研究》等。

尊敬的谭正璧老师：

您好！上次我和小川先生到赵景深老师府上[1]，承蒙您热情招待和指导，我们不胜感激。很久以来，小川先生对您非常仰慕，并从您的大作中，得到启发和帮助。

这次能见到您，使他最大的愿望实现了。他衷心祝愿您老人家的身体健康。

今天，寄给您一张照片，作为留念。

最后，请让我再一次说，感谢您对我们的指导和帮助。祝您顺致春安！

日本复旦大学留学生熊谷祐子敬上　1982.4.5

1　小川先生，即小川阳一（1934—），时任日本东北大学教授，熊谷祐子的导师。

四八、徐士年 1通

徐士年（1925—？），时任教于北京师范大学中文系。后被打为右派，"文化大革命"初期自杀。著有《古典小说论集》《唐代小说选》等。

正璧先生：

怀沙先生特来，所赐大作，不胜感谢。晚十年前即读尊著，获益良多，今得亲蒙教益，快慰何似！

托怀沙先生转陈拙著一册，敬乞教正。于小说、戏曲方面，晚读书甚少，请益之处正多，尚祈不吝珠玉。

晚曾受业于望舒师、景深师，亦曾从王古鲁师学小说，顷则与古鲁师共同指导师大第三段研究生，并教小说。赐示即乞寄北京师范大学中文系。

匆匆，敬颂

教祺

晚徐士年　三．十三（1957）

四九、许泉林　4通

许泉林，生平不详，时任上海棠棣出版社经理。

1

正璧先生：

昨天别后，谅早安抵。启者：由于《劳动就业》颁布以后，企业单位任用人员，必须备案，因此希先生将下列各点见告[1]，以便参报：

1. 现在持有的工会证号码、工会名称、工会所在地。

2. 脱离前单位的情况，最好能将脱离单位时的证件附来（即最后服务单位的关系）。

3. "学历"亦希见告。

《修辞新例》如杀青，可以寄来付排。希即覆为幸。

此致

敬礼

许泉林启　一九五二年十月廿日

2

正璧先生：

寄来《修辞新例》稿收到。承担任我店编辑事，根据法令必须要向工

---

[1] 谭正璧于1952年被聘为上海棠棣出版社总编辑。

会及劳动局备案，我今天向劳动局拟请备案时，但据该局同志称，目前（自《劳动就业条件》公布后）企业不能自动用人，必须经过劳动介绍所方才合法。因此这一事发生麻烦，现除再去工会洽商外，对您的工会会籍转移事容稍缓办理，并希来沪面洽，以便解决这一如何来登记的事为荷。此致
敬礼

许泉林启　一九五二年十月廿五日

3

正璧先生：

《红楼新证》校样等收到。廿四日寄上《红楼新证》校稿一束，未知收到否。（寄任家巷挂号。）

今天劳动局曾约我去询谈有关您的事，经商谈结果，据该同志云，因您住址在外埠，必须我店到昆劳动局申请，需人经昆局允后，由昆局备文至沪，始可解决问题。因此备函，希您先向昆山劳动局说明我店欲雇用您为编辑情况，请其核准，并向沪局证明等情是否可以，请即允告。如昆局认为可以，我当即来昆办理手续。如何，希覆之。致
敬礼

许泉林启　一九五二年十一月廿七日

4[1]

正璧先生：

惠函及证明书收到，劳动局已发给自行雇佣申请书，交我店填报，问题大致可以解决。关于迁移会籍，名称前已抄给，但我的意见认为，经劳动局核准后迁移比较妥善，好在定为时不久的。《基本语法》新华书店开始添

1　此信右空白处有"《基本语法》月内恐要再版，希宁乞早指正"一句。

货,并主动发往各地,希洽之。劳动局的意见希望你在山东大学离职时的文件交来一阅,所以希望你寄来。

明可由人行汇上百万元,希收。此致

敬礼

弟许泉林启　一九五二年十二月十一日

《红楼梦研究》成书请校阅一次,有误可在三校时更正。

五〇、薛汕　6通（附中国俗文学学会《缘起》）

薛汕（1916—1999），原名黄谷隆，笔名雷宁等，广东潮州人。中国曲艺出版社编审、中国俗文学学会常务副会长兼秘书长。著有《书曲散记》等。

1

谭老：

您好！

我在中国曲艺出版社工作，今年已约赵景深兄的《曲艺丛谈》，廿万字，即出版；又约关德栋兄的《曲艺史论丛》[1]，如稿寄到，即可发稿。明年的计划，已约陈汝衡兄的《曲艺和戏曲等的互相影响论》[2]。热望您能参加，想赵老已向您致意，现特奉此，请予赞助。

这是一套曲艺理论的丛书，大卅二开本印刷，每本至少廿万字。论稿的范围，只要是曲艺的，短篇旧稿汇集固可，写新的系统理论也行，视各人情况而定。不知您能否执笔写新著？如有，盼能惠赐。如果有困难，过去旧稿，不论已否发表，请整理成集，也行。

我的意思，是过去在这方面努力过的朋友，都能出一本，一方面因是纪念，另一方面也是勉励来者。还希望您能提供，以便联系。

1　关德栋（1920—2005），满族镶黄旗人。著名俗文学家、满学家，山东大学教授。著有《曲艺论集》等。

2　陈汝衡（1900—1989），江苏扬州人。曲艺理论家，上海戏剧学院教授。著有《说书史话》等。

接陈老信，知您因眼疾动笔困难，至为悬念，望务求医疗治。我"十年浩劫"中，又执中医，设您能将病情见告，我可为您提供一方案，不胜荣幸之至。

敬祝
健安！

薛汕　1981.9.23

信寄：北京前海西街十七号中国曲艺出版社交。

我家中地址为北京东单南八宝胡同八号。

2

谭正璧同志：

您的大教拜悉。

《评弹考证》假与路工的《评弹史》有别[1]，请即动笔，字数在二十一三十万字之间最好。稿件什么时候寄来，就准备什么时候发稿。我们把它纳入明年的出版计划中。

木鱼书中的《雁翎媒》和《金锁鸳鸯记》，我一直在寻找中，您如果还可找到，或什么地方可以找到，希望借给我或告诉我，当负责完好归还对方，至祷！

耑此，致以

敬礼！

薛汕　1981.10.15

1　路工（1920—1996），原名叶德基，笔名群明等，浙江慈溪人。曾供职于文化部研究院、北京图书馆研究院。著有《访书见闻录》等。

中国曲艺工作者协会

谭正璧同志：

　　您的大教拜悉。

　　《评弹琐记》拟与您之《评弹史》有别，请即动笔，字数在二十——三十万字之间最好。稿件什么时候寄来就什么时候发稿。我们把它纳入明年的出版计划中。

　　本鱼书中的《飞翎北柬》和《金锁翠翘记》，我一直在寻找中，您如果还没找到，或什么地方可以找到，希望借给我或告诉我，当竭尽全力归还对方，至祷！

　　匆此，敬礼

敬礼！

薛灿

1981.10.15.

薛灿手迹

3

谭正璧同志：

您在九月廿九日写来的复信，已拜读，谢谢！

关于《评弹考证》，我们很欢迎，希望能见到目录或提纲，如不与路工的《评弹史》重复，即可考虑出版[1]。（路工的也将在我社出版。）如重复，则希望写别的内容。好在您还没有动手写，可以从容考虑。

我是潮州人，深知"潮州歌册"——不叫"潮州歌"，应叫"潮州歌册"，系曲种之一，潮州的歌谣则叫潮州歌仔或潮州畲歌。我存藏这方面的歌册约百部，不知您可否存藏？知您在这方面很有研究，得很好向您学习。《木鱼歌和潮州歌》若出版，请赐一册。我收藏木鱼书约百种，已重新校订《二荷花史》和《花笺记》，出版了，定寄上请您教正。木鱼书中有《雁翎媒》和《金锁鸳鸯记》二种，不知您处有没有？

您寄给《曲艺论丛》的样稿，我见到广告。《论丛》至今都在印刷厂中，因故一再拖延，可能年底两辑一起发行。（印厂对印数少的书，一再拖延，因系公家分配印刷地方，不能不就，却叫人气得无话可说。）

您的眼疾，盼能更详细告知。已服药不见效的，不论中西药，望能提示是什么，情况越详越好。眼疾一般因肾亏而起，但也有多种原因，如有检查单，则更妙。另纸开一药物，请先用，余候您的答复再处方。

此致
敬礼！

薛汕　1981.10.5

（一）每天早晨空腹吃，自己固定量。

猪肝、猪腰、羊肝，任一种，切片煮汤，加"谷精子"（中药店卖）少许，加盐至可口。

除谷精子外，肉汤全吃下。

1　此书后名为"评弹通考"，中国曲艺出版社1985年出版。

（二）蛇胆酒

广西出产，每瓶约七元。

托人在广州或广西购买，该酒出口任务大，所以，国内只留小部分。

吃法按标上说明。

4

谭正璧同志：

大著《弹词叙录》照收，装帧美，内容好，爱不释手，谨此志谢！

另邮寄上我所整理的《再生缘》上下两册，请教正，至切来信指出，以匡不逮，拜托拜托！

新著《评弹考证》，何时煞青就何时寄来，且免为念。

耑此，即颂

文绥！

薛汕　1982.5.3

5

谭正璧同志：

您的《评弹通考》已收到，另据。

这稿，候由责编阅读后，尽速安排付印事宜，有什么疑难处，以后再向您请教。

这书，用大卅二开，与赵景深同志的《曲艺丛谈》同一书型，为我社的重点书，请免念。

知您目疾，望多保养。我如有到沪机会，当往访候，但看明年了。

匆此，即颂

健安！

薛汕　1982.6.26

6

谭老：

现在轮到我来催您的《评弹通考》校稿了，迟寄来一天，出版就迟一天，希望您早日寄来，至盼！（现在是二稿，还有三校，由我看最后大样备付型。这么一算，时间就长了啊！）

俗文学会的缘起，想收到，现寄上章程，请一并提意见，以便最后定稿。

附"会员表"两张，另一张请谭寻同志也参加。两张写就，从速寄来，因要编"会员录"，同时，稿本将列入第一批稿本目录中，作为与出版社商谈出版的依据。

学会，争取早日成立。

耑此，致以

春祺！

薛汕　1984.3.3

中国俗文学学会章程（草案）

一、为了利于分散在各地的俗文学同好者，相互切磋，互相帮助，以求俗文学事业的发展，故此，在中国共产党领导下，以马列主义、毛泽东思想为指导思想，遵循"二为"方向和"双百"方针，组成俗文学学会，开展俗文学的收集、记录、校勘、整理、编选、研究、创作以及学术性交流工作，为促进两个文明建设，为繁荣社会主义文艺而努力。

二、本会提倡于笔耕，重在务实，多出成果：要求会员为本会编辑的"丛书""丛刊"等，多提供思想性、艺术性较好的和学术价值较高的书稿，争取陆续问世。但本会不搞集体创作、集体执笔，不强求一个模式，主要是依靠个体劳动方式，发挥各人所长，文责自负。

三、凡欲参加本会者，须经会员一人推荐，并开列个人著作目录（如尚未出版的可送书稿），经本会理事会批准，得为会员。

本会会员有选举权、被选举权，有参与和督促本会工作的权力。

本会会员有执行本会会章的义务。

本会会员有退会的自由。凡违章本会会章的得停止其会籍。

四、本会在会员中产生理事会，由理事九人组成会务组、编辑组，进行工作：

（1）记录整理传统作品。（2）以马克思美学观点进行研究工作。（3）组织新的俗文学创作。

本会聘请俗文学研究者前辈为荣誉顾问。

本会本着自力更生精神，自筹经费，主要从编辑费中，积累基金。本会经济收支情况，定期向会员汇报。基金的用途，为会务开支、印刷资料，以及在条件允许时，开办俗文学学习班和资料馆……

五、本会理事，任期四年。本会会章有未尽事宜，得由理事会决定处理并由会员大会通过。

中国俗文学学会筹备组　八四年二月二十八日

附：中国俗文学学会《缘起》

谭正璧同志：

中国俗文学学会必须在发起人中产生筹备机构，考虑到时间、地点以及联系方便起见，拟由我们三人成立筹备小组，直至成立大会为止。这样做法是否合适？请不吝赐教。

附上《缘起》，这是"纲目"，十分重要，请挥毫润色，以便最后定稿，公开发表。

俗文学的同好，也请推荐，以便联系。

此致

敬礼

路工、李岳南、薛汕敬上　1984年2月20日

来信请寄：北京东四连丰西巷二号薛汕收。

中国俗文学学会缘起

我国自古以来，就流传着俗文学。俗文学为广大劳动人民喜闻乐见，其中大多数作品中反映了历代劳动人民的喜怒哀乐、生活与斗争、要求与愿望。

所谓俗文学，是指封建社会里不能登大雅之堂的文学作品。

今天的中国文学，不能离开俗文学，因为它与民族化、大众化结下不解之缘。俗文学最本质的特点，是它古往今来的流传继承性和特定时间、特定地区的口语性。《诗经》收有国风，源于民间里巷；屈原著有《九歌》《天问》，不少神话传说；《三国演义》《水浒传》来自说书艺人。至于宋元杂剧、鼓子词、诸宫调、散曲、宝卷、弹词……上述作品，都属于俗文学的远亲近支，或本身就是俗文学。其英文译名，照我们的刍议，以Folk Literature，较为近似。它是以文学艺术的形式来表达社会风尚的形象之学，与民俗学Folklore调查和研究社会风尚的逻辑之学，成为一个整体。

当前，对于俗文学的涵义，我们初步认为还应划出以下的界限：

俗文学不等于通俗文学。俗文学由于具有民族气派、民族风格，便于广大劳动人民接受、掌握和流传，但它不一定合乎通俗文学的标准。已经通俗化的作品，不一定是俗文学，甚至与俗文学无关。

俗文学有的是在民间口头流传的，但有的不是在民间口头流传而是在民间书面流传，而且有作者姓名。因此，俗文学不等于民间文学，更不能说民间文学是农民的，俗文学是市民的。俗文学范围比民间文学广泛些。

俗文学不等于曲艺。俗文学很多是曲艺中的文学部分，但俗文学的作品不一定能演唱，因为它不是诉诸听觉的艺术，其范围也和曲艺有所不同。

俗文学也包括民间戏曲（小戏）中的文学因素，但俗文学研究者的着眼点，不在于舞台上的现身说法，因此民间戏曲（小戏）也不等于俗文学。

总之，俗文学与通俗文学、民间文学、曲艺和民间戏曲（小戏）之间，应承认它们的关联性，但不能彼此互相代替，俗文学有自己的天地。

俗文学有新有旧，中国传统的俗文学浩如烟海，已往发掘出来的，不过一点点。对其中民主性、革命性的精华，应加以继承和发扬；对其中封建糟粕和半封建半殖民地社会遗留下来的霉菌，诸如封建伦理的观念、宿命论、因果报应、市侩哲学以及庸俗化、低级趣味、黄色色情的赝品，亟待剔除肃清，杜绝精神污染。这是时代赋予我们的任务。

我们成立这个会，旨在"二为"方向、"双百"方针指引下，开辟一个以马克思主义美学观点与中国民族传统相结合的学术探索园地，努力为建设"四化"、为发展社会主义精神文明，用笔耕耘。目前，仅就我们所能知和力所能及的，可以进行搜集记录、讨论研究，也可以校勘、编选或整理、创作。在与会同好之间，要做到文以会友、互相切磋、互相帮助，提倡勤奋用笔、多出成果——促成本会多做筹划、组织、编辑各种俗文学的书稿，与出版单位协作，付梓问世，为繁荣社会主义文艺作出新贡献。为此，我们不搞集体执笔、集体创造之类，不强求某个模式，只能是个体劳动，各自发挥所长，文责自负。

我们不图虚名，不挂空衔，重在务实，一切自力更生、自筹自给，将以书稿的编辑费中，逐步积累基金。也不搞"向钱看"，钱要花在开拓俗文学的事业上。

请赞成这个看法和作法的同志，踊跃参加。是为缘起。

发起人：（以姓的笔划多少为序）

  王文宝 刘北汜 关德栋 李岳南

  陈汝衡 陈翔华 陈曙光 杨　扬

  赵景深 张紫晨 胡　度 路　工

  谭正璧 薛　汕 魏同贤

1984年2月20日

五一、杨扬　8通

杨扬（1933—），书目文献出版社编审，时任《文献》杂志编辑。

1

谭正璧同志：

十一月十二日来信已收读。

关于《木鱼歌·潮州歌叙录》，承蒙回复的几点，我们准备照做。书稿正在编发中。原拟将此书稿收入的丛书名称，因想将有关戏曲文学的研究资料一并收入，现将之改为"戏曲、说唱文学研究资料丛书"，特告。

来信中提及将于明年用半年时间完成宝卷部分的《叙录》书稿，这一消息我们看后很为高兴。望完成后即寄我社，也可作为上述丛书选用的书稿。

不知弹词部分，上海古籍出版社何日出书。出后，亟愿拜读。

如有机会去沪，定去府上拜访、请教。

问谭寻同志好。

专此，即祝

学祺

杨扬　一九八一年十二月十四日

2

谭正璧同志：

您好，上次来信收读。关于《木鱼歌·潮州歌叙录》收入的丛书的名称问题，除上次信中我向你谈过的名称外，也有同志建议索性将有关文学、历史、哲学研究资料纳入一套包容丰富的丛书，即叫"文史哲研究资料丛书"。这样可以灵活些，有些研究资料兼有几方面内容的便于纳入，丛书分类也不致太细。不过，尚未最后定，顺便告诉一声。

我社去年曾重印过《宋宫十八朝演义》，也可能你处还没有，估计你对此类书感兴趣，特赠送你一套。

匆此，再谈。

祝你和谭寻同志

春节好！

杨扬　一九八二年一月十五日

3

谭正璧先生：

今接惠赠《弹词叙录》《三言二拍资料》二种，多谢！《弹词叙录》封面颇新颖、雅致，内容收集丰富，定当细为拜读。

《木鱼歌·潮州歌叙录》已于二月下旬发排，现正在印厂进行中。书版依您的愿望，与《弹词叙录》配合，所用规格为大32开。封面由我社美术编辑同志设计，因急于发排，未及寄给你一阅。设计结合粤地风物，有水乡小舟图案，似还雅净。潮州歌释文末尾一节，按我们商定的做法删改了一点，也未及寄给你一阅，一并告知，请谅。书的印刷情况，我已问负责出版的同志，他们定会酌情，力求做好。

《宝卷叙录》正进行中，闻之欣喜。但愿完成后即可随《木鱼歌·潮州歌叙录》之后编发。记得过去在山西家乡曾见过《麻姑宝卷》一种，时我在少年，读之颇觉动人，但手头无存，当属北方宝卷品种，也许你已经收录了。

再谈。望珍重身体。并问谭寻同志好。

此祝

学祺

    杨扬　一九八二年三月三十一日

4

谭正璧先生：

  你好。关于《木鱼歌·潮州歌叙录》书稿，在印刷厂正进行中。

  得知你给陈翔华同志信中谈到，需要一些经济资助，我们社里确定先从《木鱼歌·潮州歌叙录》稿酬中预付给五百元，以为薄助。这里财务科同志考虑从邮局还要付几元邮费，特与银行联系，从银行汇去，请查收。

  近日身体康泰否？手头题目进行尚快否？

  我将往东北参加一个学术会议，过十余日回京，回来再谈。

  匆匆，专此奉达。

谨祝

学祺

  并问谭寻同志好！

    杨扬　一九八二年八月九日

5

谭正璧先生：

  您好！六月二十五日信收到。大著《木鱼歌·潮州歌叙录》刚出，已遵信嘱，除按赠样书最高数额寄三十册外，另购二十册，也已由我处寄去，当可于近日先后收到。本拟争取按折扣购买，因此项做法尚未与税务方面商妥，未能制订，仍只能照原价另购了。书款已遵嘱在稿酬中扣除了。

  稿酬已由我处计出，除去上次五百元预支，尽力作了争取，此次可汇去六百多元，也可于近日收到。

  书款收到后，请示知。

近日身体如何，甚念。关于整理民间文学文献还有什么想法与建议，盼告。"宝卷"部分在您身体健康改善时，可否继续下去？

关于《赵氏孤儿》在说唱文学中反映或有关曲目，不知有线索否，我对这一题目感兴趣，如赐教，盼告知。

顺祝

夏祺

杨扬　一九八三年六月三十日

6

谭正璧先生：

您好！七月十四日信收到。关于《木鱼歌·潮州歌叙录》稿费，当即问财务会计，答因银行转汇手续有点周折，现在想已收到。

又，承答《赵氏孤儿》有关线索，过几天当参找一番。近日去大连开个关于古汉语词典的会，八月下旬可返京。

谭寻同志病情好转否？代问好！

专此，顺候

夏祺

杨扬　一九八三年七月二十八日

7

谭正璧先生：

十月十八日信收读。

关于《宝卷叙录》设想已悉。卷首写一总论甚好。内文写法依您的方便编写，完成后寄我即可。

至于《宝卷叙录》与其他几种《叙录》的关系，在书中注明，以便使用者参考，那是很好的。

关于各地竹枝词，我们拟出一套书，先生如有有关线索或材料，希见告。

专此，顺祝

文安

并问谭寻同志好！

杨扬　一九八三年十月二十九日

8

谭正璧先生：

近听有的同志说您身体近日有些不安，甚念。

七月上旬在北京开了俗文学研究座谈会，有数十人参加。大家对俗文学史研究的热情很高，很希望通过老中青几代人和文学界共同努力，使俗文学研究有个大的发展。

前些时收到惠赠《中国女性文学史话》，谢谢。

现在正在筹备一本俗文学研究的书稿，作为俗文学学会的理论成果之一，正进行中。有何想法，望告。

谭寻同志近好。

望静心疗养。

顺祝

健安

杨扬　一九八六年八月二日

五二、杨荫深 3通

杨荫深（1908—1989），原名杨德恩，字泽夫，浙江鄞县（今宁波）人。历任商务印书馆、四联出版社编辑，上海文化出版社编辑室主任，中华书局《辞海》编辑所文艺编辑组组长，《辞海》编辑委员会委员，上海辞书出版社编审等职。著有《中国民间文学概说》《隋唐五代文学编年长编》等。

1

仲玉兄：

久未问候，时切驰念。忽奉来示，无任欣慰。知兄近拟增补《古佚小说汇考》，下询弟之藏书。现据旧有目录，下列各书均有：《有夏志传》《禅真逸史》《石珠演义》《后七国志》《正德游江南》《蝴蝶媒》。另外二书：《鸳鸯影》（我作"飞花艳想"）、《合锦回文传》（我作"奇书大观"）。

以上八种，系据旧时目录，目下是否已全归还于我，我还未找到还书目录，可能有几种没有。且此类小说，版本大小不一，我亦无法分类整理。仅以第一字用四角号码编排，或可查到。需稍暇时日，待检出后，再请令爱前来拿取如何？如本子不多，当可亲自带奉。先此奉复，即颂

著安！

弟荫深　1981.12.7晚

2

仲玉兄：

　　昨承惠赐大作《曲海蠡测》一册，无任感谢。吾兄自解放以来，写了这许多有价值的学术论著，以视弟毫无所得，实深愧惭。亦因长期以来，担任出版社行政工作，以致所费精力，只能扑在工作上面。特别在《辞海》编辑后，名为修订《辞海》，实际等于重编，所以工作更为紧张。自1965年《辞海》未定稿出版以后，工作稍闲，始想编多年想编的《历代文学编年长编》。预定每代一卷（有的每代二卷）约十四卷，期以一年一卷，十四年内即可结束。不想即来了"十年浩劫"，书籍被抄，人入牛棚，停顿达十五年之久。现在虽然追编，仅到一半。此生能否全部完成，尚难预卜，可兴浩叹。匆匆此复，敬颂

著安！

弟杨荫深　1983.5.7

3

仲玉兄：

　　昨承惠赐大著《木鱼歌·潮州歌叙录》一册，无任感荷！

　　吾兄对于资料方面书籍出了不少，这对于研究中国古典文学，特别是通俗小说、戏曲、说唱文学方面，给予不少的方便。这种资料，看来只是"东抄西袭"，实际要抄得一条资料，不知要费多少精力。往往初找到某一资料，接着又找比它更早的资料，于是又须重新改换。我写《编年》时候，要抄些文人轶事，往往如此。盖前人笔记，大多彼此沿袭，甚至可说互相抄袭。这与一般写写评论文章比，艰苦得多。但此只能为知者言，不足为外人道也。

　　最近上海文艺出版社希望我在中国古代笔记小说中选辑一本《古代民间故事选》。字数不拘，只要原文，不必翻译。这因为我在民研会上海分会

开理事会时,曾提出要打开民间文学研究的新局面,不仅需要现代的,也需要古代的。古代的歌谣,清代杜文澜已辑有《古谣谚》一书,民间故事却没有,因此文艺社要我选一本出来。可是我近来很忙,半天要上班办公,半天要写《编年》,实难再接此种工作。不知老兄是否有意于此?我以为可先从《太平广记》选起,则宋代以前差不多都有了。天热,望多珍摄。敬颂
著安!

　　　　　　　　　　　　　　　　　　　　弟杨荫深　1983.8.2

五三、殷焕先 1通

殷焕先（1913—1994），字孟非，江苏南京六合人。先后毕业于中央大学、北京大学，后为山东大学教授。在音韵、文字、训诂等方面有精深研究。著有《音韵学讲义》《反切释要》等。

正璧先生惠鉴：

道躬当已佳胜，至以为念！承赐大著修订本，已收到，谢甚！自高兰主任因公赴京后，系务由组长三人暂摄，会议增多，益无暇执笔。近拟暂在《文史哲》上发表几篇，到一段落，再累清神设法谋刊印，感甚！时间仓促，文章不逼不写，《文史哲》要焕每月写一篇，或可当鞭策也。

吕莹兄以身体不佳，又返北京，仍在人民文学社任事，先生当已得其消息。吕兄身体殊弱，暑假来时大有进步，一病则又衰退，真当疗养休息。近颇信针灸，先生于此道或精悉，鄙意颇不以针灸为然，先生如有意见，祈向吕兄进一言。焕以为吕兄仍当以药物治疗为主，先生以为如何？

不尽，再陈，敬颂

撰安

焕先再拜上　十二. 八

正璧先生道鉴：

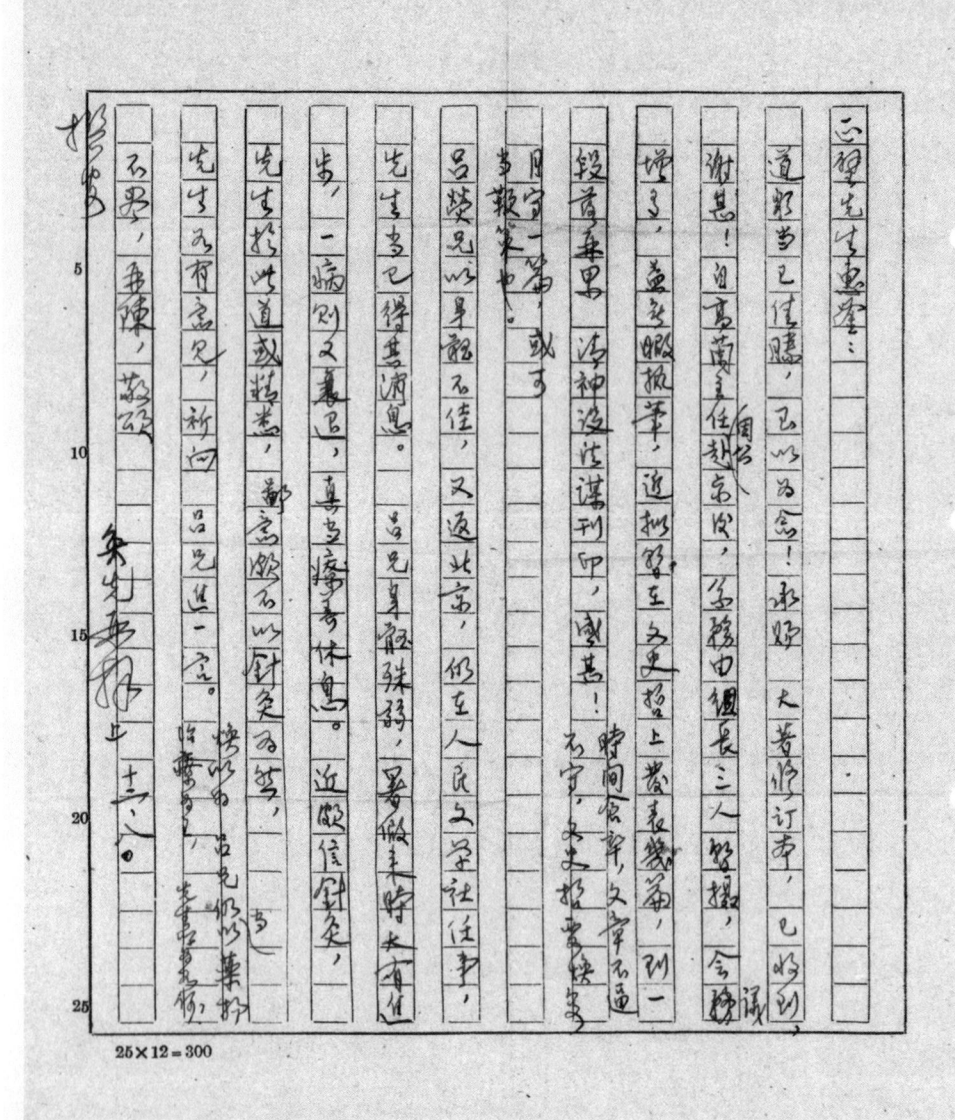

道驾当已返沪，至以为念！承好大著修订本，已收到阅

谢惠！目前南京天热，近拟暂至皖南，至务中遇长三人整理，会将

谭子，益之虾掇笔，近拟挈上卷表几篇，刊一

殷育来男涛神波往谋刊印，感甚！时间会紧，文章不通石字，文史拙书使

用字一篇，或于当报策中也。

吕焕兄以身起石佳，又返北京，仍在人民文学社任事，近假信针灸，

先生当已得其消息。吕兄身体殊弱，要做类特长有道

先生病别又袭迫，真是疹寿休息。

先生於此道或精熟，郑启愬石以针灸为等，

先生如有高兄，祈问吕兄迹一宣，烂所作由邑仍以兼称，许寿书先受儿病，

石男，再陈，薪颂

殷焕先 上 七、八。

殷焕先手迹

五四、于文藻 7通

于文藻，时任大连图书馆馆员。

1

谭先生：

信和复印款均收到。

为您复印明清小说序跋、回目等资料，由于我们工作环节上的原因，拖延时日，影响您的撰书工作，深感歉仄。盼望早日拜读您的大作。随信将收据寄上，请察存。

即颂

大安！

于文藻　八月十六日（1982）

又，复印的资料有不清楚的地方，请惠示再为补录。

2

谭先生：

九月廿九日曾就您来信所询各项回复，并寄上《后西游》《平山冷燕》，谅均收到。

前信问及孙《目》所载现在是否收藏。孙《目》中《警世通言》《醒世恒言》（见孙《目》92、93页）、《人中画》（103页）和《玉楼春》（138页）四书均缺藏。六二年馆编小说书目均系原藏，未有增补。

《女才子书叙》，我馆刻本缺《叙》的首段，今依中国社会科学院文学研究所藏本补入，特抄录寄上，以补前复制件之缺文。

此致

敬礼！

于文藻　十月廿七日（1982）

3

谭先生：

您好！

去年十二月杭州欣桥同志来连，谈到您的《中国小说述考》已经脱稿，大家听到都很高兴。祝愿您保重身体，继续有新作问世。

辽宁出版的《明清小说》，一俟出书，将陆续寄上。际此新春佳节，敬祝

新春愉快

于文藻　二月九日（1983）

4

谭先生：

您好！来函及惠寄的大作均收到，谢谢您。迟迟没有复信，请您见谅。

近来工作实在太忙。五月五日春风文艺出版社在连召开了明清小说座谈会，杭州老萧同志也到会了，大家很关心您的身体健康和著述。会没有参加完，我又赶到北京参加《古本戏曲丛刊》《古本小说丛刊》工作协调会议，上周才回来。

春风文艺出版社出版的《明清小说选刊》，到现在只出已经寄上的五种。预定今年六月末出五种，年末出五种。我们编的《明清小说序跋选》也将于六月末出版。出版周期太慢了。

《混唐后传》不是《选刊》内的书，容和上述五种书出版后一并寄上。

专此奉复，顺颂

撰安！

于文藻　五月廿四日（1983）

5

谭先生：

您好！

兹寄上小说序跋、回目的复印件，这是照欣桥同志开列的书单复印的。我馆有规定，善本书一律不准复制，这次是经研究以特殊情况处理的。同时收费标准也略高些，种种情况欣桥是比较了解的，也希望能得到您的谅解。

您五月来信中提到《惊梦啼》《云仙啸》第六回的回目相同，经查，胡士莹先生在他所著《话本小说概论》639页也写道：

一、全书不知若干卷。

二、书末有"逞恶念不能害人反害己，送子息谁知成己又成人"二句，似为回目，然无三字标题及正文。

按，全书足卷，目录后镌有"云仙啸目录完"字样。

其二，书末两句，实系《惊梦啼》目录中第六回的回目，乃装订之误。在此二句前，尚有"无相脱身陷身"一行，正是《惊梦啼》第五回的下联。两书比较，疑窦顿释。

复印款计四十四元整，请您将款直接汇寄给我或我馆复制室均可。暂由我打的欠条，待收款后才能寄上正式收据。专此布达，顺颂

暑安！

于文藻　七月二六日（1983）

6

谭老：

今天收到您的来信。春风文艺出版社《明末清初小说选刊》拟刊六辑，每辑十种书，现已出书十五种，《扫魅敦伦东游记》未列入。

你信中说已先后收到十二种。我于春节前一月二七日曾寄上《金云翘》《云仙笑》《玉支玑》三种，加上前寄十二种，共寄十五种，是挂号寄的，请您查查，如果没有收到，我这里可向邮局查询，请赐复。汇来的十元已收到，我记得信上说到，也可能我疏忽了，没有及时复信。匆此，即颂

撰祺

于文藻　三月十二日（1984）

7

谭老：

您好！

承惠寄《古本稀见小说汇考》，至为感谢！另一本亦交馆存藏。

另，谭篪同志来信托询译稿一事，已向春风文艺出版社写去信，出版社将直接回信，特此附告。

新春佳节将临，祝您康健长寿、万事如意！

于文藻　1985年2月17日

五五、张白山　1通

张白山（1912—1999），笔名发庵、如晦，福建福安人。1937年毕业于浙江大学，历任北京大学文学研究所、中国社会科学院文学所研究员，《文学遗产》副主编。著有《宋诗散论》《王安石研究》等。

正璧先生：

承赠大作《三言两拍资料》一部，早收到，因忙未能写回信，歉甚！大作虽属资料，然搜辑之勤勉、立论之精当，都令人佩服。王古鲁先生对此亦有研究，皮藏有关资料颇富，未及成书却作古。去岁王夫人拟出售其全部资料，惜要价过昂，至今尚未脱手，先生如有兴趣，不妨径与北师大王夫人联系，其资料可能对大作尚有补充之处。熟人谢国桢先生收藏明清笔记才数百种[1]，其中亦有关于《三言两拍》者，谢老今在历史研究所工作，似亦可联系。

又，关于大作《谈广东木鱼歌》一篇，已发表在《文学遗产》第三期，年底出版，一到编辑部，当即奉寄，勿念！专此奉复，诸不一一，敬请道安！

张白山　十二月二十九日夜（1981）

1　谢国桢（1901—1982），字刚主，河南安阳人。毕业于清华大学研究院国学门，师从梁启超。先后任教于中央大学、云南大学、南开大学、中国社科院历史研究所。著有《晚明史籍考》《明清之际党社运动考》等。

五六、张万钧 6通

张万钧（1934— ），河南安阳人。历任郑州图书馆副研究员、郑州市地方史志办公室特约编审等职。主编有《河南地方志论丛》《中国寓言库》等。

1

正璧先生大鉴：

请原谅我这个后学向先生冒昧去信。

说起来，六十年代初我们曾有点小小牵扯。

大约一九六二年，我曾给《新民晚报》写过一稿，当时报社同志曾把稿转给先生看过，题目是"关于《三国志玉玺传》"，讲到我馆所藏抄本《三国志玉玺传》的情况。先生把我文中介绍的该书梗概抄了下来，后来在《弹词叙录》中采用了这一部分材料。

不过先生在这里误会了，《弹词叙录》中称我馆所藏《三国志玉玺传》可能是另一种书，也就是说可能是同名异书。

其实完全是同一种书。我是先在《新民晚报》上看到先生关于《三国志玉玺传》的文章后，才写了那篇短文作个补充。由于立足于补充材料的角度，故凡先生文中已介绍过的情节，我便没有再行写入，而先生所见又是残本，故此造成误会，好像是同名异书了。

我看了《弹词叙录》后，确认实是同一书，先生介绍的内容，在我馆所藏《三国志玉玺传》中均有。

目前此书经我与其他同志进行整理，已交中州古籍出版社出版，大约年底或明年初可出版。出书后当寄奉一册供参考。将来《弹词叙录》如有再版机会，请将《三国志玉玺传》一条改写下。

专此即颂

康安

并问

谭寻同志安

张万钧　1985.10.23

先生近出《中国女性文学史话》，市面上购不到，不知先生有存书乎？可否将来与拙校《三国志玉玺传》作个交换呢？

2

正璧先生：

大著《中国女性文学史话》，已于元月五日上午收到，因当天下午我要赴京开会，故未及时复信，歉甚。

在翻阅此书时，发现中夹有南京某书店的售书发票，看来先生手头亦无存书了，又到市场上觅购。蒙将这样珍贵的书见惠，足见高谊。

由于出版工作落后，《三国志玉玺传》发稿已十个月，现在才进入三校，看来恐怕还得几个月方可见书。书一旦出版，当尽先将样书奉上两部请先生指正。特此先奉函告知。并贺年禧。

即颂

文安

郑州市图书馆张万钧　86.1.17

3

正璧先生：

十一月十三日来信，于今晨方见到，即托中州古籍出版社一编辑去邮购组查询，催他们速寄，望勿念。

中州古籍出版社陆续出版一些弹词、宝卷，合为一套"说唱文学丛书"，除已出的《天雨花》等三种外，已交稿待印或正在编校的尚有《安邦志》《定国志》《凤凰山》《凤双飞》《宝卷钞》等。如先生需要，我当于各书出版后陆续寄赠。我与该社极熟，去讨几部书很容易，故今后先生如需该社的书，来信告我一声即可，不必向他们汇款了。

《三国志玉玺传》原定五月出版，因印刷技术问题拖延下来，九月又重新征订，不料仅得订数一千五百余册，无法出版，后来我将稿酬垫付了一千册去，才勉强开印。定于十二月份出版，大约元月份可将书寄奉。拖得太久，甚感歉意。

现在出书不易，特别学术性著作，赚不了钱，出版社多不愿出。出版社也有其苦衷，应当理解，但是有些无多大价值的书，因销路好，竞相出版，此风也应刹下。

拙校尚有《醒世姻缘传》及《隋炀帝艳史》二种，初版均已售完，二版将于明年二、五月分别印好。我手头也无书了，如先生需要，待印好后即寄赠。

《话本与古剧》我已有，《古本稀见小说汇考》如能见惠一册，万分感谢。盼复。

专此即颂

撰安

张万钧　86.11.17

4

正璧先生：

时值元旦和春节之际，特向先生拜年问候，并祝阖第安好。

《三国志玉玺传》二册，与信同时邮上，望斧正。印刷品大约较平信为晚，过几日即可收到，勿念。

本书系成书三百余年来首次出版，不仅便于研究弹词者参考，同时由于系根据某种未知的《三国》小说改编（愚认为由其中一些说白仍保持着小说写法，而不是口语可证，且较明嘉靖本《三国通俗演义》文字上出入亦不大），且有不少《三国》小说中无有的情节，因此，对研究《三国》小说的演变，也不无参考作用。

先生阅后，有何意见，望告。如能百忙中写一书评，尤为欢迎，或自行联系发表，或交我在河南代为发表均可。

即颂
大安

张万钧　1.19（1987）

5

正璧先生：

上月寄去《隋炀帝艳史》一册，想已收到。

先生年事已高，这些情况我都知道，去年《社会科学战线》所发访问先生的文字，我也读过。

先生学识渊博，毕生研究的方向，与我所追求的颇有相同之处，只恨我未能亲受先生教诲，颇为憾事。现仍有一事相烦，不知可否？

出版社约我写一本《中国历代奇女传》，收入古代有作为的奇女子五十余人，每篇三四千字，采用通俗故事的手法来写。本书旨在一方面增加人的历史知识，一方面说明妇女在历史上地位，用事实来批判轻视妇女的旧思想。内容可以说是无所不包，从女政治家无盐、武则天，女文学家蔡文姬、卓文君、李清照，农民起义领袖唐赛儿，女纺织家黄道婆，以至西施、昭君、荀灌，直至清末的秋瑾（辛亥革命以后的不收），还有一些虽为传说中人物，但因长期流传，已成为人们思想中存在的典型女英雄，也酌情收入，如貂蝉、穆桂英、苏小妹等人。

出版社的意思，是想请先生写一篇序言，简述妇女在历史上的地位及其作用，大约二三千字即可，最多不超过四千字。

愚认为先生对中国历代女性研究颇深，作序似不吃力，否则由先生口述大旨，倩人代笔亦无不可。望能作我们书信交往的一点纪念。能得先生序言，定可使本书增光不少。

此书定于六月底、七月初交稿，八月份要发排。如蒙慨允，望能于六月二十日前将稿寄给我，至为感谢。因我环顾诸前辈作家中，实无比先生更适合为本书写序的人了。屡去函打扰，歉甚，当竭力图报。

专此即颂

撰安

张万钧　87.3.21

6

正璧先生：

来信早已收到，因家中搬场，诸事缠身，停笔达二个月，故迟至今日始函复先生，尚希鉴谅。

《李卓吾评西游记》影印本尚有少量存书，由河南人民出版社总编室控制（中州古籍出版社的上级主管单位），只保证急需，如想购买，尚未过几个关口审批，怕不容易。

排印本近二三个月内即可印好，我认为比影印本适用：一、有标点，二、照原书版式发排，三、纠正了个别错刻之字。如先生需要，待书出后当奉赠一部。

拙著《中国历代奇女传》，今遵嘱将样稿二篇（其中一篇是草稿，来不及誊抄）、后记一篇及选目寄上，请作写序参考。有何意见，还望不吝教诲。

序言字数不限，以能说明妇女在历史上的地位即可。望能在七月中旬前寄来，能早一点则更好。稿酬从优。

草草不恭。

专此即颂

时绥

　　　　　　　　　　　　　　　　　　　张万钧　1987.5.20

五七、赵景深　48通（附余片1通）

赵景深（1902—1985），曾名旭初，笔名邹啸。祖籍四川宜宾，生于浙江丽水。中国戏曲史家、复旦大学中文系教授。曾任中国古代戏曲研究会会长、中国俗文学学会名誉主席、中国民间文学研究会上海分会主席等。在元杂剧和宋元南戏辑佚方面成就卓著，对昆剧等剧种的历史和声腔源流及上演剧目、表演艺术亦有精深研究。著有《曲论初探》《中国戏曲实考》《中国小说丛考》等。

1

正璧兄：

来书奉到。您问起我的小说戏曲论著，我有戏曲论文一百篇不曾辑集，书名想定为"中国戏曲论集"，惜无暇整理，否则很想找一家书店出版，如棠棣、上杂之类。

我的小说论集除北新、世界者外，还出过两本。一本名"银字集"，方才我特地到淮海中路重庆路口华文书局去看了一下，他们有此书，定价七千元。我还有一本《小说论丛》，日新出版社出版，已经不易买到，连书摊上也快绝种了。

复旦连日讨论课程改革颇忙。

您在何校教书？近况望示知一二。读《中国文学》及《修辞》《文法》等，有何心得，亦望扼要见示。小峰还不曾向我谈起您，或者我几时问他也好。

敬礼

弟赵景深　1952.10.15

2

正璧兄：

得来书，知将负棠棣编辑职，甚以为慰。惟须住上海，方能请劳动介绍所介绍，吾兄是否先个人在上海戚友处暂住，报一个临时户口，俟职业确定后，再全家搬来呢？我对这方面的手续，不大清楚。

您说"以后的光景很黯淡"，我亦为之黯然，想一想，您写了多少字呵，那么厚的《中国文学家大辞典》《中国文学史》……然而竟不能以版税为生，全都卖了版权！

我同意您的择善而从的主张，我觉得吕的《语法修辞讲话》（2—5）是很有用的[1]。

敬礼

　　　　　　　　　　　　　　　　　　弟赵景深　1952.11.2

3

正璧兄：

附上叶德均给您的信。我说您有意要编俗文学丛书，并非决定之辞，但德均误以为您好像已有成议的样子。

德均在俗文学方面，的确是一个有成就的人，但他这本《戏曲小说论丛》这样的编法，恐怕你们嫌太专门了吧？最好一本书是一个题目，是不是？《宋元明讲唱文学和技艺》倒是值得出版的，我以为。

又附他给贵局经理的信，请您转交。

杨荫深和邵曾祺都已加入了戏评联。您要加入戏评联，我已去信给张丙昆，明天下午，我当再向何慢说一声。可能严敦易也要加入。

---

[1] 《语法修辞讲话》，吕叔湘、朱德熙著，开明书店1951年出版。

敬礼

弟赵景深　1953.3.14

4

正璧兄：

前恭借去《宋元南戏百一录》及《南戏拾遗》，倘已用完，请即赐还，因弟研究南戏，需参考也。

墨遗萍来信[1]，说起您曾根据他的《乞巧图》，写有《巧姻缘》，他想请你让给他一本，倘有多余的话，否则亦望代为寻觅，他想保存一本。

祝好

弟赵景深　1954.10.14

5

正璧兄：

日前得德均信，说起你要退回他的稿件，交我处，恳即掷下。棠棣闻将与国际文化服务社等家合并，改变以翻译为出版方向。前次兄言需弟著作，弟已向小峰取得《小说闲话》《读曲随笔》《宋元戏文本事》《元人杂剧精选》四种，您何书缺，望告知，当可奉赠。此为绝版书，极难购觅，存书早做废纸还魂了。

弟赵景深　1955.5.16

1　墨遗萍（1909—1982），本名李毓泉，山西河津人。蒲剧史学家、作家。

6

正璧兄：

　　苏州滚绣坊水仙弄十八号吴毓尧有信来。你需何书，或此信以外的书，可去信与他洽购。无论需要与否，都请寄一覆信给吴先生。

弟赵景深　一九五五．八．二九

景深先生：

　　来函敬悉。昨我寄上一函，附有书单，谅已收到。

　　承介绍，谢谢。约百本左右，大部分都是石印本的零种民歌、小曲，但每本都不相同的。其中约有二十种是绍兴大班和余姚汰簧（我和史依仁都卖过给您）。此等民歌小曲都没有名称的（每本都叫"时调小曲""大观""新曲"等），故不能开出书名。总之，每本内有几段或十几段山歌。我愿特别廉售，每本售陆分，若蒙谭先生赐顾，我立即可寄。（可以随便要多少本，我不一定全都一起卖的。）

　　其余还有几种石印本价格较贵的如下：

《孟姜女寻夫》附《十里亭山歌》　　　　一本　　伍角

《汝河山歌》　　　　　　　　　　　　　一本　　四角

《还金钗苏汰》　　　　　　　　　　　　一本　　壹角

《十弗许苏汰》　　　　　　　　　　　　一本　　壹角

《消闲山歌》　　　　　　　　　　　　　一本　　八角

　　请告诉谭先生为感。

　　《倪高凤开篇》已卖出。《绣像小说》全的不易买，零本价不贵（除《文明小史》），现暂时没有，以后可以替你弄到。

　　盼即赐覆。

敬礼

吴毓尧启　八．廿八

7

正璧兄：

兹介绍张心逸先生奉访。他编有《元明戏曲词语汇释》一书，请您校改，望您径自在原稿上改正，一般不必得到他的同意。他这书花了相当的心血，参考了宋人笔记等书，颇有不少发现。我评朱居易稿（《戏剧论丛》）的材料，大部分是他供给的。请您特别注意下列两点：①删去或改正牵强附会、不能使人信服的地方。②改正不大畅达的词句，使其流畅。恳您每周花上一天的工夫替他看看，谢谢您的允许。

在报酬方面，照一般审稿例，凡他在古典文学出版社所得，以百分之二十奉酬。这书他早已与该社订有约稿合同。

敬礼

弟赵景深　1957.11.7

8

正璧兄：

来信收到。我实在抽不出时间来。张心逸这部书务恳请帮忙，我也想不出另外可以和他合作的人来。倘此事不成，对他精神上和经济上都是一个很大的打击。

张稿的确牵强附会，文字幼稚之处太多。现在决定请您与他合编，您有增删之权，他决无异言。由于你花的劳动力很大，并且你自己也准备增加一点材料，在稿酬上决定与你对分。当然你不在乎稿费，但我想，像他这样的稿子，对分实在是应该的。

凌景埏《刘知远诸宫调》的疑难，张心逸替他解决，他认为很对。这方面他有创获，我们俩也都承认的。或者张稿来后，你先找一个文字通顺的人替他修润，然后你再删改也可以。

我求你，千万帮他的忙。时间不必太急，总之你好好地安排一下，并请求古典将《阴何诗选》的交稿期推后一些。务望允许。
敬礼

弟赵景深　1957.11.25

9

正璧兄：

　　荫深兄对于您的写法，他是完全同意的。您寄来的八条样张，荫深兄已看过，他的意见是：（1）"丙"最好在百字内，超过至多十、廿字。您大都在二百字左右，太宽了。（2）文字望能通俗。如"星躔"，就不易懂。（3）考证可以少一些，主要写作品的意义，在当时起什么作用，好的或坏的。（4）每条后面望注明来源。（5）各条他们是试写的，未必妥当。如《古今小说》所举几篇作品，你也可以改换他篇。（6）作家擅长何种文体，即称什么家。如李汝珍为小说家，《李氏音鉴》就只须带上一笔，否则重点就不突出。作家主要倾向尤为重要。（7）作品中的人物：重在他在作品中有何意义、作者塑造此人物成功在哪里。其事迹可不必详叙，因为他是虚构的，非真实人物。（8）神话人物：须说明来源及其流变情况，但不必引证原文，以免过于深奥，可用转述方法。谭兄正是这样写的，但还少来源。（9）等级可变动，"丙"可提升至"乙"，但比例须保持"乙"占20%~30%，"丙"占70%~80%。
敬礼

弟赵景深　1959.11.15

10

正璧兄：

　　附上戏票一张，请于本月八日（星期三）晚七时一刻到实验剧场看上海昆曲研习社的演出。这张戏票是我所罗列的五十张戏票中最好的一张。徐凌云以七十六岁的高龄演出《绣襦记·乐驿》[1]，我也演出了《玉簪记·问病》中的潘必正。务望赏光。倘你无暇去，可嘱你的女儿去。务望出席为感。
敬礼

弟赵景深　1961.11.5

11

正璧兄：

来信收到。最近市政协开会要补充第三次政协会议的委员和列席代表，我推举了你。成否不敢必，只是表示我对你的敬意。决定去取是由常委作主的。

至于《辞海》的事，我恰好写回信给章泰笙（在文艺组任助理，《中国小说史料》的改订者、吴趼人《痛史》的整理者、前复旦大学中文系讲师），要他转达，请杭苇同志将分类试行本第十册送一本给你，并要杭苇同志先将他们计算的约一百元稿费送给你。其余你所要的不足之数，将来我如分到稿费，当分给你。因为关于"通俗小说""民间文学""散曲"等部分，我还是按照你所写的稍加改动，除散曲首数大致另作统计（据内容，不据目录）外，其他改动之处不太多。现在还不曾有一个人分到稿费，连稿费的办法都还不曾决定。

我只借钱给胡行之和潘勤孟，是我当时估计错了，我想你的稿费比他们俩多，这是肯定的，但我不知道你的用途大，并且最近几年不曾出书。最近由于买高价食物和用品，我自己也向爱人借钱来用了。

《辞海》分册忘记送给你，大概杭苇事忙忘记了。稿费事好在不曾结束，甚至不曾开始。

你讲《三言二拍与戏剧》，我想对同学们编剧找题材很有用。李世珍想编一本《宝卷论集》，我推荐你写一篇文章。《粤风续九》的问题，过去杭

---

[1] 徐凌云（1886—1966），字文杰，号摹烟，浙江海宁人。昆曲度曲家。

州《民间月刊》也有好几篇文章谈过。

敬礼

赵景深　1962.6.27

12

正璧兄：

廿八日来信收到。《文坛忆旧》和《文人剪影》二书，倘无别的事，我当在六月六日晨到你家里去面领，并致谢意。你行走不便，我不便劳驾。

《中国文艺年鉴》望借给我看，用后当奉还。我们资料室曾说起要借此书。

《三侠五义》需要不及上述二书迫切。《梼杌萃编》以后当向你借第一册去看。

书秤出去实在太可惜，倘为了生活，不妨将普通大路书（即一般人都有的书）先售出一部分，以逐渐清去为是。

容面谈。

赵景深　1971.5.30

13

正璧兄：

来信收到。

《鲁迅杂文选》是复旦大学和华东师范大学中文系师生集体编写的，先自己印行出版，后来又由出版系统再印，趁此机会，又增加了十几篇，封面也比以前更漂亮了。此书已作为中小学的课本，估计将来可以买到。

现今复旦每人只能买一本，不能多买，因此无法代购为憾。

初次自己印行的那本已借给于在喜，他再借给苏州江苏师范学院的芮和师君。这是本月十二日到十六日的事。等他还来，我当以这初印本奉赠。
敬礼

赵景深　1972.4.29

14

正璧兄：

廿日来信收到。我没有陈奇猷的通信处。记得他是《韩非子集释》的作者，好像他和你以及我，是同一天到和平饭店去看波多野太郎的。

陈子展先生白内障开刀后[1]，据云看书写字如常。但他最近已近一个月没有到我家来玩了。你如开刀，首先经医生检查，是否可以开刀，最为要紧。必须慎重。
敬礼

弟赵景深　1972.5.23

15

正璧兄：

前几天陈子展来，谈起他开刀治眼的情况。他是由本区医院转介到汾阳路眼耳鼻咽喉科医院（即五官科医院）的。该院空床约九十张，须有空床位方能开刀。一般开刀是八元，好一些是十六元。他是右眼白内障。医生让他看光，医生认为可以开刀，方允开刀。上麻醉药时较痛，但不久痛即过去。开后罩上一个半鸡蛋壳形的罩子，即可睡在医院的床上，约数天后拆线。大约十几天后治愈即可出院。连同伙食和住院费，一共似不过四十余元。麻醉是局部的，甚至自己可以看见开刀的情况，听见刀动的声音，没有什么可怕

1　陈子展（1898—1990），原名炳堃，以字行，湖南长沙人。复旦大学中文系教授。著有《诗经直解》《楚辞直解》等。

的地方。他说，你如开刀，不要有恐惧的心理，是没有什么的。因为我替你问他，他就详细地告诉了我。

总之，他重复地告诉我，要你不要害怕。好在是否可以开刀，医生是要有所决定的，能开才开，不能开就不会硬替你开。床位倒是一个问题，似乎有些紧张，要有巧档。你如有《十美图》，几时我有便来向你借。

我的字写得小，可请你的女儿念给你听。

胡士莹有信告诉我，他需要向你借《宋人话本八种》，需要其中有《金主亮荒淫》这故事的。他先问我借，我无此书。张（星）[心]逸送给我一本叶德辉刻的线装薄本，我已送给学校里，作为"上缴"。邵曾祺送给我一部"世界文库"本的《醒世恒言》，我已送给同事刘季高了。

陈子展在医疗中，曾经服过四环素，他本已痊愈的胃病，因多服四环素而胃病复发。这是他唯一的因治疗而引起的别的毛病，现正在医治胃病中。各人体质不同，他的情况也只能供你参考。本来他伸手不见五指，现已能看书了，当然仍以少看为宜。

向你全家问好。

赵景深　1972.6.11

16

正璧兄：

兹嘱我的孙子焕文送给你拙著刊在《文物》中的一本和苹果一筐。又送给你《湖北地方戏丛刊》十三册，虽是残缺，好在都是一出一出的。

您有《玉钏缘》以及有关的二种吗？盼能借给我看。我妻想看。

阅《宋元话本》（程毅中著），最后称过去写这方面的论文有孙楷第、谭正璧、赵景深等，甚为欣喜。您在这方面确有成绩，如《话本与古剧》《清平山堂话本》校注、《中国小说发达史》等。

匆匆不尽，祝好！

弟赵景深　1973.2.25

新成游泳池对过弄内，无弄牌坊，转弯进去。

17

正璧兄：

来信收到，甚为欣喜。久未见兄，极为思念。

我每逢星期一、二、三、五上午到复旦辅导鲁迅《中国小说史略》注释和中国古代小说论文的写作，余时政治学习自学、注释改稿、补注。每日下午二时后、八时前，星期日上午八时后至下午八时都欢迎你来，每日下午三时半后来尤为方便。

希望你和你的女儿胃病完全痊愈。

祝你全家安好。

弟赵景深　1975.6.16

18

正璧兄：

十七日来信收到。

拙注《中国小说史略》曾于1973年9月出过石印本170册，作为学员的课本。今年由中文系二年级学员修订，陆树崙再加修改，我看一遍，没有出过任何印本。

前年的印本已经发给二、三年级的学员，一本也不剩。我自己的一本也借给厦门大学教师，至今未还。另外前年我曾添印过八本，其中三本送给抄写此书的国际政治系学员三人各一本，又送给西北大学单演义、上海人民出版社古典组和周楞伽、北京人民文学出版社林东海、南京大学吴新雷，现已没有留存，无以奉赠，非常抱歉。以后如出书，当即奉赠。

敬礼

弟赵景深　1975.10.21

19

正璧兄：

来信收到。

我因患肛瘘，卧病在床，精力不佳，因而你所需的资料，是否过几天再给你找？你的朋友是哪位？是否是方平？如果是他，可以请他直接来找我借。

你儿所需的《三侠五义》已借给复旦同学，用作注释《中国小说史略》的参考资料，所以暂时无法借给。

等我病好后，再详告。

祝

好！

赵景深　76.5.1（□代笔）

20

谭正璧兄：

兹介绍北京师范学院鲁迅注释组王景山等同志奉访，询问你弄内广东人办的中学、张资平晚年生活及其他张资平的有关问题[1]，请将所知告诉他为感。

祝好

弟赵景深　1977.5.28

我最近患重伤风。这些天正忙于政治协商会议学习《毛泽东选集》第五卷和市委召开的毛主席延安文艺座谈的座谈。又及。

21

谭正璧兄：

兹介绍郭小湖同志奉访。他想借《福寿大红袍》弹词。倘你有此书，请借给他为感。

敬礼

弟赵景深　（1977？）

当负责送还，并保证不污损。又及。

22

正璧兄：

多日不见，不知安详与否？甚念。

我于10月16日不慎摔坏右髋骨，今已卧床一月有余。由于原患糖尿病，因此治疗颇费周折。现虽骨折处大体愈合，但仍不能活动，估计仍需卧床一个多月，才可下床活动。

今有一事打扰。只因鲁迅出版社需写鲁迅小说史料，迫切需要新潮社1924—1925年所印《中国小说史大略》上下集作参考，而我处却无此书，

1　张资平（1893—1959），广东梅县人。毕业于日本京都帝国大学理学院地质系。"创造社"作家之一。著有《冲积期化石》《梅岭之春》等。

听说您仍珍藏此书，想问您借以一阅。翻阅后立即归还，一定爱惜，不予损坏。

若还有其他版本也很需要。

十分感谢。

即祝

您与您全家均好！

弟景深敬上　1977.12.8

23

正璧兄：

十日来信收到。

最近我患牙痛，将近痊愈，惟两脚脚面肿，打了十四针新B1，还没有痊愈，希望最后六针能够收效。

得知你改任文史馆馆员，月给生活费55元，并得公费医疗证一份，这真是值得安慰的一件事情。

大作《三言二拍资料》，古籍出版社决定付印，恐怕不是一两年内能办到的事。新近该社要重印我的《元人杂剧钩沉》和《戏曲新谈》，我都写了《重版后记》，恐怕亦只排队等排而已，亦非一两年能出。主要是纸张缺少，自己又没有印刷厂。前年我卧病在床，你说友人要借看，如已还给你，仍请将样稿交给我为感。我在闲暇时或者可以替你增补一点。

《龙图公案》似乎在说唱词话之后，说唱词话影响可能是唱本或宝卷，有的与《忠烈侠义传》（即《三侠五义》）有关。

我所藏的《包公案》百则五册已于四日借给京剧二团编剧赵莱静，因为现在《胭脂》之类公案戏流行，所以他来借去了，无以奉借为歉。

波多野太郎已不在横滨大学，他现在是东洋大学教授。我也很想念他，望将他的通信处告诉我，我准备同他通信。现在对日本、美国通信，不要检查，责任自负。中日友好，不会再戴我"里通外国"的帽子了，一笑。

日本泽田瑞穗正在详细地研究《成化本说唱词话》。此书重版本不知书价多少，百元的大价我还是买不起的。另外，个人不能购买，只能由单位买，也是一件讨厌的事。

我有一次同燕南坐面包车找你同去剧协，大约你因病辞谢。

祝好

赵景深　1979.8.12

24

正璧兄：

四号来信收到。

周绍良的《关索考》大约是收在《周叔弢纪念文集》里的，在天津出版，我没有见过。

大作《说木鱼歌》文字太长，《复旦学报》也不重视俗文学研究，未必肯登，我当向金名询问一下。你是否连同潮州唱本一道写成六万虚字、五万多字，即加三万多字，书名可想一个，是否叫做"汉族的叙事诗"或其他的名字，例如"木鱼书与潮州唱本"，或者单独把"说木鱼歌"为题，将《木鱼书叙录》化繁为简。总之，金名想出一套丛书，已出陈汝衡的《说书艺人柳敬亭》，还出过另一本书，书名已忘，总名"曲艺知识丛书"。先不要写，等我问妥了，你再写，如何？《曲艺》似亦未必肯登，以三五千字为宜。

祝好

弟赵景深　1979.11.5

25

正璧兄：

今天金名已亲自来我家，谈起明年计划出吾兄的《弹词叙录》二十万言，我所拟议的《广东曲艺概论》，他们暂不收纳。幸亏问明白，否则你又要白费气力，还是等明年再说吧。

你要购买《戏曲小说论丛》，我已托龙华新华书店朱建明代为购买，倘能买到，当即写信给你，否则就不再写信给你了。

据波多野太郎在《龙溪》第五十期所写《最近中国文学界的动向》，谈到中国要影印一些小说戏曲，有《孤树哀谈》《云仙散录》《百城烟水》《台阁精华》《楮记室》《槐下新编雅说集》，这些笔记我连名字也不曾听见过。戏曲方面只是版本早一点，嵇永仁的《扬州梦》和《双报应》还是我买来后又售出去的。文中也提到你双目失明。

祝好

弟赵景深　1979.12.7

大约你也接到《龙溪》50期了，又及。

26

正璧兄：

现将金名的来信奉上。祝好，匆匆。

赵景深　1979.12.15

赵先生：

信与校样都收到。

谭正璧先生稿经与领导几次讨论，事情仍不能说定。估计比较可能的办法是：

①《说新书》如继续办，第三期先发部分《弹词叙录》的篇章。

②有关广东曲艺如木鱼书的介绍，由我社转广东曲协征求意见，如谭先生介绍行家，就更好。

③"曲艺知识丛书"要出下去，先介绍影响大的曲种，木鱼书较冷门。

其次，我社想编曲艺理论资料集成，您是否可为我社主持这个工作？很希望先听听您的意见。我们觉得叶德均等人的著作是应该保存的。

    问好！

金名　1979.12.15

27

正璧兄：

    波多野太郎二十五日下午到我家来。兄如身体好，望来我家会晤为感。

弟赵景深　1980.2.15

28

正璧同志：

    原约波多野太郎本月二十五日（星期一）下午二、三时在我家会见，现接上海戏剧家协会通知，改在巨鹿路675号（？）原上海作协现上海戏剧家协会开会。即请在准下午二时到该会参加为盼。大约是楼下东厅。

    祝

好！

赵景深　1980.2.23

29

正璧兄：

    来信收到。《墨香剧话》是登在《剧学月刊》上。此人姓陈，他曾与我通过一封信,他的名字就是陈墨香[1]。

祝

好!

弟赵景深　1980.7.15

30

正璧兄:

周妙中同志来信,想影印明代杂剧。她知道你处有《余慈相会》,她想连同我藏的影印本《北红拂》等合在一起,出一本《盛明杂剧》《二集》《新编》所未收的明人杂剧,希望你能挂号寄借给她。她的通信处是北京朝内大街201号。用后她当即挂号寄还给你。或者你挂号寄给我,或嘱令爱带给我均可。

即问,近佳。

弟赵景深　1980.9.11

31

正璧兄:

中华书局古典文学编辑程毅中同志奉访。倘你处《余慈相会》杂剧尚未寄给周妙中同志,请交程毅中同志转给她为感。

弟赵景深　1980.9.22

---

[1]　陈墨香(1884—1942),名铭,字敬余,湖北安陆人。京剧作家。著有《墨香剧话》《梨园岁时记》等。

32

正璧兄：

十二日来信收到。

古代小说戏曲研究学会拟定请罗竹风、李俊民、徐震堮、郑逸梅、秦瘦鸥、俞振飞、周玑璋、姜彬，连吾兄八人为顾问。此会由我、李平、陆树崙、刘崇义发起，请姜彬转请罗竹风，挂在社联名下。约十位代表二十日再开会讨论。古籍出版社魏同贤已答应出刊物，现已辑稿，大作请交给我们发表。

《槃薖硕人增改定本西厢记》原书我没有见过。中华上编早已改名古籍出版社，二十日魏同贤也来开会，当问他是否知道此事。

祝好

弟赵景深　1980.12.16

33

正璧兄：

兹介绍刘崇义同志奉访。他是上海社会科学院文学研究所文艺理论研究室副主任。他想向您借看你所藏存的弹词鼓词铅印、石印本，不知还有一些普通本否？请与他面洽。余容他与您面谈。

祝好

弟赵景深　1980.12.20

今天已开过筹备会，通过了给社联的申请书。又及。

34

正璧兄：

四日来信收到。

承蒙借《燕子笺弹词》和《静净斋第八才子书花笺记》给刘崇义同志，至为感谢。他替河南人民出版社主编古代曲艺丛书，《燕子笺弹词》似已交李平整理。《花笺记》好像还没有约人整理。我已将尊函上的话转告刘崇义，写信给他了，我要他速发您一信。

中国古代小说戏曲研究会正在筹备中。《小说戏曲论丛》已蒙古籍出版社魏同贤答应年内出第一辑，尚未发稿。恳兄为此《论丛》写一篇文章[1]，长短不拘。已有王季思、徐朔方、蒋星煜等的稿件，约二十万字。

大著《弹词考证》即将出版，恳能早日出版，以先睹为快。

木鱼歌、潮州歌合并为《粤歌叙录》甚好。

古籍出版社也许会出胡士莹的遗著《弹词宝卷书目》。据浙江人民出版社萧欣桥来说，胡士莹在世时曾将此书补订，阿英亦曾替他补订过。当时我将李世瑜的《宝卷综录》给他看，说起士莹在世时肯定见到过此书。因此古籍出版社也许会连阿英的编目一起出。这是前天的事。你不搞宝卷，弹词目可能还有别人的目录，一并刊进去。你是"叙录""考证"，性质不同，比胡士莹的详细多了。胡士莹的遗著还有《宛春杂（文）[著]》。

祝好

赵景深　1981.5.8

《大百科全书·曲艺卷》，我曾介绍有关曲艺的大著。又及。

35

正璧兄：

兹介绍复旦大学中文系现代文学组鄂基瑞、王景园奉访，询问张资平生平，请将所知告诉他们二位。无任感谢。

祝好

弟赵景深　1981.5.14

1　此文即《论木鱼、龙舟、粤讴》，发表于《曲艺艺术论丛》第一辑，上海古籍出版社1980年。

36

正璧兄：

十六日来信收到，我给刘崇义同志看了，他表示非常抱歉。他说，您存书已不多，他污损了您的书，更加引咎自责。他希望能找到另一部《燕子笺》，将弁语抄给您。我祝愿他能够办到。

《中国小说史略》旧版本破碎，裂为两半，赠书又不送给您，青年人这种作风的确可恶。

我只有华通书局铅印的线装本《剪灯二种》，特地找出来，两种均无每篇的作者名，大约您记错了。以前似托周楞伽向中华上编借过《觅灯因话》，也许这书前面的两种书《新话》每篇有作者名。我对此毫无所知，肯定您是在别处看到的。铅印本周楞伽的《剪灯新话》我没有查过。

祝好

弟赵景深　1981.5.27

37

正璧兄：

四日来信收到。

知道《剪灯新话》单篇作者署名事，您已在《小说见闻录》上见到。我事务繁杂，连此书也没有好好地看。您告诉了我此事，使我增加了一点知识。

《白川集》稍有不牢，年代（一）[已]久，我已将线订改为普通装订，并按篇幅多少，改换极小部分次序，分为两册。下册已被江巨荣借去，现我处还藏有上册，将《东京观书记》收入此册，内说《词林一枝》《八能奏锦》等内容，其他多说乐舞，包括《兰陵王》《磨喝乐》《神乐》等。您如需用，可嘱您令郎来取，用后还给我。此书乃傅惜华的哥哥傅芸子所书[1]。王古鲁的小说论著，我从来没有听到过。以前存有油印本他的藏书目，似有一"稗"字，现也不知放到何处去了。

《小说戏曲论丛》第一辑已交魏同贤。穆尼倘写有小说或戏曲论文，可以寄给我看。他也是农工的，这几年已见过几次面，还看到他介绍您《三言二拍资料》的文章。

祝好

赵景深　1981.8.6

38

正璧兄

来信收到。我在华东医院因丹毒住了一个多月，最近方出院。

薛汕是民间歌谣工作者，老年。他在北京曲艺出版社工作，想出曲艺丛书四种。已将关德栋《曲艺论集续编》和我的《曲艺丛谈》发排，现正约陈汝衡也出一本，您也出一本，他曾来信同我说过。您可以编一本这类的书给薛汕。

您要抄我的"罕见小说"或"版本小说"，惭愧得很，我这方面的书不多。等我病稍好时，当嘱易林抄寄选目给您。

我现在想得到的，有一部《三国演义》残本二册，1/3为图，版式颇古，但极为残破。还有一本《说唐后传》，也是残本，但为首本，图像颇精。您最好到北京图书馆或向路工借抄这方面的大量书目回目。

祝好

赵景深　1981.11.11

1　傅芸子（1902—1948），满族，北京人。戏曲理论家傅惜华之兄。1932年赴日本任京都帝国大学东方文化研究所讲师，主讲中国语言文学，在此期间遍访公私各家藏书。著有《正仓院考古记》《白川集》等。

赵景深手迹

39

正璧兄：

有便我当向薛汕同志说明大作《评弹考证》的重要性。

十三日来信收到。

您要借看的廿九种书，以才子佳人的书为最多，大部分我没有。

钟惺的《夏商合传》似乎复旦图有《有夏志传》，但我无此书。《梁武帝西来演义》《鸳鸯影》《醋葫芦》《疗妒羹》《鸳鸯配》《凤凰池》《幻中游》《引凤箫》《宛如约》（这书听您说起过）——这九种书我从来就没有收藏过，惭愧得很，连书名都没有记住过。（加上一种《画图缘》。）

《牛郎织女传》，我知有此书，但古籍书店要买就要连别的书一道买，路工要我编《牛郎织女故事集》，他催得不急，我就更不想购买这部价贵的丛书了。

《禅真逸史》二册，我有上杂本，被江巨荣借去，至今未还。

有两种书我曾有藏本，被借书人遗失，如登了许多广告的《春柳莺》和广益书局的《驻春园》就是如此。

还有一种《飞跎子传》，我好像已送给扬州的党委书记，即为《武松》写序的人，也许我没有此书，只慕此书之名，而一种写皮五癞子的书，好几种版本，都已送给他了。

下面是我所有的书：

《石珠演义》我有残木版，是当中的一本。《前后七国志》我可能有一本，半部。我有《正德游江南》《韩湘子全传》（木版）。《玉楼春》和《梦中缘》原有，须找起来。《蝴蝶媒》和《玉支玑》，我本无此二书，是陈汝衡拿这两部书来换通行本名著的。《合锦回文传》我原有木版，陈汝衡换给我一部石印书叫什么"四续今古奇观"——前者我卖占了便宜，后者我吃亏了，扯一直。

《云仙啸》我有油印本，汪馥尔翻印。

《终须梦》只有头本，孙楷第说未见，大约回目是全的。这书颇可喜。

《素梅姐》我似乎有。《双飞凤》我有大字石印本。

以上就是廿九本书的情况。

祝好

赵景深　1981.11.30

40

正璧兄：

七日来信收到。

您要借的四种书，有三种已检出。计《终须梦》残本首册，惟缺下册；《云仙啸》油印本六册全；《正德游江南》铅印本一册。还有一种《玉楼春》，前信作△的记号，说明只是我的猜想，昨天细查，确无此书，无以奉借为歉。您可嘱令郎来取。上午约八时到十一时、下午约四时到五时三刻，任何日均可。

薛汕处当去信询问，并代为说明大著的价值。俟得来信，当再奉告。

前些天杭州萧欣桥来说，大著《小说提要》将给浙江人民出版社出版。他是胡士莹的学生，是个内行，当替您搜集资料。

祝您全家安好。

弟赵景深　1982.1.11

41

正璧兄：

本月二十六日（星期五）下午三时，日本小川洋一到我家来拜访您和我。他已写成《三言二拍源流考》。请届时与您的女儿谭寻同到我家楼下客堂会晤，我在家里等您。

您要借的铅印小说《白圭志》已经找到，新文化书社本，十六回，1934年出版，届时顺便借给您。

祝好

赵景深　1982.3.22

42

正璧兄：

顷接复旦大学陆树崙副教授信，他准备廿六日下午二时半（即提前来半小时）陪日本小川阳一（不是洋一）教授到我家客堂来，因此盼望您也提前半小时到我家来，以便多谈一会。国际旅行社安排小川阳一在下午四时半离沪。望与令爱谭寻早些来。

祝好

赵景深　1982.3.24

43

正璧兄：

陆树崙在两星期就还《燕子笺弹词》四册给您，要我向您致谢。您有便可嘱令郎或令爱来取。

薛汕来信，已收到您的《评弹通论》，并将在年内发稿。他谈起关德栋还没有将稿件给曲艺出版社。

薛汕自己也写了一些有关闽广曲艺的文章，约七万字，有著名的长篇巨著《榴花梦》，还有我们熟知的木鱼书、龙舟、南音、粤讴、南词等，也有我未曾留心的"客家的五句落板""台湾歌仔""福州飏歌"。他还谈到《花笺记》和《二荷花史》，大约也是木鱼书里的吧？另外就是《再生缘整理后记》和《再生缘整理散记》以及《从几本旧戏曲说封建毒素》。我要他将这三篇一万多字删去，留下五六万字，改原名"扣曲艺谈"为"闽广曲艺丛谈"，但我不认识闽广出版社，要他自己去接洽。

匆匆祝好

赵景深　1982.6.27

44

正璧兄：

　　我与中州书画社联系，王鸿芦来信，要您将大著寄去。请挂号将大著《评考》邮寄到"河南郑州市花园路54号楼中州书画社古籍组王鸿芦同志收"。

　　恳将《评考》改编情况告诉我，原来是哪些种书，现在是怎样修改的，还有哪几篇没有发表过，均望一并见告，以便我写序文。

祝好

赵景深　1982.12.21

45

正璧兄、谭寻侄：

　　蒙赠大作《曲海蠡测》，谢谢。我已大致翻了一遍，对于《三元记》作者和《余慈相会》尤感兴趣。由于目力不济，未敢多看。

　　您开眼睛白内障，不知在何处开的，请为示知。我最近急待开刀，请告诉黄强为感。

祝好

赵景深　1983.5.4

46

正璧兄：

　　吴晓铃先生编《古本戏曲丛刊》第五集，想将《余慈相会》也收进去，希望您能允许，让他们带去，影印后就还给您不误。

　　您有别的善本戏曲，亦恳大力支持。

　　余容王家宽同志面洽。

祝好

赵景深　1983.6.23

47

正璧兄：

令郎送来的《晋阳学刊》和《煮字生涯六十年》，都已经收到。您附来的勘误三条，已经一一改正。本来我是按照您以前的油印稿写的，当然没有近几年的生活。您补充的第三条我写上去，就比较全面了。

关于您的著作，我以前只加上《三言二拍资料》和《弹词叙录》，看了大作《煮字生涯六十年》以后，想起《曲海蠡测》是您很重要的一部书，就将这部书名连同《木鱼书叙录与潮州歌叙录》一并加在序文的末尾。

今将拙序原稿随信附赠。

令郎带给我的《晋阳学刊》和《煮字生涯六十年》，不知是送给我的，还是带给我看的？倘若是带给我看的，令郎有便时请来取去。《晋阳学刊》只是油印稿加了一些，但《煮字生涯六十年》我却是第一次看到。您青少年时代生活坎坷，我很是同情。

我已将我的序文复写稿补充后再一次寄给中州书画社王鸿芦女士，并问她已经审查决定用此书否、何时可以出版。倘得到回音，我当再会奉告。我想，他们是会采用的。万一他们暂时不想出，我当再问齐鲁书社。

祝好！

向您全家问好。

赵景深　1983.7.27

序[1]

谭正璧教授是我多年的老朋友。他写了好几种中国文学史，对于中国

---

[1] 此信天头有"复写一式四份"句。

古典小说和戏曲的研究,与我有同样的爱好。甚至他为了"爬格子"双目失明,我也为了"爬格子"右眼也完全看不见了,这一点也是相同的。但是,正璧兄最近虽然双目失明,记忆力还是很强的。由他口授,他的女儿谭寻帮助他抄写。寻找资料也由他的女儿代劳。以前出版过的书现在都从新整理,丰富了内容,几乎完全改观。新近在杭州浙江人民出版社出版的《曲海蠡测》就编得很好。因此我想到,他的《话本与古剧》交给上海古籍出版社,一定也是如此的。

最近他又编出一本《螺斋曲论》,也编得很好。这书名就很有趣,可能有人说他的书斋太小,好像"螺蛳壳里做道场"之故。其实他是居斗室而小天下的。我国两位伟大的戏曲作家,就是元代的关汉卿和明代的汤显祖。他的这本新书一共只有六篇文章,《关汉卿及其作品研究》和《现存关汉卿杂剧叙录》以及《汤显祖及其作品研究》就占了一大半篇幅。《汤显祖戏剧本事的历史探溯》和《〈牡丹亭〉和话本〈杜丽娘记〉》已见《曲海蠡测》,所以本书这方面就略而不谈了。两篇关汉卿的文章都是旧作扩大改编的,汤显祖一篇却是没有发表过的新作。另外三篇也很重要:《明清女戏曲家及其作品述评》是谭寻在她父亲的指导下寻找资料,深思熟虑才写出来的。她找出十五六位女戏曲家,真是不容易。其中只有一位顾采屏,由于来源不同,与男性顾采屏未能断定孰是,这只好存疑了。以妇女来写妇女的戏剧创作,一定更能看出此中甘苦。这一篇也没有发表过。还有一篇《论唐人传奇与后代戏剧》,这也是一篇极为重要的文章,原刊《文献》总第十三辑。西洋文学作品题材的来源,每每离不开希腊罗马神话传说,我们中国古代文学作品题材的来源,却时常离不开唐代传奇文。其中虽也偶有带神话色彩的《柳毅传》之类,一般却都是写现实的,或带有剑侠风味的恋爱故事。最后一篇附录《明成化本说唱词话研究》(原刊《文献》1980年10月总第五辑和1981年二月总第六辑)。

下面我介绍他的生平:

谭正璧先生,江苏黄渡人,1901年生于上海,出身劳动人民家庭。幼年曾为商店学徒。

1919年受师范教育一年，在校积极参加五四运动，并开始在各报刊投稿。1922年在上海大学中文系肄业，因经济困难中辍。1923年起，历任神州女学、省立上海中学、黄渡师范、民立中学、市立务本女中教员，上海美专、光华剧专讲师，震旦大学、中国医学院、中国艺术学院教授。同时进行文学史、文学研究等方面的写作，经常为光明、北新、中华、商务、世界等书局约定写稿。

大革命时，他曾在党的领导下参加故乡黄渡反封建反土豪运动。

抗战时，曾任新中国艺术学院（中共皖江区城市工作委员会城市工作之一）院长，任务为物色进步青年到解放区工作。

1949年解放时，奉命接收黄渡师范，任校务委员会委员，同时加入华东文学工作者协会为会员，并任嘉定县一、二届人民代表，当选为苏南教育工作者代表大会代表暨起草委员会委员。1951年被聘为山东齐鲁大学、国立山东大学中文系中国文学史、语法修辞学教授，同时被推选为山东省文学工作者协会全省委员会委员。因患严重哮喘，不能任教，于1952年回南专事写作。

1954年任上海文艺联合出版社编审委员。1955年任棠棣出版社总编辑。1956年加入全国作家协会，组织关系属作协上海分会，同年加入中国戏剧家协会上海分会为会员。1958年曾应聘为华东师范大学中文系古典文学研究班导师。1961年由组织上遵照上级指示安排，被聘入中华书局上编所任特约编辑，专任审稿工作。1962年任上海市第二次文化大会代表。

1979年任中国文学艺术工作者第四次代表大会代表。同时又被邀加入中国社会科学院文学研究所鲁迅研究会及中国民间文艺研究会并上海分会顾问。1982年受聘为《中国大百科全书》编委会"曲艺"编委。

十年动乱后，仍专事写作，并任为上海文史馆馆员迄今。

他的古典文学重要著作，除古典戏剧著作已在开端外，有下列六种：

1.《中国文学史大纲》，1924年出版。此书是他第一本单行本著作，也是国内第一本用白话文编写的，同时又被推为第一本由上古文学直叙到现代文学的最完全的中国文学史。出版后，复旦大学中文系即采用作教本，此后全国大中学校大多经常采用，并有日本人井上红梅译成日文本出版。此书迭次再版至二十余版之多，直至解放时停止发行。

2.《中国文学进化史》，1929年出版。这是以文学的种类和体裁分编标目的中国文学史的第一部。出版后即被岭南大学采作教本。有日本早稻田大学的研究生某君拟译成日文本，来信征求同意。鲁迅先生及德国某作家都曾引用过此书。

3.《中国女性文学史》，原名"中国女性的文学生活"，1930年出版，第三版修订本改用今名，亦曾有过日译本。其中谈到妇女写的弹词，比任何文学史都详细。

4.《中国文学家大辞典》，约二百万字，1934年出版。此书中外学者颇多依据引用。1948年，苏联著名汉学家、列宁格勒大学教授阿里克塞也夫曾专著一长篇文章介绍，推为研究汉学重要参考书之一，在一个杂志上发表[1]。1960年曾有香港文史出版社偷印出版，由香港上海印书馆发行[2]。1973年[3]，英中了解协会主席李约瑟所著《中国科学技术史》中也提到此书，并给予相当的评价，该书的重要参考文献中亦特为列入。

5.《新编中国文学史》，1935年出版，有日本人立仙宪一郎译本，日本人文阁出版，并列为"中国文化丛书"之一。此书的第七编《现代文学》，又有日本中山樵夫译本，改名为"现代中国文学史"，编入他所译的《中国的苦闷》一书中。

6.《中国小说发达史》，1935年出版，有日译本。解放前出版的《图书馆月刊》学术消息栏内记载，波兰汉学家曾引用过此书。

最近，他还出版了《三言两拍资料》《弹词叙录》《木鱼书叙录与潮州

---

[1] 此句后原有"1950年，有北京前华文学校祝养（？）之原拟译成英文本出版，曾来信征求他同意"数句，后划去。
[2] 此句后原有"我曾反映有关单位，请求协助交涉，未有下文"一句，后划去。
[3] 此句后原有"用（？）北京科技出版社出版的中译本"一句，后划去。

歌叙录》《曲海蠡测》等新著[1]。

1983年7月1日　赵景深

48

正璧兄：

剧协龚义江同志想知道《四进士》的来历。你知道《节义廉明》与《四进士》的关系吗？你有《紫金镯鼓词》么？恳赐协助为感。
敬礼

弟赵景深

附：余片　1通[2]

还有余纸，想随便谈一件事。你认识解放前中西书局的编辑梅寄鹤吗？他在中西书局出版过《一百廿回古本水浒》，说他出的才是真正施耐庵的本子，是江阴什么梅蕊春的本子。前七十回皆同，七十一回起，与《征四寇》完全不同。陈汝衡藏有此书，他相信梅寄鹤的话是真的，我就不相信。据说这是梅蕊春家藏的抄本，写得还不太坏，可以看，只是把什么祝家庄、石碣村等地又补写了一些英雄思乡回家，又除了一些土豪恶霸而已。可能编者是姓梅，但编者和藏书者都不像是真名，只是从"梅妻鹤子""梅蕊一枝春"生发而已。祝好，向全家问好。

弟赵景深

1　信末原有"以上录自《谭正璧履历和主要著作》"一句，后划去。
2　此为哪一通书札的余片，暂不可考，故系于最后。

五八、郑逸梅 2通

郑逸梅（1895—1992），生于上海。著名作家。先后任《申报》《新闻报》《时报》等报特约撰稿，主编有《秋声》《学生生活》《永安月刊》多种报刊。著有《梅瓣集》《茶熟香温录》《上海旧话》《艺林散叶》等。

1

正璧先生：

许久不晤，念念。

尊著《迎王师》一篇，经检查处察阅，认为有抵触语，不许刊登，兹特奉还。乞台端别撰一篇，俾增光《永安月刊》篇幅。但该刊十日发稿，务祈于十日前赐寄南京路永安公司五楼广告部郑留君收是幸。匆此

即颂

著安

弟郑逸梅顿首

2

正璧我兄尊右：

多时不晤，殊深系注。闻文驾赴洞庭山，想山色湖光潆洄映带，开襟纳爽，濯魄欲仙，为之欣羡不已。未知何时返沪？弟尚顽健，奈儿子患心脏病，入院治疗，兹虽好转，然一时犹未能出院也。顷阅中国通之李约瑟所著《中国科学技术史》，对于尊辑《文学家大辞典》，颇有好评，特录之以博

一粲。临颖溯切，敬颂

康豫多福

郑逸梅病腕率白　长寿路养和村一号（1975.9.9）

《中国科学技术史》

李约瑟（Joseph Needham）作。约瑟是英国皇家学会会员、剑桥大学冈维尔和凯厄斯学院院长、英中了解协会会长。

《中国科学技术史》翻译小组译，作内部参考，1975年1月北京科学出版社出版。第一卷《总论》第一分册106页："传记辞典是一个□□。虽然在这方面有几部标准的中文辞典，特别是《中国人名大辞典》，我们用得很多，但查起来很麻烦，因为其中人名字体不突出，不容易和说明文字区别开来，而且没有确切的年月，只指出朝代。较好的是谭正璧的《中国文学家大辞典》，它尽一切可能详细地提供了6851人的生卒年月（阴阳历都有）。……"

（《参考文献简述》）

五九、周妙中 4通

周妙中（1923—1996），北京人。1952年毕业于清华大学中文系，历任外交部外语学院语文教师、中国社科院文研所助理研究员、中华书局副编审。著有《江南访曲录要》等。

1

正璧先生：

您好！光阴荏苒，转眼分手已十八年了！忽然接到来信，欣喜异常！

恭喜您已被聘为上海文史馆馆员，我在等待着看到您新作的发表和更多为学术研究发展作的贡献。

关于《出版动态》一事，今后如何处理赠阅问题，领导上尚未决定，因现在社级领导、编辑室领导、经手《动态》的同志，都换了人，我编辑室已开列了赠送名单，是否送，是否全部送，尚不得而知。您的大名已开列在上，待有决定，必马上奉告。

敬礼

周妙中　1979年11月5日

2

正璧先生：

您好！您和长风同志惠函均已收到。

我现在正在办退休手续，中华戏曲方面稿子将由一位年轻同志负责。

我已将尊稿情况对他讲了，他说过去《荆》《刘》《拜》《杀》有钱南扬先生约稿，已交两种，《杀狗记》还没交来，想去问一问，如钱先生未完稿，即可考虑尊稿，《红拂记》也可考虑，准备在得到南京回音后，再向领导请示。如果您想把时间抓紧些，不妨作为投稿寄来，或等以后寄来亦可。

《群音类选》是明万历中叶胡文焕选辑的折子戏选集，分官腔（昆曲）、诸腔（弋阳、青阳、太平、四平等）、北腔（北方的戏曲）、清腔（散曲）四类，故名。存三十九卷，佚失七卷。存157种戏曲、229套散套、323首小令。可惜未录宾白，未署作者。保存了不少已佚传奇的片段，是其最可贵之处。此书印数不多，早已售完，上海研究戏曲的人不少，您不妨借一部看看，或看看我在《江南访曲录要》（文载《文史》二辑或一二辑）一文中的介绍，可了解其大致情况。这部孤本曲选的出版可算是我在中华工作的一件快事。

《古小说丛刊》是一种种陆续出陆续卖的，自然可以一部一部的买，部头小的一种仅一册或二三种合为一册。

敬礼

晚妙中上　1987年5月7日

3

正璧先生：

您好！南京中文系一位同志来信，谈到钱南扬先生《杀狗记》是他的研究生在搞，尚未完稿。前几天我与中华现在负责戏曲的同志谈起此事，他认为大作我社领导很可能同意出版。因此蠡见以为您可作为投稿将大作寄来，争取出版机会。不详先生以为何如？

敬礼

晚妙中谨上　1987年5月29日

4

正璧先生：

您好！大作已于七月二十九日寄到中华书局，请放心。万分抱歉，使您悬念很久！情况是这样：早在我建议您寄来大作投稿时，即已告知现在负责戏曲书稿的李复波同志，收到后马上给您回信。您寄来第一封问此事信时，我又给李去一信，要他如果收到，复您一信。您寄来第二信，我亲到中华去一次，不巧文学编辑室无一人在，我只好又给李留一信，那天是八月一日，估计您可马上收到信，因为我画圈强调"不论收到与否都请回谭先生一信，以免悬念"，不知他已出差并探亲离京走了。当我接到最近一信，万分不安，昨天特为去看个究竟，原来稿已早到，李尚未归，谅不久我编辑室也会复信给您。

敬礼

晚妙中谨上　8月31日（1987）

因我已退休，住家远在西郊，不常去中华，今后此稿联系事宜，请直接写与中华书局古典文学编辑室为感。

六〇、周绍良 2通

周绍良（1917—2005），天津人。著名文史学家。曾任人民文学出版社编辑、中国佛教协会佛教图书文物馆馆长等职。编撰有《唐代墓志汇编》《敦煌变文汇录》《唐传奇笺证》等。

1

正璧先生：

晨间接到大著《曲海蠡测》，未及朝会，即展卷捧读，实为一些新发现的一些材料所吸引，足见先生治学之勤、收获之多也。谦谓"蠡测"，实则内容都极为丰富也。谨此致谢。

专此，敬候

撰安！

弟绍良拜上　83.5.6

谭寻同志并候。

2

正璧先生：

去冬蒙赐大著《三言两拍源流考》，捧读之下，不胜感佩，从此治平话小说者，不知省多少气力，实有益于学人之书也。当时即拟肃缄奉谢，适其时拙作《关索考》重行由《学林漫录》登载，已看校样，遂预备月余出书，一面致谢，一面请教。不图此册乃延搁达八个月之久，于今月始问世，以致私心负疚良深。除致歉意外，另附该书一册，敬乞指正是幸。

十一月中旬将拟南下一行，当趋谒崇阶，面请教益。

诸维谅及，不胜惶恐之至。

专此，敬候撰安！

弟周绍良上　9.1

赐教请寄北京东四五条流水东巷26号。

正璧先生：

　　去冬蒙赐大著《三言两拍源流考》，捧读之下，不胜钦佩，从此治平话小说者，不知省多少气力，实有造于学人之书也。当时即拟奉诚奉谢，适世时报《文汇报》重刊由《学林》复刊之登载，心有较样，遂拟俟月余出书，一面致谢，一面请教。不圆此册乃延搁壹八个月之久，于今月始问世，心敕私心良疚良愧。兹致歉意外，另附拙书一册，敬乞指正是幸。

　　十一月中旬拟将南下一行，当趋候尝诲，面请教益。

　　诸惟谅及，不胜翘盼之至。

　　专此，敬候授安：

　　　　　　　　　　弟周绍良上 9.1

　　锡家诸事 北京东四三条同沈太巷26号

周绍良手迹

六一、朱东润　1通

朱东润（1896—1988），江苏泰兴人。著名学者、传记作家。历任武汉大学、中央大学、无锡国专、复旦大学中文系教授。著有《中国文学批评史大纲》《张居正大传》等。

正璧先生：

顷承惠赐大作《元曲六大家略传》，极感。综列诸家所述，悬而不断，对于初学，尤多启发，正当人手一编也。秋深，伏祈珍摄，容更面倾。专此，特请

大安，不一

弟朱东润谨白　1955.11.8上海复旦四舍

六二、庄一拂 6通

庄一拂（1907—2001），号南溪，晚号籍山，浙江嘉兴人。昆曲度曲家。著有《古典戏曲存目汇考》《明清散曲作家汇考》等。

1

正璧兄：

很久很久没有通音问了。

我好多年前，侧闻你白内障，因当时找不到您老地点，没有写信问候。

我近托景深兄代我托人寻找我十多年前的两部拙稿，"四人帮"时代合并的上海人民出版社，现重新分家。在与景深往来信中，询及兄近况，欣悉经开刀后，已经能看大的字。并告我门牌号头，因此，亟于修书问候。

拙稿《中国古典戏曲存目汇考》和《明清散曲作家史料》，通过景深大力，刻由古籍出版社来函，说是从原中华书局上海编辑所档案中找寻到了，完好保存。经过这样的掀天风浪，能够珠还合浦，窃自幸矣！

北京中华书局二编室周妙中同志有信，询征我有何半成品和写作规划。我在68年受到冲击，所有藏书两三千册（大部线装加□□地方文献以及我在通志馆写的列传稿）捆载而去，因此，心有余悸，手头更无参考，如何能规划，以贡献残年余力？

兄清居家中，有无文友间故事、趣事，以及新文化诸文艺消息，便乞赐告，以作数年相隔之谈数耳。倘写字不便，请作罢。

祝好

　　　　　　　　学弟庄一拂　7月17日（1978）　嘉兴南大街43号

2

正璧我兄：

您老好。别来又一半秋光过去，这次欣聆教益，并得悉十年中情况，不胜感喟！与公遭遇类似，当此新时期华主席党中央领导前进下，决不再推开知识分子了。祝您老身体保重为祷！

昨接北京中华书局周妙中同（同）［志］来函，略云："谭正璧先生大作，我已请示了我们编辑室负责同志，认为这类书稿我社目前还未及出版，请婉言转致谭先生。""62年我南下访书，曾拜访过谭先生，多蒙他给予了大力协助。对他目前的处境，我也极其同情，只可惜我社限于人力物力，前进步伐不能太快，这也是没办法的事！"我看来这种情况，每个出版社都是如此，恐怕一时还不能完全克服。

拙稿这次到沪已取回，我也只能随便翻翻，添注一些，聊以消遣岁月，暂时保留起来再说。目前我极想再看一看傅惜华先生的《明代传奇全目》和《明代杂剧全目》，因拙稿写竣时在傅老出版先，所以反正没有告失，想对照一下，有无遗缺。不知我兄邺架告存否？景深手头有，但他教学要用，不能离手，奈乎？

目前足下交涉如何程度？令媛工作有否落实？念念！一切望保重，静待好音。再上海有没有关于文物的出版社？如知，便乞告，有烦令媛代笔示知为荷！

此致
敬礼

弟庄一拂　12日（1978.9）　嘉兴南大街43号

3

正璧老兄：

您好！

庄一拂手迹

很阔别一个时期，深切下怀。

读23日《解放报》，欣悉大著《三言两拍资料》业已出版，向您老贺喜！但前已承允出版赐我一部以资学习，请令嫒为弟留开一部，来日到府领取为荷！

弟今下半年在乡跌了一跤，脑子溢血，已成绝症，幸在嘉兴第一医院抢救，两次脱离危期，但人已如同隔世。住院治疗两个多月，出院后，用救护车送来上海修养已一个多月，惟迄今尚不能行动，因此修书附闻，并祝
冬安

弟庄一拂草上　十二月二十五号（1980）

4

正璧我兄：

前接大函，欣喜莫名。垂询《天花藏主人著述考》，已无法见教矣。

二十三年前，嘉兴古籍书局收进一批（石印本）小说六十多种，当时曾经请我鉴定估价，中有徐震（嘉兴人，松江籍）小说（名忘了），当时曾略为考证，交君友人藏松年（"文革"时牺牲），这时浙江大学欲购去，不知成交否？

接尊函后我曾经走访前图书馆馆长兼该店经理史念同志，他讲浙大并没有买去，店结束后移交给图书馆了。我又走访今图书馆馆长张振维同志，他说没有看到过，可能放置在书库里，以前亦没有目录可寻云云。因他们还有许多旧藏的书，没有编好目录。因此弟亦不去麻烦他们了，所嘱未能完成任务，殊歉！

足下视力如何，可能执笔否？令嫒虽数次会面，但未询及其名。弟病后之躯，总觉头常昏，行走摇摇摆摆，只能携杖而行。蛰居乡下，事颇繁琐，大抵信札来访问有关嘉兴诸历史（近代）以及文献。嘉兴欲编地方志，请我做顾问。市政协恢复，又要去开会。精神有限，只能敷衍了事。拙著《古典戏曲存目汇考》校样早已好了，但不知已印好否，我亦懒写信去问。闻大著

《弹词叙录》已出版，确否？有多余乞赐一册为祷。草草作覆，敬请
撰安

弟庄一拂　三月廿一日（1982）

再，我本来欲去图书馆整理《大藏经》，届时或可发现，再函告。

5

正璧先生：

前读还云，敬悉尊著《三言二拍注译》为弟已留开一部，本拟趋府领取，因弟尚不能出门行走，兹嘱小儿绪航持函来取，希即交其带下为感。专此

敬礼，并贺春禧

弟庄一拂上　二月三日

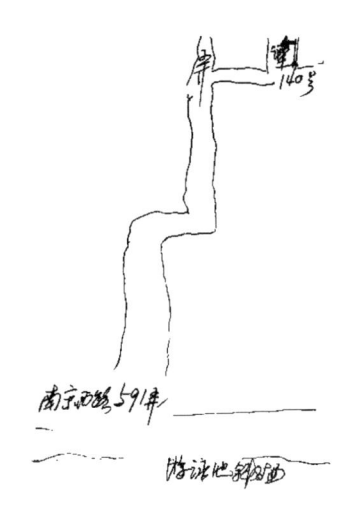

6

正璧兄：

您好，蒙代收下《录鬼簿》，兹着小儿绪堂持款趋府，祈即付予为荷！此祝

冬祺

弟庄一拂上

南京西路591弄140号光复门（接近卫海路）

谭老伯

后　记

　　这本小书是在今年疫情稍有缓解、我另两部书稿的进行间歇中完成的。
　　今年5月，谭正璧先生的哲嗣谭箎先生将此前捐献给中国现代文学馆的计160人次（含单位）633通信件的扫描件传给了我。快速浏览后，我发现其中不乏学界名家巨擘的手笔，信件内容也很有学术史的价值，随即编了一份初选目录，择取学术价值较高的400余通，着手整理出版。工作分以下两方面同时进行：一是联系信件主人，取得整理授权。大多数信件的写作者已经作古，就设法通过各种渠道与他们的后人取得联系。二是文字录入。相较于后者，前一任务更为艰巨。信件作者中，除王古鲁（1901—1958）、凌景埏（1904—1959）等少数去世已满50年外，绝大多数仍在著作权保护期内。傅斯年昔有名言："上穷碧落下黄泉，动手动脚找东西。"我则是"上穷碧落下黄泉，动手动脚找人脉"。先直接与程毅中、陈福康、陈鸿祥等先生联系，取得授权；通过香港岭南大学汪春泓教授联系到了远在夏威夷的马幼垣先生，取得授权；在复旦大学王宏图教授的帮助下得到了王运熙先生的授权；从国家图书馆张燕婴女士处，得到了陈翔华、杨扬两位先生的联系方式，并取得他们的授权；从兰州杨晓霭师姐处得到莫耶哲嗣方前进先生的联系方式，取得授权；上海古籍出版社查明昊兄帮我联系到了施蛰存先生的孙子施守珪先生，取得其祖父信件的授权；赵景深、郭绍虞两位先生的后人赵焕圆、郭泽弘的联系方式，是承复旦大学陈允吉先生告知的（前者陈先生指示问江巨荣先生，后者问蒋凡先生）；朱东润先生的信件，则由复旦大学陈尚君先生代家属授权；胡山源先生的信，是我社卞惠兴先生通过江阴胡山源研究会，与胡先生女胡高华、孙胡淇联系而取得的；钱南扬先生的信件，承南京大学苗怀明教授问询钱先生曾孙方晓烈先生，取得其母亲的授权；周绍良先生的信件，是由我社姜小青先生通过人民文学出版社周绚隆先生要到周绍良女儿周启瑜女士的电话，再取得她的授权的；吴晓铃先生的信件，由北京大学张剑教授告知其后人吴薇女士的联系方式，再经由她授权；庞英的 20 通信，是通过天津师范大学李逸津教授联系到其女儿庞小梅女士，得到的授权。南京图书馆徐忆农女士帮我取得了于文藻、张万钧等先生的授权；巴金 2 通信的授权取得经过更是曲折，我先是通过兄弟单位江苏文艺出版社的李黎兄，找到人民文学出版社的赵萍老师，再由赵老师联系到上海巴金故居的周立民先生，最后才通过周先生得到了巴金女儿李小林女士的同意。此外，谭篪先生也通过各种渠道，取得了纪馥华、庄一拂、金兆梓、周妙中、沈静琪、方平、浦泳、秦瘦鸥等人信件的授权。浙江古籍出版社的陈小林先生也联系了萧欣桥先生，获得授权。我翻看了一下电子版初稿，上面记录有"2020.5.27 始，2020.7.17 初稿录竟"的字样，也就是说，这部书稿从选目到取得各方授权，再到完成文字的释读和录入，我竟只用了 52 天的时间，不可谓不迅速。当然，这要衷心感谢以上各位以及郑有慧、李之柔、孙虎堂、张家珍等先生、女士，这批尘封已久的信札得以结集问世，离不开他们的鼎力相助和慷慨允诺。

本书在编选、整理过程中，还得到了张剑教授、张燕婴编审、吴真教授在文字释读、关键信息查寻等方面提供的帮助。北京大学潘建国教授将自己珍藏的陆澹安、赵景深致谭正璧信件各 1 通交我整理，加入其中。香港纪馥华先生尽管已八十七岁高龄，仍亲自校对了书中所收他写给谭正璧先生的 24 通信，多次致电，提供了不少对本书编注有用的线索。天津师大李逸津教授为我翻译了庞英信中的俄语部分。对于他们的高情厚谊，也当致谢忱。此外，要特别感谢程毅中先生为本书题签。

最后，感谢浙江古籍出版社将本书纳入"近现代书信丛刊"，感谢责编沈宗宇先生大力襄校，改正了很多我仓促录入时产生的讹误。正所谓因缘际会，无处不在；人生感念，莫过于斯。

樊　昕
2020.11.17 于南京下关金川门外寓所